Sinceramente, Carter

WHITNEY G.

Sinceramente, Carter

São Paulo
2017

UNIVERSO DOS LIVROS

Cover designed by Najla Qambers of Najla Qambers Designs

Diretor editorial: **Luis Matos**
Editora-chefe: **Marcia Batista**
Assistentes editoriais: **Aline Graça e Letícia Nakamura**
Tradução: **Mauricio Tamboni**
Preparação: **Plínio Zúnica**
Revisão: **Laura Moreira** e **Francisco Sória**
Arte: **Aline Maria e Valdinei Gomes**
Adaptação de capa: **Valdinei Gomes**

Dados Internacionais de Catalogação na Publicação (CIP)
Angélica Ilacqua CRB-8/7057

W689s

Williams, Whitney Gracia

Sinceramente, Carter / Whitney Gracia Williams ; tradução de Mauricio Tamboni. –– São Paulo : Universo dos Livros, 2017.

400 p. : il.

ISBN: 978-85-503-0193-8

Título original: *Sincerely, Carter*

1. Literatura norte-americana 2. Ficção 3. Literatura erótica I. Título II. Tamboni, Mauricio

17-1037 CDD 813.6

Universo dos Livros Editora Ltda.
Rua do Bosque, 1589 – Bloco 2 – Conj. 603/606
CEP 01136-001 – Barra Funda – São Paulo/SP
Telefone/Fax: (11) 3392-3336
www.universodoslivros.com.br
e-mail: editor@universodoslivros.com.br
Siga-nos no Twitter: @univdoslivros

A Tamisha Draper.

Você é, literalmente, a MELHOR BFF que uma garota poderia desejar...

Obrigada pelos incontáveis encontros na Starbucks e conversas que levaram à criação deste livro!

(E sim, sou consciente e grata pelo fato de o título *Sinceramente, Carter* ter sido sua ideia.)

(E não, Chris Draper, não vou dar créditos a você só porque é o marido dela... LOL)

Prólogo

Carter

Ainda consigo me lembrar, com aquele tipo de clareza que arrepia os pelos da nuca, do início dessa droga. Pelo menos na minha vida.

Eu tinha dez anos e meus pais – "os James, do número 1.100 da Joyce Avenue" – estavam realizando um evento em nossa casa para levantar fundos. No meio do jantar, que custava cem dólares por prato, meu pai decidiu fazer um discurso desnecessário.

Lá estava ele – 1,93 m, olhos azuis tipicamente americanos e gananciosos, falando que queria investir em cardápios mais saudáveis para as crianças na escola. Também queria ajudar a investir em novas medidas disciplinares, pois sabia de uma certa criança (que, por acaso caso, era eu) que não conseguia ficar longe de encrencas, mesmo que sua vida dependesse disso.

De qualquer forma, nada disso merecia o prêmio de porcaria do ano. O que estava por vir, isso sim merecia. Erguendo sua taça para brindar com os patrocinadores ali presentes, ele disse:

– Considero todos os que estão aqui esta noite meus amigos. Se você não é um amigo, é porque é família, e família é para sempre. O principal motivo de eu estar dizendo isso agora é o fato de meu falecido pai ter me ensinado uma lição muito importante, que me acompanhou por todos estes anos: algumas pessoas entram na sua vida por uma razão, algumas duram apenas um verão e outras permanecem pelo resto da vida.

Seguiu-se uma série de aplausos e gritos sinceros de incentivo – "É verdade, isso mesmo" – ressoando por toda a sala. Então, um senhor se abaixou até a minha altura e disse:

– Quer saber? Seu pai está certo. Guarde tudo o que ele acabou de dizer.

– O que ele acabou de dizer?

– Ele disse que algumas pessoas entram na vida por uma razão, algumas duram apenas um verão e outras permanecem pelo resto da vida – e sorriu. – Mantenha isso em mente pelo resto da sua vida.

O homem piscou para mim antes de se distanciar.

Nessa época eu não sabia, mas meu pai e seu seguidor estranho haviam praticamente previsto meu futuro.

Alguns anos depois daquele discurso, ele deve ter percebido que forçou sua "razão" na minha vida e na da minha mãe. Afinal, ele abandonou a nós dois. Vários anos depois, minha mãe chegou à conclusão de que sua "temporada" na maternidade havia chegado ao fim e que estava cansada – sua verdadeira vocação eram os bares e cassinos. Quanto ao "resto da minha vida", eu só conseguia pensar em uma pessoa que chegava perto disso.

Quarta série

Carter

Prezada senhora Carpenter,

Sinto muito por ter agido mal ontem na aula. Eu não queria causar nenhum tumulto e sinto muito por ter estragado suas melhores canetas, mas não sinto por ODIAR Arizona Turner. Ela é feia e fala demais. Eu não sei por que a senhora nunca a manda para a diretoria, como faz comigo. Ela também merece ser punida e espero que ela morra amanhã para que eu não precise mais ver ela ou aquela boca de metal nunca mais.

Sinceramente,

Carter

Sorri e entreguei a carta à minha mãe, esperando que dessa vez eu tivesse sorte e ela não me fizesse reescrever outra vez.

Eu já estava mais do que cansado de ver Arizona me enfiar em problemas e depois sair dando risada. Ela se achava muito esperta porque sabia todas as respostas nas aulas, mas eu também sabia.

Principalmente porque eu sabia onde a professora guardava as provas, e sempre as roubava na hora do lanche.

Meus pais conheciam os pais dela porque sempre eram chamados no colégio sob o pretexto de que eu a "estava provocando" e "fazendo-a chorar", mas ninguém acreditava quando eu dizia que era ela quem começava.

E ela *sempre* começava.

– Carter... – Minha mãe respirou fundo e negou com a cabeça. – Essa carta está *terrível*. É pior do que as últimas três que você escreveu.

– Por quê? Desta vez eu não xinguei, só falei que quero que ela morra.

– Você não acha que a deixa triste toda vez que a chama de feia?

– Mas ela é feia.

– Ela não é feia – falou meu pai, entrando no cômodo. – Aquele aparelho que ela usa na boca pode até ser, mas, no geral, ela é muito bonita.

– *Sério?* – Minha mãe o encarou e ele deu risada.

– Sinto muito. – Ele se aproximou e me deu tapinhas nas costas. – Não é legal chamar as pessoas de feias, meu filho, não importa o quanto você a deteste. Você precisa parar de deixar essa tal de Arizona te atingir, esta é a quinta vez no ano que se mete em encrenca por causa dela.

– Oitava vez – minha mãe o corrigiu. – Semana passada, ele a empurrou do balanço quando ela estava no ar.

Meu pai olhou para mim.

– E o que você aprontou desta vez?

Não respondi, apenas olhei para baixo.

– Ele se levantou no meio de uma prova de matemática e disse: "Eu te odeio, Arizona" – minha mãe contou. – Depois, pegou a prova da pobrezinha, amassou e jogou do outro lado da sala. Errou o alvo e acertou as canetas de vidro preferidas da professora, derrubando-as no chão.

Balançando a cabeça, meu pai suspirou e disse:

– Apenas pare de conversar com essa menina, entendeu? Nem sequer olhe para ela. Você vai ter que aprender a ignorá-la, não importa como. De qualquer jeito, algo me diz que ela não será uma pessoa "para a vida toda". É só alguém que está de passagem e logo vai desaparecer. Pode confiar no que te digo.

– Fico contente por finalmente vê-lo agindo como um adulto ao lidar com essa situação – disse minha mãe, enquanto rasgava a carta. – Agora, sente-se e escreva uma carta bem bonita para a sua professora e outra mais bonita ainda para Arizona. Diga que você não vai mais ser malvado com ela. Tente pensar em algo gentil para dizer, como um elogio sobre os vestidos lindos que ela sempre usa, por exemplo.

Resmunguei, mas peguei a caneta e escrevi. Precisei de cinco outros rascunhos para acertar, pois minha mãe me fez apagar as palavras "ridícula", "ódio" e "morra", mas, por volta da meia-noite, finalmente consegui terminar. Prometi a mim mesmo que, depois de entregar minha carta a Arizona no dia seguinte, eu nunca mais falaria com ela.

◆◆◆

Na manhã seguinte, no colégio, coloquei a carta de arrependimento na mesa da professora e deixei meu corpo cair na última carteira da última fileira. Então, peguei a lição de casa e tentei resolver alguns problemas de matemática antes do começo da aula.

Contei quatro vezes sete nos dedos e vi Arizona sentar-se ao meu lado.

– Bom dia, Carter – ela me cumprimentou.

Fingi não ouvir.

– Carter? – Ela cutucou meu ombro enquanto eu escrevia "vinte e oito" na folha de papel. – Oi? – Ela cutucou meu ombro com mais força. – Carter? *Carter?*

– O QUE FOI?! – falei, finalmente olhando para ela.

– Você não tem nada para mim hoje? Algo legal e importante? – Ela abriu um enorme sorriso metálico.

Que nojo. Como ela é feia...

– Não.

– Sua mãe não fez você escrever outra daquelas cartas de desculpas? – Arizona cruzou os braços. – Porque foi o que ela disse para a minha mãe por telefone hoje cedo.

– Bem, sua mãe deve ser surda e burra, porque eu não escrevi nada para *você*.

– Como é que é? – Ela ficou boquiaberta. – Retire o que você disse ou eu vou contar para a professora.

– Vá em frente, pode dedurar. – Dei de ombros, esperando vê-la erguer a mão e me denunciar, como sempre fazia.

Mas Arizona não agiu assim. Ela apenas me encarou. Em seguida, enfiou a mão no bolso e jogou uma folha de papel dobrada na minha mesa.

Eu queria amassar aquilo e jogar na cara dela, como devia ter feito ontem. Em vez disso, abri o bilhete e li:

Querido Carter,

Sinto muito por ter feito você agir mal e quebrar as canetas da senhora Carpenter ontem, mas não sinto muito por ODIAR VOCÊ. Você é feio e fala demais. É por isso que sempre te coloco em problemas, porque você não consegue calar a boca e porque acha que sabe tudo, MAS NÃO SABE! Espero, de verdade, que um dia você seja atropelado por um ônibus, porque você é um saco. Você é MESMO um saco.

Nada atenciosamente,

Arizona

Naquele dia, nós nos tornamos melhores amigos.

Faixa 1.
“Blank Space”
(3:47)

Carter
Dias de hoje

O sexo já não é mais suficiente...

Neguei com a cabeça enquanto minha namorada, Emily, andava em círculos à minha volta na praia. Usando um biquíni vermelho brilhante, ela sorria enquanto me molhava, atraindo a atenção invejosa dos outros caras por perto. Com frequência, quando eu sorria de volta, ela desvencilhava a câmera do pulso e se posicionava ao meu lado. Erguia a câmera acima de nós enquanto gritava:

– Hora da *selfie*! O casal mais lindo de todos os tempoooos!

Para ser sincero, por fora, tudo nessa mulher era perfeito: ela era estonteantemente linda, com olhos verde-claros e lábios cheios e macios; tinha uma risada tão contagiante que poderia fazer mesmo a mais amargurada das pessoas sorrir, e seu senso de humor era muito parecido com o meu. Tinha uma personalidade naturalmente cativante, a ponto de fazer qualquer estranho acreditar que ela era instantaneamente sua melhor amiga, e, entre quatro paredes, seu tesão era quase tão selvagem quanto o meu.

Porém, suas boas qualidades terminavam por aí, e infelizmente só vim a descobrir isso tarde demais.

Alguns meses depois que começamos a namorar, seu verdadeiro caráter começou a aparecer. Primeiro, descobri que sua personalidade naturalmente calorosa não era, de forma alguma, "natural", e sim efeito colateral do Adderall ilícito do qual ela costumava abusar. Em segundo lugar, vinha o hábito de me enviar mensagens de texto de hora em hora, dizendo: "Estou com saudade, meu amor. Onde você está?". Se eu não respondesse em três minutos ou menos, ela enviava repetidas vezes algo como: "Você está morto? VOCÊ. ESTÁ. MORTO?!". E, por fim, o motivo de eu terminar esse relacionamento bem rápido foi seu fetiche esquisitíssimo: ela gostava de rastejar de quatro pelo quarto e ronronar como uma gata no cio antes e depois do sexo. Chegava até mesmo a fazer "miau" na hora de gozar.

Era o tipo de merda que eu não suportaria a longo prazo.

– Ei, você aí! – Emily jogou mais água em mim, quebrando minha reflexão. – No que está pensando?

– Em muita coisa – admiti.

– É por isso que gosto de você, Carter. – Ela sorriu. – Você sempre está envolvido em pensamentos profundos, tendo pensamentos profundos... – Ela ergueu a câmera outra vez. – *Selfie* dos pensamentos profundos!

– Certo. – Esperei até ela terminar de bater a foto. – Já podemos ir embora?

– Quase! Me dê cinco minutos. Quero ir mais fundo e sentir as ondas batendo nos meus peitos pela última vez.

Assenti e a vi deslizar para dentro do oceano, envolvendo-me para que eu a acompanhasse, mas simplesmente forcei um sorriso e fiquei no lugar. Eu continuava pensando, continuava me perguntando por que nunca conseguia ficar mais do que seis meses com uma namorada. Por que eu não conseguia encontrar forças para ficar nem mais um segundo.

– Pronto! – Emily me encontrou na areia. – Já estou pronta para ir, Carter. Sei o que se passa pela sua mente... – Ela pressionou a mão em meu pau. – *Miau...*

Santo Deus!

Afastei e segurei sua mão, levando-a pelo caminho até minha casa.

– O que você acha de ir ao Everglades amanhã? – ela perguntou.

– Acho que podemos discutir isso amanhã. Na verdade, temos muito que conversar.

– Oun! – Ela apertou minha mão. – Parece que você finalmente vai se abrir comigo e me contar todos os seus segredos mais sombrios e bem guardados...

– Não tenho nenhum segredo assim.

– Bem, seja lá sobre o que você quer conversar amanhã, será que podíamos ir a um lugar que não seja o Gayle's?

– O quê? – Olhei para ela e arqueei a sobrancelha. – Por que não?

– Porque, embora eu saiba que você, assim como eu, adora a comida lá, detesto o lugar. Tipo, detesto estar lá, entende?

– Na verdade, não...

– Só sinto que não é o nosso "lugarzinho especial do casal", entende? Todo casal precisa de um lugar do tipo "*aqui* é o nosso lugar". E por falar nisso, acho que precisamos postar mais fotos juntos no Facebook. Amanhã vou postar as fotos que tiramos hoje. Estou pensando em usar como legenda "UAU, meu namorado me levou a uma viagem surpresa para a praia. *Hashtag* ele me ama, *hashtag* não sintam inveja, *hashtag* ele sempre gasta dinheiro comigo".

– A praia é grátis...

Ela ignorou meu comentário e continuou tagarelando. Por fim, deixou de falar de nossos perfis nas redes sociais e passou a comentar que estava desesperada para cavalgar feito uma égua em mim à noite. Porém, assim que chegamos em casa, ela caiu na minha cama e dormiu.

Aliviado, peguei uma cerveja na geladeira e inclinei-me sobre o balcão. Precisava pensar em como terminar esse relacionamento amanhã. Precisava dizer algo simples, rápido e direto ao ponto.

"Não é você, sou eu..." "É só que não tenho certeza se sou mesmo o homem que você está procurando..." "Está bem, veja, é essa coisa esquisita que você faz, essa de imitar um gato..." Não, não, eu preciso ser diplomático. Hummm...

Procurei no Google: "Dez melhores maneiras de terminar um relacionamento", mas o navegador travou e acabei recebendo um telefonema da minha melhor amiga, Arizona.

– Alô? – atendi.

– Miaaaau... – ela sussurrou. – Miaaaau... Miau!

– Vá se foder, Ari.

Ela riu.

– Está ocupado? Estou interrompendo alguma coisa?

– De forma alguma. – Entrei no meu quarto e bati na parede para ver se Emily acordaria. – Acabei de voltar da praia. Emily apagou assim que chegamos em casa.

– Ela comeu erva-do-gato demais? Acontece o tempo todo comigo.

– Esse seu maldito telefonema tem algum propósito, Ari?

– Tem, sim. – Ela deu risada. – Tem, sim.

– Gostaria de dividir esse propósito antes que eu desligue na sua cara?

– Sim. Acho que finalmente quero trepar com o Scott esta noite.

– Tudo bem. Então vá trepar com o Scott esta noite.

– Não, não, não... – Seu tom de voz ficou mais sério. – É que não tenho certeza se deveria fazer isso, sabe? Estou com um pressentimento...

– Que tipo de pressentimento?

– De que não é boa ideia, que não é a hora certa.

Suspirei. Arizona sempre precisava de uma sessão de autoanálise quando pensava em dormir com um homem. Tudo tinha que ser medido em termos de riscos e recompensas, passando por pontos como "a intensidade dos beijos", "a duração e qualidade média dos encontros" e "o fator relacionamento duradouro". Muito embora ela negasse, eu sabia que ela mantinha uma tabela em seu celular para registrar todos esses fatores ridículos e que ela abria uma tabela nova cada vez que saía com alguém.

– Veja – falei. – Se você não quer dormir com ele, não durma. Diga que você ainda não se sente pronta.

– Mas você acha que ele vai aceitar? Já faz oito meses que estamos juntos.

– Como? – Quase engasguei com a cerveja. – Já faz *oito meses*?

– Está vendo? É justamente isso, e sei que ele sente que esta noite será *a noite*, já que eu meio que dei a entender que rolaria, mas... sei lá. Não sei se ele vale o risco. Não quero me ferrar outra vez.

– Espere um pouco. – Sacudi a cabeça. – Onde você está agora?

– No apartamento do Scott.

– Então, caramba, onde *ele* está?

– Na farmácia, comprando camisinha.

– Pelo menos o coração dele está no lugar certo... – Virei os olhos. – Mas, falando sério, se você não tem cem por cento de certeza, apenas diga a ele o que você acabou de me dizer. Scott vai ter que entender.

– E se ele não entender?

– Encontre alguém que entenda.

– Certo – ela concordou. – Você ainda está pensando em terminar com a Emily no próximo fim de semana? Ou vai voltar atrás e tentar fazer o relacionamento dar certo?

– Não. – Fui até a porta do quarto e a fechei antes de oferecer uma resposta completa. – Definitivamente já acabou. Não sinto mais nada e estou cansado demais de todas as discussões, das loucuras dela, dessa mania de querer saber o que eu estou fazendo a cada hora.

– É a quarta vez em um ano que você termina um relacionamento. Acho que é hora de você dar um tempo nessa ideia de ter uma namorada.

– Não se preocupe – falei. – Finalmente aceitei que não sou o tipo de cara bom em relacionamentos. Então, vou deixar muito claro que sou solteiro a partir de amanhã. Preciso ficar solteiro e curtir a vida antes de começar o curso de Direito.

– Então você está me dizendo que vai ser um garanhão neste verão?

– Estou deixando implícito – rebati sorrindo. – Tem uma diferença aí.

– Na verdade, não tem, não... Ah, preciso ir! Scott acabou de estacionar, eu ligo para você amanhã. Tchau.

Levantei-me e peguei outra cerveja na geladeira. Enquanto fechava a porta, um prato passou voando acima da minha cabeça, a poucos milímetros da minha orelha. Atingiu a parede e estilhaçou-se no chão.

– O que é que... – Virei-me e vi Emily com o rosto vermelho. – Que porra há de errado com você?!

– Comigo? – Ela jogou outro prato na direção da minha cabeça e mais uma vez errou o alvo. – O que há de errado comigo? Que porra há de errado com *você?*

– Só um de nós está usando pratos como possível arma letal neste exato momento.

– Você vai terminar comigo amanhã? Poucos dias antes da formatura?

– Se eu disser que sim, você vai parar de jogar essas porras de pratos?

Ela jogou outro, mas caiu perto do fogão.

– Pensei que fôssemos tirar férias juntos neste verão. Eu tinha várias ideias para *selfies* e sexo, mas, de repente, você está disposto a jogar tudo fora? Assim, de uma hora para outra? – Ela começou a falar mais rápido do que nunca. – Sei que envio mensagens de texto o tempo todo, mas é só porque me preocupo e gosto muito de você. E estou prestes a me formar em Jornalismo, então vejo acontecer coisas que fariam sua mente explodir... As pessoas morrem por aí todos os dias, Carter. Todos. Os. Dias.

– Está bem... – Balancei a cabeça. – Exatamente quantos comprimidos de Adderall você tomou hoje?

– Além do fim do nosso futuro perfeito, eu tenho que descobrir isso ouvindo você falar com alguém no telefone? Que péssimo, Carter! Pior do que péssimo!

– Você está certa. – Joguei as mãos para cima como se estivesse me rendendo. – E, para dizer a verdade, desculpe por isso. Mas, sim, vou terminar com você amanhã. Bem, estou terminando agora mesmo, na verdade... – Decidi apostar na opção diplomática. – O problema não é você, sou eu...

– Você está falando sério?

Tentei uma segunda opção diplomática.

– Eu só acho que não sou o homem que você está procurando.

Emily passou um bom tempo em silêncio, me olhando como se não acreditasse naquilo. Eu esperava que ela não tentasse me dissuadir, ou então eu teria de partir para uma desculpa menos diplomática e me esquivar de mais pratos.

– Quer saber? – Ela ajeitou os pratos restantes na mão e deslizou a mochila sobre o ombro antes de se aproximar de mim. – Eu devia ter desconfiado disso já há muito tempo. Devia ter imaginado que você jamais entregaria sua alma a mim como eu entreguei a minha a você.

– Pode ficar à vontade para passar a noite aqui – falei, contente por ela se mostrar, de certa forma, compreensiva. – Eu nunca disse que a colocaria para fora. Posso levá-la para casa amanhã.

– Ah! Agora você quer ser um cavalheiro? – ela sibilou. – Menos, por favor! Minha melhor amiga está me esperando lá fora.

– Bem, nesse caso… Sinto muito por não termos dado certo.

– Sente nada – ela rebateu, aproximando-se. – Você não sente porque, na verdade, não queria uma namorada, Carter. Nunca quis. E quer saber por quê?

Um leve ronronar escapou de seus lábios e eu logo me dei conta de que o melhor a fazer era mesmo terminar esse relacionamento.

– Pergunte o motivo – ela insistiu, empurrando meu ombro. – Pergunte por que você não precisa de uma namorada!

– Por que eu não preciso de uma namorada, Emily?

– Porque você já tem uma. Sempre teve. – Ela me empurrou com mais força. – E o nome dela é *Arizona Turner*.

Completamente confuso, arqueei a sobrancelha.

– Então, vão se foder os dois, você *e* ela. E espero que o seu pauzinho minúsculo…

– Era *enorme* enquanto você cavalgava ele ontem à noite.

– Foda-se. Carter, vá. Se. Foder.

Ela me empurrou com o ombro e seguiu na direção da porta. Virou a maçaneta e o trinco algumas vezes, mas não conseguiu abrir.

– Você precisa sair pela porta da frente – falei sem me mexer. – Fechadura nova, lembra?

– Ah, é… Eu tinha me esquecido disso. Eu já disse que gostei da nova fechadura? – Ela se aproximou da porta principal e a abriu, olhando para trás. – Gostei muito dela. Bem artística e exclusiva. Quanto pagou nela, mesmo?

Lancei um olhar apático para Emily.

– Bem, então… – ela continuou, novamente irritada. – Adeus, Carter James. E, mais uma vez, VÁ SE FODER… Com algo duro e áspero feito uma lixa.

O inevitável bater da porta veio logo em seguida.

Fui até meu quarto para ver se ela tinha estragado alguma coisa, ou tentado deixar uma marca de vingança em algum lugar. E tinha. As fotos que antes estavam dependuradas na parede – as fotos de meus pais – estavam todas jogadas no chão. De alguma forma ela tinha conseguido abrir minhas gavetas e jogar tudo para fora. E sem fazer barulho.

Por que eu continuo fazendo isso comigo mesmo?

Irritado, porém aliviado por poder passar a noite sozinho, coloquei tudo de volta no lugar. A primeira coisa que fiz foi pendurar novamente as fotografias.

Quando terminei de jogar todas as canetas e lápis de volta na gaveta, ouvi meu celular tocar. Arizona, outra vez.

– Diga. – Levei o telefone ao ouvido. – Eu preciso explicar para você como o sexo funciona? Sei que já faz algum tempo no seu mundo, mas, de verdade, não é tão difícil assim...

– Scott terminou comigo.

– O quê?!

– ELE. TERMINOU. COMIGO! – Ela arfou. – Mas, quer saber? Eu te ligo para contar tudo amanhã, quando eu estiver mais calma. Não quero que Emily acuse você de transar por telefone comigo.

– Na verdade, Emily acabou de ir embora. – Procurei a chave do carro. – Podemos conversar.

– Ah, meu Deus, então eu vou contar para você. – O discurso coerente de Arizona terminou nesse momento. Sempre que ela estava discutindo o fim de um relacionamento, acabava usando uma sequência de xingamentos e frases como "esse cara é um cuzão filho da puta", "ele não me merecia", "ele vai sentir saudades" antes de finalmente começar a soar inteligível.

– Ari... – falei logo depois que ela o tinha chamado de filho da puta pela enésima vez. – Apenas me conte o que aconteceu.

– Está bem. – Ela respirou fundo. – Ele voltou com as camisinhas e de repente estávamos seminus, aos beijos, quase chegando lá, quase, mesmo... Mas aquelas sensações esquisitas voltaram, então falei para ele parar porque eu não estava pronta. Falei que precisava de um pouco mais de tempo para ter certeza de que estava fazendo a coisa certa. Aí eu disse: "Além disso, Carter acha que eu devo..."

– Ou, ou, ou... – eu a interrompi, finalmente encontrando a chave do carro. – Você colocou meu nome na roda?

– Sim, e por que não colocaria? Falei para ele o que você me aconselhou sobre ter certeza antes de dormir com alguém. Aí ele disse: "Já chega. Terminamos por aqui. Dê o fora."

– Ele não falou para você ir embora, Ari. Você está exagerando.

– Falou, sim. – Ela soava lívida outra vez. – Aliás, quando eu estava saindo, ele disse que, como eu sempre tenho que pedir seus conselhos sobre tudo, que eu deveria simplesmente ir foder *com você*.

Silêncio.

Nós dois explodimos ao mesmo tempo em uma risada histérica.

– Sem ofensas – falei, ainda rindo –, mas eu jamais foderia você, menos ainda me envolveria em um relacionamento.

– Você quer dizer que *eu* jamais aturaria *você*. Não bastasse você ser o pior namorado da história dos namorados, também não faz o meu tipo.

– É claro. – Abri o aplicativo para localizar de que lugar da cidade eu estava recebendo aquela ligação. – Excepcionalmente sensual, musculoso e com a habilidade de fazer qualquer mulher querer dormir comigo logo depois do primeiro encontro. Tudo isso só é defeito na sua cabeça.

– Sério? Você está ouvindo o que está dizendo? – Ela bufou. – Por favor. E para deixar registrado: minhas qualidades são muito melhores e eliminam homens que só pensam em uma coisa, como você. Sou inteligente, esperta e tenho mais talentos do que apenas saber usar a língua.

– Você deixou de fora sua maior qualidade.

– Qual?

– A marca de "não estou interessada em foder" que está gravada na sua testa.

Ela deu risada e pude ouvir um leve bater na porta.

– Espere aí um pouco. – Segurei o telefone perto do peito e fui até a porta principal, com a esperança de que não fosse Emily.

E não era.

Era Ari, com os olhos vermelhos inchados e tudo.

– Já que Emily foi embora, será que eu posso passar a noite no seu sofá? – ela perguntou, já entrando em casa. – Não faz muito sentido percorrer todo o caminho até minha casa a essa hora, e estou ofendida por você nem me oferecer uma carona, afinal, eu deixei muito claro que Scott me expulsou. Você sabe que o apartamento dele não fica muito longe daqui.

– Na verdade, eu estava me preparando para ir pegá-la – falei, terminando o telefonema.

– É claro que estava. – Ela voltou os olhos para o meu braço. – Você fez *outra* tatuagem? – Arizona tocou meu braço, correu o dedo pela nova *tattoo*, outro ramo de frases em latim no meu cipreste em progresso. – Quando foi?

– Na semana passada. Eu falei para você que estava pensando em fazer.

– Pensando, não que tinha feito. – Ela correu o dedo outra vez pela tatuagem. – Gostei. Mas você vai ter que usar terno durante a maior parte da sua vida profissional. Ninguém vai querer contratar um advogado com o braço cheio de tatuagens.

– É o que você diz. – Peguei um cobertor no armário do corredor e o entreguei a Arizona. – Pode ficar com o meu quarto. Eu durmo aqui. Preciso pensar.

– Sobre como terminar com Emily?

– Não, isso eu já fiz. Ela ouviu a nossa conversa e terminou comigo pouco antes de você ligar.

– Nossa! Que dia dos infernos para nós dois... – Ela franziu a testa, mas rapidamente se tornou aquele ser agitado outra vez. – Quer tomar um café da manhã mais tarde sábado no Gayle's?

– Claro. Ao meio-dia?

– Na verdade, poderia ser às 13h? – Ela começou a andar na direção do meu quarto. – Tenho uma depilação brasileira marcada ao meio-dia.

– Por que vai depilar justamente a parte do seu corpo que ninguém vê?

– *Eu* a vejo.

– Hummm. Então é por isso que você queria adiar sua noite com Scott? Porque não queria que ele visse essa floresta no meio das suas pernas?

– *O quê?* O que foi que você disse?

– Eu te conheço, Ari. – Fiz uma careta. – E tenho certeza de que você me ouviu. Era esse o motivo?

– Carter...

– A gente se conhece desde quando? Quinta série?

– Quarta série.

– Dá na mesma – falei, percebendo um leve enrubescer em suas bochechas. – Pode falar, eu não vou julgar. Vou sugerir que você mantenha essa moita aparada em vez de se preocupar em depilar na última hora.

– Mesmo se eu tivesse uma moita... – ela disse, virando os olhos. – Eu *não tenho*, mas, mesmo se tivesse, tenho certeza de que eu não transformaria isso na principal razão para não transar com alguém. Especialmente com meu namorado, no último minuto.

– Que bom! – exclamei. – Porque a maioria dos caras, caras como eu, francamente não dão a mínima para isso. E, considerando que você provavelmente não vai transar nos próximos oito meses, estou tentando ajudar a economizar uma grana. Talvez você devesse pegar o dinheiro que vai gastar com a depilação e comprar um vibrador melhor.

Ela bateu a porta do meu quarto e eu ri até dormir.

Faixa 2.
“Wildest Dreams”
(3:54)

Arizona

Por que ninguém conta para nós que o curso que escolhemos quando prestamos vestibular pode se transformar naquilo que mais odiamos no último ano da faculdade? E, francamente, como as pessoas podem esperar que alguém de dezenove anos saiba o que quer fazer pelo resto da vida e fique feliz com essa decisão?

Ridículo...

No meu primeiro ano como universitária, em algum momento entre Contabilidade para Pequenas Empresas e Introdução ao Direito Tributário, percebi que eu odiava administração de empresas apenas um pouquinho menos do que a ideia de trabalhar em um escritório pelo resto da vida. Muito embora eu soubesse fazer gráficos e integrar estatísticas como ninguém, estava entediada. Dolorosamente entediada.

Não descobri minha verdadeira paixão na vida até começar a preparar cupcakes para celebrar meu ódio pelo curso e enfrentar aulas intensas de Direito Tributário. Levei-os a um grupo de estudos e eles foram devorados em segundos. Então assei mais cupcakes e comecei a me arriscar e fazer outras coisas.

Num primeiro momento, eu dominava três receitas simples: diferentes cupcakes, cookies e brownies. Então, passei a tentar receitas mais elaboradas: bombas de chocolate com cobertura, waffles recheados etc.

Quanto mais eu cozinhava, mais feliz ficava, mas só no dia em que minha mãe fez algo que me chamou a atenção que comecei a levar essa ideia a sério. Eu tinha feito um suflê de laranja no Natal e ela adorou tanto que chegou a levar pedacinhos para seus vizinhos e a convidá-los para experimentar. Chegou a convidar meu namorado na época para uma visita e pediu para ele provar, mas ele só disse "hummm, é comestível".

De qualquer forma, descobri meu amor pela arte da culinária tarde demais. Então, em vez de trocar de curso, continuei fazendo Administração e, sempre que tinha tempo livre, roubava umas aulas da escola de culinária número um da praia: Wellington's Culinary Institute.

Todo sábado e domingo eu ia ao centro e me sentava no fundão da sala de aula. Tomava notas como se eu realmente pertencesse àquele lugar. Nos dias em que as aulas aconteciam na cozinha – um fogão por aluno *pagante* –, eu simplesmente fingia ser uma colegial fazendo um trabalho de pesquisa.

Era o que eu andava fazendo naquele momento.

– Não se esqueçam de que vocês receberão notas com base em como criam a cobertura dos croissants – avisou o professor, do outro lado da sala. – Elas precisam estar crocantes, mas sem esfarelar; suaves, mas não grudentas. Vocês também precisam ter certeza de que o que vão criar é algo que não foi feito antes nesta sala de aula. Não recriem nenhuma das atividades anteriores, ou automaticamente estarão reprovados.

Observei enquanto a mulher parada à minha frente mexia a massa e acrescentava algumas polvilhadas de açúcar. Ela provou a mistura, negou com a cabeça e acrescentou ainda mais açúcar.

– Ei... – sussurrei para ela. – Ei...

Ela olhou por sobre o ombro.

– O que foi?

– Você não precisa colocar mais açúcar.

– Como você sabe, *ladra*?

Revirei os olhos.

– Porque você ainda vai ter que fritar e acrescentar uma camada de açúcar, e isso antes de injetar o recheio, que é bem doce. Se colocar mais, vai acabar fazendo o degustador ter diabetes.

Ela colocou o pote de açúcar outra vez sobre o balcão e voltou ao trabalho, e pareceu agradecida ao dar um passinho para o lado para que eu pudesse ver o restante de sua mesa.

Enquanto eu anotava a lista de ingredientes, senti alguém dar tapinhas em meu ombro.

– Oi? – Não olhei para cima.

Eu estava no meio da anotação de como preparar um tipo especial de massa. Na verdade, estava na última letra quando o caderno foi puxado da minha mão e me deparei com uma mulher vestida totalmente de preto. A palavra "Segurança" estava gravada em seu peito com letras enormes, e a criatura estava de braços cruzados.

– O que você está fazendo aqui hoje, senhora Turner? – ela perguntou, apertando os lábios.

– Eu estou… É… – Raspei a garganta e ajeitei o corpo. – Estou fazendo um trabalho sobre um livro.

– Um trabalho sobre um livro?

– Sim – respondi. – Um livro muito importante para o meu colégio. Para o meu *colégio.*

– E em qual colégio você disse que estuda?

– Pleasant View High.

– Você estuda em uma escola que está abandonada há cinquenta anos?

Merda.

– Eu quis dizer Ridge View…

Eu tinha procurado no Google mais cedo.

– Todos os colégios estão fechados para as férias de verão. O último dia de aula foi sexta-feira passada. – Ela estalou os dedos e acenou para que eu me retirasse. – Vamos. Você conhece a rotina…

Eu me levantei e peguei o caderno de volta, seguindo-a para fora da sala, na direção do corredor.

– Entrar em aulas e tirar notas extras em um curso é mesmo um crime? – questionei. – A quem estou fazendo mal com isso?

Ela passou o cartão para abrir a porta.

– *Fora.*

– Espere. – Eu já estava do lado de fora. – Se eu te der vinte dólares, você pode voltar lá e me dizer que tipo de massa eles estão usando para fazer aqueles *cronuts* especiais? Talvez eu pudesse deixar meu e-mail e você me mandaria depois?

Ela bateu a porta na minha cara.

Droga… Enfiei o caderno na bolsa e ouvi uma risada conhecida. Ergui o olhar e percebi que era o professor de uma disciplina chamada "Entendendo as receitas".

– Você acha engraçado? – falei, sentindo-me audaz. – Chutar alguém da sala de aula?

– É hilário. – Ele ria ainda mais enquanto olhava para mim. – E você não foi *chutada* para fora da sala, foi retirada porque eu a vi entrando hoje mais cedo.

– Você me entregou? Pensei que gostasse de mim… Você não costuma me entregar.

– Não costumo, mesmo – admitiu. – Porém, em dia de prova, aí não tem conversa. Você não consegue ver a relação direta entre os momentos quando algum segurança a tira da sala e quando não?

Fiquei impressionada.

– Exatamente – ele falou, dando tapinhas em meu ombro. – Todos nós damos valor à sua paixão, mas os dias de prova são só para aqueles que pagam a mensalidade. Acho que vou vê-la com mais frequência, agora que você está terminando a faculdade, não?

Assenti e ele riu outra vez, acrescentando:

– Até o próximo fim de semana, senhorita Turner.

E foi embora.

Completamente honrada pelo "apreciamos sua paixão", sorri e me perguntei se ele escreveria uma carta de recomendação não oficial para algumas escolas de culinária das quais eu esperava uma resposta.

Talvez uma carta assinada por ele me ajudasse e conseguir uma bolsa de estudos?

Olhei para o relógio e percebi que tinha três horas para me arrumar para a faculdade pela qual eu pagava. Minha cerimônia de formatura era hoje.

Faixa 3.
“All Too Well”
(3:42)

Arizona

Sim... Eu definitivamente escolhi a carreira errada para a minha vida...

Estava oficialmente convencida de que os grandes nomes da Reeves University haviam realizado uma reunião secreta dedicada a listar muitas formas de tornar a cerimônia deste ano a mais insuportável até hoje.

Tudo, desde o prelúdio de vinte minutos tocado no órgão até a apresentação das turmas, passando pelo vídeo de meia hora sobre o que havia de melhor na faculdade e culminando no fato de terem convidado cinco oradores diferentes, foi um tédio.

Enfrentei tudo aquilo vendo as atualizações nas minhas redes sociais e remexendo os polegares, mas o quarto convidado do dia definitivamente dominava a arte de soar o mais monótono possível. A cada minuto, dizia algo como "e aí, eu me lembro...", "quem me dera ter sabido..." ou "não estou inventando isso, rapazes... hahaha".

Ninguém no público dava risada. Nunca. Só se ouviam o silêncio e os roncos.

Cobri a boca com a mão para poder bocejar mais uma vez, e a garota sentada ao meu lado estendeu os braços e descansou a cabeça no meu ombro. Sem a minha permissão.

– Hum... – Olhei para ela.

– Sim? – Ela retribuiu o olhar.

– Hum... Eu te conheço? Por que está deitando em mim?

Ela piscou pra mim.

– Não, sério, por que está deitando em mim? – insisti.

– Shhh! – chiou, ajeitando-se e fechando os olhos.

Senti-me tentada a me afastar e deixá-la ali, dependurada, mas decidi tirar o melhor da situação. Olhei para a garota à minha esquerda – para o ombro livre que chamava meu nome – e me apoiei ali.

Vários minutos depois, quando o orador dizia "já estou terminando" pela enésima vez, senti o celular vibrar com uma mensagem da minha mãe.

Sinto muito, querida, mas não aguento mais um segundo disso. Mas tirei muitas fotos suas atravessando o palco! Ah, e também na cerimônia do departamento, mais cedo. Te vejo em casa para a festa. Estou fazendo bolinho de caranguejo. Esteja lá às 19h.

Vc é minha mãe e vai sair mais cedo da minha formatura? SÉRIO?

Na verdade, eu queria ter saído DUAS HORAS ATRÁS, mas justamente por ser sua mãe fiquei um pouco mais. Te amo.

Virei os olhos, mas não podia culpá-la. Enviei uma mensagem de texto:

Também te amo. Até mais tarde.

Olhei ao meu redor. Alguns dos participantes estavam pensando a mesma coisa. Porra, até mesmo alguns formandos estavam com a mesma vontade. Quero dizer, aqueles que ainda tinham energia suficiente para se levantar.

Antes de definir o que eu queria fazer, meu telefone vibrou outra vez. Carter.

Ainda tá acordada?

Eu tô. Estou achando esse discurso bastante inspirador. Se vc tentar prestar atenção, talvez aprenda alguma coisa hoje.

Que merda. Do que esse cara tá falando?

Ouvi o convidado por alguns minutos e, francamente, não entendi por que ele estava falando de um peixinho dourado, mas fingi estar entendendo mesmo assim.

Ele tá falando sobre correr riscos, tentar coisas arriscadas e descobrir que alguma escolha vai acabar sendo recompensada.

Você já tá de saco cheio, Ari. Deveria ir embora.

Eu quero ouvir o resto.

Então espero que vc encontre outra forma de chegar à festa da formatura, porque eu acabei de ver sua mãe indo embora.

O quê? Eu não me lembro de ter te forçado a se apressar na SUA formatura. Eu enfrentei a cerimônia inteira!

Eu não dependia de vc para ter uma carona e voltar pra casa. ☺
Te dou cinco minutos.

Te encontro em dez min.

Com delicadeza, afastei a vizinha que estava apoiada em meu ombro e me levantei.

– Às vezes, a gente simplesmente tem que ficar até o fim – falou o convidado em um volume mais alto, bem mais alto do que o tom usado durante seu discurso infinito. – Quem me dera ter ficado até o fim de muitos discursos quando eu era mais novo...

Eu definitivamente gostaria de ter ouvido todo o discurso da minha formatura...

O quê?

Dei meia-volta, tentando ver se ele estava, de forma nada sutil, referindo-se a mim.

E estava. Assentiu e gesticulou para que eu voltasse ao meu assento.

– A gente nunca sabe o que vai perder... – dizia ele.

Dei um passo para trás.

– Este poderia ser o discurso mais importante da sua vida...

Dei mais um passo para trás.

– E talvez você se arrependa pelo resto da...

Dei meia-volta e segui para fora da sala, ouvindo os risos e os aplausos dos meus colegas de sala que ficavam para trás. Quando cheguei ao corredor, olhei para trás e vi vários outros alunos me seguindo e participando do êxodo.

A faculdade tinha oficialmente acabado.

Tirei a beca e encontrei Carter no estacionamento.

– Como você me fez sair mais cedo, vai ter que passar no Gayle's antes de irmos à minha festa.

– Temos que sentar do lado de dentro?

– Nem sei por que você ainda pergunta...

Entrei no carro e ele baixou o teto do Camaro, rapidamente acelerando rumo ao restaurante.

O Gayle's era a melhor loja de doces e waffles da praia. Ficou tão popular que eles chegaram a comprar *foodtrucks* e estacioná-los no campus durante o ano letivo.

O menu não tinha nada de especial, era supersimples, com pratos típicos de um café da manhã em estilo americano. O que o diferenciava dos outros lugares era a atmosfera da década de 1950 e a inegável melhor receita do mundo. Os habitantes da cidade passaram anos zoando e acusando a lanchonete de usar crack na receita para fazer as pessoas voltarem tantas vezes, então o dono começou a armazenar a massa em latas com a palavra "CRACK" gravada.

O Gayle's também era o único restaurante que tinha um cardápio de dez páginas dedicado exclusivamente às sobremesas, e eles adicionavam opções novas toda semana.

Eu já tinha virado várias noites, passado por vários encontros românticos e até mesmo realizado uma festa de aniversário por lá. Mas, independentemente do que acontecesse, era lá que Carter e eu nos encontrávamos sempre que nossas vidas viravam do avesso e precisávamos conversar. E também quando não havia outra coisa para fazer.

A gente se encontrava tanto ali que, às vezes, os outros amigos de Carter simplesmente apareciam quando precisavam dele, em vez de telefonar.

– Deixe-me adivinhar... – A garçonete aproximou-se de nós com seus patins brancos assim que entramos. – Um waffle belga com iogurte de baunilha e morango com pedacinhos de chocolate e uma torre de waffle com iogurte de chocolate, manteiga de amendoim e polvilhado com pedacinhos de Oreo?

Ambos assentimos. Toda vez pedíamos exatamente a mesma coisa.

– Sentem-se – ela disse. – Eu já trago seus pedidos.

Sentamo-nos em uma cabine próxima a uma janela com vista para a baía, de onde podíamos observar os turistas que começavam a invadir a cidade para tomar a praia.

– Vou sentir tanta falta disso – falei. – Se eu não for aceita em nenhum lugar logo, vou ter que topar o convite daquela escola de culinária em Cleveland. Mas acho que lá não tem praia, nem restaurantes como este aqui.

– Eles não têm nada lá... Estamos falando de *Cleveland.*

Dei risada.

– Apenas tente não esfregar na minha cara que você tem sorte de ficar aqui para estudar Direito.

– Não se preocupe. Vou mandar fotos do oceano todos os dias.

– Aqui está – falou a garçonete, ajeitando nossos pedidos sobre a mesa.

Eu logo roubei uma colherada de iogurte do prato de Carter.

– Que nojo! – resmunguei enquanto engolia. – Como você consegue comer isso? As palavras "iogurte" e "chocolate" não deveriam nem aparecer uma perto da outra.

Ele pegou uma colherada do meu iogurte de baunilha.

– Não que baunilha seja muito melhor... Isso aí não tem gosto nenhum.

Dei de ombros e peguei alguns Oreos da cobertura do prato dele enquanto ele roubava alguns biscoitos de morango do meu.

Enquanto eu roubava um pouquinho da manteiga de amendoim, alguns jogadores da equipe de basquete da faculdade de Oliver entraram – fazendo muito barulho e sendo bem incômodos. Ao avistarem Carter, eles imediatamente se aproximaram e ofereceram um aperto de mão a ele. Fizeram algumas perguntas, mas deixaram muito espaço para Carter parabenizá-los pelo último e disputadíssimo campeonato. Muito tempo para lembrar de sua curta – porém impressionante – temporada no primeiro ano de faculdade.

A equipe havia se saído supermal este ano, conquistando o pior recorde de toda a história do basquete. E, embora seus colegas de time jamais dissessem na frente dele, tenho certeza de que eles se perguntavam se Carter havia mentido sobre seu diagnóstico anos atrás, sobre ter problemas com um ligamento, como desculpa para deixar tudo aquilo de lado.

– Você sente saudade? – perguntei depois que eles tinham se despedido.

– Sinto falta das groupies.

– Você ainda tem groupies, só que de outro tipo.

– Bem, nesse caso... – Seus olhos acompanharam os jogadores saindo da loja. – Eu nunca gostei de ter outras pessoas depositando suas expectativas em mim; eu já tenho as minhas próprias expectativas. Então, não. Não sinto falta de ser parte daquilo, de forma alguma.

– Entendo perfeitamente. E, por falar nisso, já que estamos falando de coisas das quais sentimos ou não sentimos saudade...

Puxei meu celular e abri a tabela "Compatibilidade para relacionamentos duradouros". Nunca comentei com Carter sobre a existência dessa tabela, afinal, eu sabia que ele encontraria uma forma de me fazer deletá-la.

– O que você teria feito diferente em seu relacionamento com Emily? – perguntei.

– Quem me dera nunca ter conhecido essa menina.

– Ah, qual é?! – Comecei a digitar. – Isso sempre me ajuda a saber o que não fazer no meu próximo relacionamento. Então eu começo. No meu caso com Scott, eu poderia ter tentado conversar com ele bem antes sobre minhas reservas com relação à intimidade.

– Não, você deveria ter tentado *trepar*.

– E você deveria ter tentado *latir* – esbravejei. – Talvez assim os miados de Emily não parecessem tão esquisitos.

– Ah, é? – Ele deu risada. – Eu falei alguma coisa que te incomodou? Você é tão frustrada assim com a sua vida sexual?

– Não. – Joguei uma bala de ursinho na cara dele. – De qualquer forma, seria legal transar loucamente antes de eu partir para a escola de culinária.

– Então transe. Eu posso ajudar.

– Como é que é?! – Olhei duramente para ele. – Não com você. Ficou louco?

– Eu definitivamente não estou falando de você trepar comigo. – Ele roubou o último pedaço do meu waffle e se levantou. – Você não me aguentaria.

Virei os olhos.

– Menos!

– Mas, falando sério, eu não tenho muito a fazer além do trabalho durante os próximos meses – ele contou. – Portanto, vou ajudar a encontrar um cara para você. Ou dois, ou três, só para trepar. Aliás, vamos começar a busca esta noite, depois da sua festa de formatura.

– Tem certeza de que não vai tentar me convencer a sair da festa supercedo?

– Não, a não ser que você consiga me fazer dormir de algum jeito.

Ele deu risada e me ajudou a levantar. Então, me guiou para fora da loja.

Enquanto passávamos pelo píer com o sol se pondo atrás de nós, percebi que eu já começava a sentir saudades dessa parte da minha vida.

◆◆◆

Mais tarde naquela noite...

Coloquei um último pedaço de cupcake na boca e dei um abraço em minha mãe.

– Obrigada por fazer esta festa para mim.

– Faço qualquer coisa por você. – Ela retribuiu o abraço. – Espere aí, onde está Scott? Ele vem mais tarde?

– É... hum... a gente não deu certo.

– Ah, eu sinto muito, minha querida. – Ela lançou um olhar solidário para mim. – Você vai encontrar alguém melhor.

– É o que eu espero. – Olhei pra fora pela janela, o resto da família estava ocupado arrumando as coisas e tirando a mesa. – O que quer que eu limpe?

– Absolutamente nada – ela disse. – Fiz esta festa para você, então não precisa ajudar em nada. Aproveite para sair com seus amigos e curtir o resto da noite.

– Quem é você e o que fez com a minha mãe verdadeira? Aquela que tem transtorno obsessivo-compulsivo e insiste que tudo esteja limpo em meia hora ou menos?

– Dê logo o fora daqui antes que eu mude de ideia. – Ela deu risada e me enxotou para a sala de estar, onde alguns dos meus colegas de classe reuniam suas coisas para ir embora.

No sofá, minha antiga colega de estudos de Logística, Tina, corria a mão para cima e para baixo pelo braço de Carter. Sem ser nada sutil, ela enrubescia mais a cada segundo e sorria em seguida.

– Eu adoraria conversar com você em algum momento... – ela disse a ele, mordiscando seus lábios vermelho-cereja.

– Eu também adoraria conversar com você – ele respondeu, abrindo aquele sorriso ridículo de conquistador que aparentemente tinha um efeito em todas as mulheres, exceto eu.

Andei pela sala e agradeci a cada um individualmente por ter vindo, tirando as últimas *selfies* antes de eles irem embora. Eu estava prestes a agradecer Tina, mas, de repente, ela deu um salto do sofá e agarrou minha mão, arrastando-me para o banheiro de visitas.

– Você precisa de um absorvente ou algo assim? – perguntei, confusa. – Estão na última gaveta do lado esquerdo.

– Não – ela sorriu. – Queria perguntar algo sobre o seu amigo.

– Carter?

– Sim. – Ela baixou a voz como se ele estivesse superperto e pudesse ouvir. – Você ficaria chateada se eu saísse com ele?

– Por que eu ficaria chateada?

– Porque, bem... Pessoalmente, acho que vocês já fizeram coisas no passado e que você esconde suas emoções com relação a ele, então...

– Não escondo nenhuma emoção, não – eu a interrompi. – E a gente nunca, nunca mesmo, nem se beijou. Aliás, a gente mal se abraça. Há quanto tempo você pensa isso de mim?

– Isso não importa – ela respondeu, desviando o assunto. – A questão é que quero sair com ele e quero ter certeza de que isso não vai causar nenhum problema com você, já que somos amigas.

Nós não somos amigas. Somos *colegas de estudo.*

– Por mim, não tem problema – garanti. – Você não precisa da minha permissão. O que acha de perguntar para ele, e não para mim?

– Ouvi dizer que ele tem um pau enorme. – Ela baixou a voz outra vez. – E que gosta de sexo sacana e selvagem. É verdade?

– E como é que eu vou saber?

– Ah, qual é? – Ela lançou um olhar afiado para mim. – É impossível que você não tenha dado uma apalpada naquele pau ou olhado com mais atenção para aquela mala.

– Nunca fiz isso.

Tentando me pegar na mentira, ela tentou outra abordagem.

– Ele nem estuda na nossa faculdade, Arizona. Mesmo assim, eu vejo o Carter no campus o tempo todo.

– Sabia que ele já saiu com algumas garotas da nossa faculdade? Esse seria um bom motivo para ele estar lá.

– Então, só para ter total certeza, você está me dizendo que vocês dois nunca se experimentaram?

– Você acabou de usar o verbo "experimentar" em um contexto sexual? – Eu não conseguia acreditar. – Veja, ele e eu nunca transamos, menos ainda "nos experimentamos". Pode acreditar em mim. E também pode confiar quando eu digo que nunca, nunca vou fazer isso.

Ela me encarou por alguns instantes como se estivesse tentando avaliar se eu, de alguma forma, retiraria tudo o que disse. Finalmente sorriu:

– Você é uma graça! – Então, me abraçou e me apertou com tanta força que literalmente comecei a tossir. – Uma perguntinha rápida… Eu imagino que você saiba, qual é a cor preferida dele?

– Azul. Azul-turquesa.

– Bom saber. – Ela piscou para mim enquanto abria a porta. – Vou me lembrar disso quando for escolher a cor do fio-dental para usar debaixo do vestido quando ele me levar para sair.

Eu não conseguiria expressar minha indignação, então apenas sorri e a segui de volta para a sala de estar, esperando que ela dissesse algumas últimas palavras a Carter. Tina passou seu número de telefone para ele, sussurrou algo que pareceu ser "mal posso esperar para você foder minha boceta" no ouvido de Carter e lançou um último olhar sensual antes de sair.

– A festa foi boa – elogiou Carter, fechando a porta quando ela se foi. – Qual parte da casa você precisa limpar antes de poder sair?

– Nenhuma. Minha mãe disse que eu não preciso ajudar. Falou que era para eu aproveitar a noite.

– Impossível que ela tenha dito isso. – Ele apoiou o corpo na parede. – Diga para mim, para que eu possa ajudar. Se nos apressarmos, já podemos começar a procurar a sua vítima sexual hoje ainda.

– Eu estava falando sério, Carter! – Minha mãe gritou da cozinha. – Vocês dois já podem sair!

Ele não questionou mais.

– Bar?

Saí de casa e entrei no carro de Carter. Troquei a estação de rádio e comecei a responder algumas perguntas sobre Tina.

Enquanto procurávamos uma vaga para estacionar perto do píer, pedi para todos os deuses ajudarem caso ele mudasse de ideia e decidisse investir em um relacionamento com Tina (ou com qualquer outra nesse verão), para que ela não se mostrasse outra Emily. Eu não suportaria outra daquelas…

Ser a melhor amiga dele já era viver em um território complicado. Todas as suas namoradas automaticamente ficavam desconfiadas quando éramos apresentadas. Elas sorriam para mim na frente dele, mas me lançavam olhares penetrantes quando ele não estava. E, quando Carter estava ao telefone comigo, ele sempre precisava interromper a ligação para garantir: "Não, é sério. Ela só é minha melhor amiga..." Em geral, mais de uma vez.

Quase sempre ele também recebia um ultimato: "Você está namorando Arizona ou EU?"

De qualquer forma, como de fato somos "apenas amigos" – só amigos, cacete, por que as pessoas não entendiam isso? –, eu não tinha problemas quando ele se distanciava ou não conversava tanto comigo. Afinal, meses depois, o resultado era sempre o mesmo: mais um fim de relacionamento. Mais um telefonema tarde da noite para discutir o que deu ou não deu errado. Mais um breve período de fim de relacionamento até ele encontrar a próxima louca.

De fato, às vezes eu gostaria de poder sentar ao lado da namorada dele e dizer: "Ei, antes que você comece a pensar alguma coisa ridícula e acusá-lo de algo que nunca aconteceu e nunca vai acontecer, aqui estão alguns fatos que provavelmente vão acalmá-la:

1. Eu não me sinto atraída por ele. DE JEITO NENHUM. Não entendo por que todo o *hype*, sinto muito.
2. Eu não estou interessada em "foder com ele". DE JEITO NENHUM. Já tive uma quantidade suficiente de sexo de qualidade para me manter satisfeita. E, mesmo quando não estou com alguém, meu vibrador e minhas fantasias envolvendo celebridades me atendem bem. ELE, NÃO. Sério.

3. Ele uma vez me viu nua em uma festa na piscina, quando tínhamos 18 anos, e me implorou – porra, e como implorou – para me vestir outra vez. O mais rápido possível. Então, entenda. Ele também não se sente atraído por mim. Agora será que você pode prometer que não vai fazer acusações envolvendo sexo e nós dois?"

É claro que eu tinha certeza de que agendar um encontro com uma possível namorada levaria a mais problemas do que soluções, então eu simplesmente acompanhava o caos, esperando que um dia ele encontrasse alguma que não fosse louca.

– Ei, Ari? – Carter balançou a mão em frente ao meu rosto minutos depois.

– O que foi?

– Você planeja sair do carro hoje? – Ele abriu a porta para mim. – Ou acha que é melhor esfregar os dedos na boceta durante todo o resto do verão?

Virei os olhos e saí, seguindo-o para dentro do Margaritaville.

Perdi a cerveja mais fraca que eles tinham e analisei o ambiente.

– Se essa coisa de achar um cara para sexo casual não der certo, você acha que eu vou encontrar meu parceiro totalmente ideal antes de ir para Cleveland?

– Duvido muito. – Ele sorriu, inclinando a cabeça contra o painel de madeira. – Faltam três meses até lá e você faz os caras esperarem pelo menos oito meses antes de dizer a eles que mudou de ideia.

– Eu estou falando sério. – Dei um soco em seu ombro. – Seria legal encontrar um cara gentil e simples e sentir que tudo está perfeito e certo ao mesmo tempo, sabe? Ter toda essa *vibe* de sentimentos legais para não precisar nem me perguntar como as coisas vão ser no longo prazo.

– Você está falando de amor instantâneo?

– Estou falando de amor à primeira vista.

– Essa merda não existe – afirmou. – Qualquer relacionamento construído apenas com base em uma atração instantânea é a receita para o fracasso. Confie em mim, eu sou o arquétipo.

– Você é o arquétipo do garanhão. – Tomei um gole de cerveja. – Não é a mesma coisa.

– Se eu fosse um garanhão, não teria tido seis namoradas ao longo dos últimos dois anos. *Seis,* Ari.

– Seis namoradas, cinco trepadas de uma noite só, quatro manhãs dizendo "tem uma menina na minha cama e eu nem sei o nome dela", três "puta merda, o sexo foi horrível" e um...

– Um o quê?

– Um "Ari, por favor, venha me salvar".

– Eu não sabia que você ficava contando.

– Só porque você facilita demais.

– Vou me lembrar disso. – Ele virou os olhos, e então apontou com o canudo: – Ei, olhe ali. O que acha daquele cara? Ele faz o estilo de que passaria algumas noites com você.

Avistei o rapaz de quem Carter estava falando. Ele usava camisa de manga curta branca e calça cáqui combinando com os sapatos beges.

– Ele é uma graça. – Olhei outra vez para o rapaz. – Mas não acho que é meu tipo.

– Ele é mais do que o seu tipo. E parece não foder com ninguém há anos.

Dei risada.

– Não, obrigada. E aquele cara ali? – Apontei para um cara vestido de azul.

– Achei que você detestasse esses caras urbanoides que colecionam tênis.

Desci o olhar até os pés do rapaz e neguei com a cabeça. Depois que saí com um tipo assim, percebi que eram viciados em tênis exclusivos.

– Ah, espere aí... – falou Carter, sorrindo. – Parece que você tem um admirador. Olhe à esquerda.

Virei lentamente a cabeça e percebi um cara de camisa preta e calça jeans sorrindo para mim. Ele inclinou a cabeça para o lado, como se estivesse tentando entender que tipo de relação eu tinha com Carter.

Imediatamente me ajeitei e ele sorriu, acenando brevemente.

– Vá conversar com ele – sugeriu Carter.

– Shhh! Pare de falar comigo. Ele pode pensar que estamos juntos...

– Ele não vai pensar isso se você for conversar com ele, Ari. Jesus Cristo!

Hesitei por um instante, ainda olhando para o cara, e em seguida vi Carter me empurrando para fora da cadeira.

– Vai logo – ele insistiu. – Afinal, você também não está me fazendo parecer interessante para ninguém.

Neguei com a cabeça e fui até o cara de camisa preta, enrubescendo enquanto me aproximava. Ele era dez vezes mais bonito de perto.

– Oi – ele cumprimentou, sorrindo com seus dentes brancos como pérolas.

– Olá.

– Sinto muito por ficar encarando – falou com uma voz suave.

– Seu namorado mandou você vir aqui para me mandar parar?

– Ele não é meu namorado.

– Que bom saber disso. – Ele sorriu outra vez e estendeu a mão. – Meu nome é Chris.

– Arizona.

– Prazer em conhecê-la. – Ele gentilmente acariciou a articulação dos meus dedos. – Na verdade, só estou aqui para levar alguns amigos bêbados para casa, mas... Eu adoraria ligar para você amanhã, talvez possamos nos encontrar em algum momento desta semana. Em algum lugar mais tranquilo.

Assenti, perdendo a fala com a forma como seu toque me fazia sentir.

– Posso ficar com seu número de telefone, Arizona? – Ele lentamente soltou minha mão e puxou o telefone do bolso.

– É 555-9076. – Consegui puxar meu celular sem afastar meus olhos dos dele. – E o seu?

– O número que está ligando para você agorinha mesmo. – Ele sorriu enquanto meu telefone tocava e o número aparecia na tela. – Sem dúvida vou ligar para você amanhã. – Ele me olhou de cima a baixo e deu um passo para trás. – Foi um prazer enorme conhecer você.

– Também foi um prazer conhecer você. – Fiquei parada enquanto ele desaparecia na multidão; em seguida, voltei para a cadeira onde estava.

– E aí? – Carter acenou para o barman fechar a conta. – Como foi?

– Bem, muito bem. Só trocamos algumas palavras, mas ele vai me ligar amanhã. – Eu soava como uma menininha contente. – Realmente senti algo quando ele me tocou... Uma coisa forte.

– Se ele já transmitiu uma DST, bem, isso é um péssimo sinal.

– Você é terrível, mesmo! – Caí na risada. – Encontrou alguma vítima futura enquanto eu estava longe?

– Em um intervalo de dois minutos? Não, mas percebi que precisamos arrumar mais alguns caras para você esta noite, para garantir que você vá trepar em algum momento neste verão. – Ele deixou a gorjeta no balcão e segurou minha mão, puxando-me pela multidão, até o lado de fora. – Precisamos ir a mais alguns bares.

– O quê? Por quê? Eu acabei de arrumar um cara, um cara que prometeu que vai me ligar amanhã e me fez sentir uma faísca quando tocou minha mão. Você não ouviu nada do que eu disse antes?

– Foi um cara, Ari. – Ele balançou a cabeça. – Só um. E não sabemos se ele vai ligar mesmo amanhã. Você acreditou só porque ele disse que telefonaria?

– Bem, sim.

– Então você acredita em qualquer coisa que um total estranho diz?

– Eu senti uma faísca, Carter... Uma faísca me dizendo que ele definitivamente vai ligar.

– Você precisa de pelo menos cinco outras opções. – Carter destravou a porta do carro e gesticulou para que eu entrasse. – Esse é o seu maior problema agora. Você precisa ter encontros e parar de apostar todas as esperanças no primeiro cara por quem supostamente sente uma faísca.

– Eu nem sempre faço isso. Pelo menos espero até ele me beijar primeiro. – Dei risada. – Sou muito boa em julgar beijos, você sabe. Sou capaz de descobrir muito sobre um cara com base na forma como ele usa a boca.

– Posso apostar que sim. – Ele ligou o carro e acelerou por alguns quarteirões, até chegar a um bar mais movimentado. – Agora mesmo, tem estrelinhas nos seus olhos só porque talvez ele te ligue. Eu não quero nem ver como você fica depois do primeiro beijo.

– Um dia vou gravar e mandar o vídeo.

– Por favor, não faça isso. – Ele olhou para mim, rindo enquanto procurava uma vaga para estacionar. – Se for parecido com o jeito que você ficou depois de encontrar aquele cara, eu nunca vou querer ver. Agora, saia do carro antes que comece a olhar para o nada, assim posso mostrar como você deve fazer para encontrar exatamente o que sua boceta carente precisa.

– Tá falando sério? Eu alguma vez já disse o quanto você é profundo?

– Não. – Ele sorriu enquanto saíamos do carro. – Mas só porque eu nunca trepei com você.

Quinto ano

Carter

Querido Carter,

Eu não dou a mínima para o que você diz de Dawson Meade III. Ele vai ser meu primeiro beijo e NÃO vai se importar com o meu aparelho. Ele vai se apaixonar por mim e me pedir em namoro. Aí você vai ficar com ciúme porque ainda não vai saber o que é beijar.

Eu te conto como foi depois da aula.

Sinceramente beijada,

Arizona

Querida Arizona,

Eu não estou nem aí para o seu primeiro beijo, mas você deveria saber que Dawson é horrível e beija qualquer uma. Eu vi ele se beijando no espelho do banheiro *na semana passada. E acredite, ele vai se importar com o seu aparelho, que continua não sendo bonito.*

E eu não vou ter ciúme porque meu primeiro beijo será hoje com Rachel Ryan. Ela disse que vai me beijar como os franceses beijam.

EU TE CONTO como foi.

Sinceramente beijado primeiro,

Carter

Arizona amassou meu bilhete e virou os olhos para mim enquanto o sinal tocava.

Fechei o caderno e a segui até seu armário, onde sempre nos encontrávamos depois das aulas.

– Você nunca vai tirar esse aparelho da boca, Ari?

– Por que você se importa tanto com isso?

– Porque não quero ouvir você chorar quando ninguém além de Dawson quiser ser seu namorado por causa desse seu aparelho.

Eu pensei que a coisa não poderia piorar, mas às vezes ela escolhia borrachinhas coloridas para poder comer. Cheguei a dizer para ela que seria melhor simplesmente passar fome.

– Você e Rachel definiram o lugar do encontro? – ela quis saber.

– Sim. A gente vai se encontrar do lado de fora do ginásio. E você e Dawson?

– A gente vai se beijar no estacionamento, atrás do letreiro do time de futebol – ela contou. – Você acha que ele vai se importar com o meu aparelho?

– Depende... Você acha que Rachel vai mesmo se importar com o meu cabelo?

– Qual é o problema com o seu cabelo?

– Na semana passada, você me disse que estava desgrenhado.

– E estava, sim, desgrenhado. – Ela fechou o armário. – Porque você dormiu com a cabeça no meu ombro.

– Ah, é... – Lembrei.

Nós dois tínhamos ficado de castigo depois da aula por trocar bilhetes durante a aula de ciências. E, como de costume, sempre que ficávamos de castigo juntos, eu usava o ombro dela como travesseiro.

– Ari, você acha que deveríamos... – fiz uma pausa. – Você acha que a gente deveria...

– Se eu acho que deveríamos o quê?

– Tipo... Como nós dois vamos beijar hoje, você acha que deveríamos testar o primeiro beijo? Um no outro? Assim podemos ser sinceros e corrigir o que precisar ser corrigido...

– Na verdade, eu ia perguntar a mesma coisa para você. – Ela deixou escapar um suspiro profundo. – Se fizermos isso, aí não ficaremos tão nervosos quando chegar a hora.

– Certo, legal. Me acompanhe.

Olhei para os dois lados para ter certeza de que ninguém estava vindo, abri a porta do quartinho do zelador e a empurrei para dentro.

Arizona apoiou os livros em uma escada e eu tranquei a porta.

– E então? – Ela parecia muito nervosa. – Como devemos começar?

– Bem, primeiro...

Fiquei na frente dela e busquei garantir que nossos sapatos estivessem se tocando. Então, fiz aquilo que via meu pai fazer toda vez que beijava minha mãe: ajeitei uma mecha dos seus cabelos para trás da orelha.

– Agora, vamos beijar quando eu contar até três. – Limpei a garganta. – Um...

Ela fechou os olhos e segurou minha mão.

– Dois...

– Espere! Eu esqueci uma coisa. – Arizona puxou o *gloss* do bolso e o deslizou pelos lábios. – Agora você já pode contar.

Droga! Garotas...

Virei os olhos e recomecei:

– Está bem, começando outra vez... Um... Dois... – Fechei os olhos e me inclinei para a frente. – Três.

Pressionamos nossos lábios um contra o outro e deixamos os segundos passarem, esperando. Esperando alguma coisa.

Não era nada parecido com o que eu via nos filmes. Não acontecia nada.

– Hum... Quando tempo a gente tem que ficar assim, Carter? – perguntou Ari, seus lábios ainda tocando os meus.

– Não sei... Talvez mais uns cinco segundos?

– Está bem... Legal...

Contei discretamente até cinco e me afastei.

– E então... – ela disse. – Você sentiu o meu aparelho? Meus lábios estavam com *gloss* demais?

– Não para o aparelho, mas passe o *gloss* antes de encontrá-lo. E eu? Quando minha testa tocou a sua, você sentiu meu cabelo?

– Não. Foi normal. Mas, quando for beijar Rachel, conte em voz baixa.

– Entendi.

Peguei os livros de Arizona e os entreguei a ela. Destranquei a porta e girei a maçaneta, mas ela se abriu antes que eu pudesse empurrar.

– Mas que diabos! – O zelador, o homem que nos fazia ajudá-lo na faxina durante o castigo, olhou de um lado para o outro, para mim e para Ari. – Querem saber? Quando estamos falando de vocês dois, eu acho melhor nem imaginar. Deem o fora daqui. *Agora*!

– A gente não estava fazendo nada – rebateu Ari.

– Então, apressem-se e saiam do meu quartinho antes que eu conte para todo mundo o que vocês estavam aprontando.

Apressamo-nos para fora e seguimos caminhos separados – ela, para se encontrar com Dawson; eu, para me encontrar com Rachel. Em breve daríamos nossos primeiros beijos...

Faixa 4.
"Sad Beautiful Tragic"
(4:13)

Carter

– Senhoras e senhores – o coordenador de Ciência Política falava ao microfone. – Por favor, deem as boas-vindas ao nosso último homenageado da noite, Carter James!

Uma salva de palmas se seguiu, enquanto eu andava pelo pequeno palco e aceitava o prêmio – uma placa de prata com as palavras "Aluno do Ano" gravadas na frente.

Era a cerimônia privada da pós-graduação, concedida aos melhores alunos do meu curso. Por algum motivo, os organizadores acharam ser boa ideia realizá-la vários dias após as outras formaturas do departamento. Também acharam ser boa ideia realizá-la na cobertura de um hotel famoso, assim, quem se entediasse poderia facilmente olhar para a praia e, ao mesmo tempo, parecer estar prestando atenção.

– Obrigado a todos por sua presença nesta cerimônia que tem como objetivo celebrar os vinte principais alunos do nosso departamento – prosseguiu o orador. – Também gostaríamos de dizer que todos os alunos homenageados esta noite obtiveram pelo menos 177 pontos de um total de 180 no exame do Conselho de Admissão da Faculdade de Direito.

Mais aplausos.

Olhei para o relógio.

– Sirvam-se com as sobremesas gourmet antes de saírem e, por favor, mantenham contato conosco quando começarem suas promissoras carreiras no mundo do Direito!

Quando mais uma salva de palmas começou, eu me levantei e fui até o bar para me despedir de alguns colegas com que eu realmente conversava durante o curso.

– Veja só se não é Carter James... – Um homem de cabelos grisalhos surgiu à minha frente, bloqueando o caminho. – Que transição interessante a sua, não?

– Perdão?

– De atleta superstar a estudante superstar. – Ele sorriu, olhando para a minha perna direita. – É uma pena que você tenha se machucado. Acho que a equipe podia ter se saído muito melhor se você não tivesse se ferido...

Fechei os punhos bem apertados, de certa forma grato por estar usando terno; o tecido acabaria me segurando se eu precisasse socar alguém.

O homem não esperou uma resposta verbal e continuou falando – e confirmando o que eu tinha certeza que todos os fanáticos por esportes do campus se perguntavam de tempos em tempos.

– Você não acha que devia ter ido a outro médico para obter uma segunda opinião? O médico que tratou você não era dos melhores. A escola até ofereceu pagar sua visita a Nova York para um novo exame. Também ofereceram reabilitação, não ofereceram?

– Ofereceram, sim.

– Quero dizer, não me leve a mal. Estar na lista dos melhores todos os semestres e alcançar 177 ou mais no exame do Conselho de Admissão da Faculdade de Direito...

– Minha nota foi 180.

– Legal. – Ele pigarreou. – Bem, isso é impressionante, mas você poderia ter se dado bem nos esportes. Michael Jordan jogava até com gripe. Willis Reed, um dos maiores jogadores de todos os tempos, chegou a jogar com o fêmur quebrado. *Quebrado*! Muitos jogadores se recuperam do tipo de lesão que você teve, então não entendo por que escolheu não tentar.

– Já terminou? – Mantive meus punhos para baixo.

– O que seus pais pensaram da sua decisão? – Ele simplesmente não parava. – Chegou a falar com eles sobre o assunto? Tenho certeza de que seu pai não...

– Vá se foder – rebati. – Você não sabe nada sobre mim e eu não dou a mínima se entende ou não as decisões que tomei relacionadas à minha própria vida. E, por falar em vida, vá cuidar da sua.

– Só estou dizendo que...

– Você não vai dizer muita coisa se continuar – afirmei, estreitando os olhos para ele. – Não deixe este terno enganar você.

Ele me encarou totalmente em choque.

– E, só para deixar registrado – comecei, dando um passo para trás e abrindo algum espaço entre nós –, Michael Jordan era um atleta profissional quando jogou doente, eu não era. Sim, Willis Reed foi um dos melhores jogadores de todos os tempos, mas se aposentou porque não parava de se machucar, não foi?

O homem não disse nada, apenas me encarou. Então, achei melhor ir embora. Acabei não conversando com meus colegas de sala nem indo ao bar. Precisava voltar para casa e ficar com as pessoas que eu realmente queria por perto.

Entrei no carro e liguei a música no volume máximo, tentando tirar da cabeça aquele filho da puta e suas opiniões, mas foi inútil. A situação toda ficou passando em minha mente como se fosse um rolo de filme antigo – cada *frame* abrindo caminho para o próximo.

Cinco anos atrás, eu não tinha de me preocupar em fazer o exame para advogados ou escolher um caminho acadêmico. Eu era considerado um dos melhores jogadores de basquete de todas as escolas do país. Era o "fenômeno inesperado", o "talento inacreditável", que havia começado a jogar basquete no penúltimo ano do colegial.

Olhando de fora, eu realmente parecia apaixonado por aquilo. Conversava com técnicos de faculdades de todo o país, fui líder da minha equipe, que já era supertalentosa, e chegamos a vencer um campeonato estadual no último ano, mas eu só estava usando essa atenção para disfarçar a minha dor. A dor que eu sabia esconder bem demais.

Todos os dias eu passava horas treinando porque não queria pensar em nada, e não por querer melhorar meu rendimento. Fingia ficar acabado e desapontado quando perdíamos ou quando eu perdia uma jogada crítica, mas, na verdade, eu não dava a mínima.

Até cheguei a me sentir ligeiramente culpado por aceitar uma bolsa de estudos na South Beach University, pois sabia que não queria jogar nem receber a atenção que eu recebia da mídia logo no meu primeiro ano de faculdade.

De qualquer forma, depois de quatro jogos do campeonato, rompi o ligamento cruzado anterior e, em poucos segundos, perdi meu mecanismo de enfrentamento. A atenção da mídia, que foi repentina e rápida quando começou, depois pareceu chegar a um fim abrupto.

Sim, o médico chegou a me dizer que eu poderia voltar a jogar se passasse por uma demorada reabilitação, mas eu levaria entre seis e oito meses para me curar e ficar bem. Então, pedi para ele me dar um diagnóstico por escrito atestando que eu "provavelmente não poderia voltar a competir". Eu não suportaria viver a realidade de um atleta universitário por mais um dia sequer. Tinha de me forçar a encontrar novas formas de levar a vida.

Como eu já não tinha ninguém da família a quem recorrer – apenas memórias podiam fazê-los reviver de tempos em tempos –, acabei me apoiando em meus amigos.

Apenas amigos.

Tinha o Josh – meu amigo mais próximo, atual colega de quarto e obcecado pela cultura da fraternidade, que tinha uma desculpa para tudo. Tinha o meu ex-colega de time, Dwayne – que logo se tornaria um atleta profissional de primeira linha e que ainda me arrumava ingressos para assistir a todos os jogos no campus. E, é claro, tinha a Arizona, que me acompanhou durante todo esse tempo sem me deixar ler o que os jornais diziam sobre um "diagnóstico questionável" e que estava sempre lá quando todos tinham me deixado para trás. Ela era minha melhor amiga, aquela pessoa com quem eu podia contar, independentemente do que acontecesse. E, por algum motivo, era ela quem estava na minha cozinha quando cheguei da cerimônia da entrega dos prêmios.

– Você queria uma festa de formatura com apenas quatro pessoas? – ela perguntou enquanto eu entrava. – Você sabe que seria fácil trazer cem pessoas para cá, e só estou considerando as meninas que estão loucas para montar no seu pau.

– Você não se conforma por eu ser tão sexualmente atraente, não é?

– Eu não aguento você se descrevendo como "sexualmente atraente" sem nem dar risada por perceber o quanto isso soa ridículo.

Eu sorri.

– Você preferiria se eu fosse modesto?

– Eu preferiria que você fosse sincero. – Ela deu risada enquanto Josh e Dwayne entravam em casa, discutindo sobre os jogos de basquete, como de costume.

– Você estava falando sério quando disse que só convidaria nós três? – perguntou Dwayne, deslizando o olhar em volta. – Nenhuma garota além de Arizona?

– Tem algum problema nisso? – perguntei.

– Não. – Josh deu de ombros, colocando uma sacola no balcão. – Depois de ir a dez festas esta semana, e todas lotadas demais, acho que prefiro passar a noite com um grupo pequeno. Bem, exceto a Arizona. Nesse assunto, tenho a mesma opinião do Dwayne. A gente sempre pode continuar sem ela, e como eu também moro aqui, voto para ela dar o fora.

Arizona ergueu o dedo do meio para ele.

– Eu trouxe um bolo para você, Carter – falou Josh, tirando um fardo de cervejas da sacola antes de entregá-la para mim. – Imaginei que você iria querer um bolo oficial para celebrar. Além disso, trouxe uma bebida nova que quero experimentar mais tarde. Eu e alguns irmãos da fraternidade queremos fazer um experimento que vimos no YouTube.

– É claro. – Abri a tampa da caixa e sacudi a cabeça quando li as letras no bolo azul-claro: "Parabéns, é um menino".

– Os bolos de formatura tinham acabado. – Ele deu de ombros. – É melhor do que nada, certo? Ou eu devia ter escolhido "Parabéns, é uma menina"?

Arizona e Dwayne começaram a rir alto. Eu também não consegui conter a risada.

Peguei meu fardo de cerveja e acenei para que os três me acompanhassem até o lado de fora, passando pelo portão no quintal e indo até a praia. Esse era o nosso último verão antes de cada um de nós seguir seu próprio sonho e eu queria aproveitar só mais um pouquinho essa vida sem grandes preocupações. A vida na qual eu podia ser ligeiramente irresponsável e tudo seria perdoado após um virar de olhos ou um puxão de orelha da polícia do campus. A vida na qual passar horas e mais horas jantando com amigos e conversando sobre absolutamente nada era a regra, e não a exceção. A vida na qual a praia nunca estava a mais do que alguns quilômetros de distância.

Todavia, quando Arizona sentou-se ao meu lado na areia e começou a discutir com Josh, como de costume, percebi que já havia alguma coisa diferente nesse verão. Porém, eu ainda não sabia exatamente o que era.

◆◆◆

Alguns dias depois...

Tranquei a porta do quarto e li o obituário do meu pai pelo que devia ser a milionésima vez, parando nas palavras "Deixa para trás um filho, a quem amou mais do que tudo, a ex-esposa (uma mulher que sempre considerou sua 'melhor amiga') e sua noiva..." A "mulher que sempre considerou sua melhor amiga" sempre era a parte que mais mexia comigo.

Ele havia desaparecido em algum momento quando eu estava entre a sexta e a sétima séries – entre uma das minhas festas de aniversário e o início da puberdade. Não deixou nenhum aviso formal, nenhuma conversa para explicar por que estava indo embora; minha mãe e eu acordamos certa manhã, revigorados após as férias anuais da família, e percebemos que as coisas dele não estavam mais em casa.

Quando voltamos a vê-lo, ele estava na TV – sendo manchete em um caso de divórcio de uma celebridade. Depois disso, voltamos a vê-lo estampando os jornais – ele havia acabado de ganhar um dos grandes processos trabalhistas do país. E a última vez que o vimos foi em seu velório. Sua noiva, muito mais jovem, bebera e perdera o controle ao volante.

Em sua defesa, devo dizer que ele deu à minha mãe tudo o que ela *achava* que queria no divórcio: pensão alimentícia, metade dos bens acumulados pelo casal e mais duas casas de veraneio que haviam comprado juntos. Ele enviava cartões de aniversário e de férias todos os anos e, de vez em quando, mandava passagens aéreas que nunca foram usadas.

Para mim, ele ligava uma vez for semana para fazer as perguntas costumeiras: "Como você passou esta semana, filho?", "Como estão suas notas?", "Sua mãe disse que você entrou para a liga de basquete este ano, como está indo?", "Como está Arizona? Ela ainda é sua melhor amiga?".

Certo dia, mais ou menos quando eu estava na sétima série e cansado dessa merda, interrompi sua lista de perguntas e lancei:

– Por que você nos deixou?

– Como assim, filho?

– Eu disse... – Minha voz não falhou: – Por que você nos deixou?

Não recebi uma resposta imediata, apenas silêncio. Depois de vários minutos, cheguei a considerar desligar, mas então ele decidiu responder:

– Eu não estava feliz. A gente só estava junto por você. Era para ficarmos juntos até você chegar ao colegial, mas, francamente... Eu não consegui, e disse isso a ela... Eu devia ter sido mais direto e explicado que já não me sentia como antes e acho que é por isso que deveríamos virar "apenas amigos".

– Essa é a merda mais ridícula que já ouvi.

– Olhe a boca – ele esbravejou com um tom glacial. – Você me pediu para ser sincero, então estou sendo sincero pra caralho! – Suspirou e fez mais uma pausa. – Nunca pude conhecer ninguém ou descobrir quem eu era com a sua mãe. Esse foi o problema. A gente se uniu e, de certa forma, travamos um ao outro.

– Você tá culpando a minha mãe por você ter ido embora?

– Estou culpando nós dois – ele disse. – É impossível que um homem e uma mulher continuem apaixonados da infância até os quarenta anos e depois disso. Não é realista.

– Então trair minha mãe com a sua secretária foi a solução?

Silêncio.

– Como está a escola? – Ele mudou completamente de assunto. – Arizona? Ela ainda usa aparelho?

E esse foi meu último esforço para tentar salvar nossa relação. Justamente por isso fiquei tão surpreso quando descobri o que ele tinha deixado para mim no testamento. Além do dinheiro para pagar a faculdade, de um fundo fiduciário e de alguns de seus investimentos, meu pai me deixou uma casa na beira da praia.

Logo que a recebi, jurei nunca usá-la e cheguei a contratar um corretor para colocá-la à venda. Mas, quando descobri que a casa ficava próxima à South Beach University, mudei de ideia e me mudei para lá ao final do segundo ano.

Era meu tão necessário refúgio da vida agitada do campus e das festas na praia, e era por isso que eu não convidava mais do que três pessoas de cada vez. Era por isso que eu detestava a ideia de fazer uma festa aqui, mas Josh pouco a pouco me vencia pelo cansaço e sugeria uma celebração neste verão. Chegou a implorar por uma "reunião de negócios" com ele para discutir a ideia após a festa privada da formatura, alguns dias atrás.

Suspirando, dobrei o obituário de meu pai e o devolvi à última gaveta.

Saí do quarto e fui à cozinha, onde Josh e cinco de seus irmãos da fraternidade estavam sentados.

– Vocês estão todos de terno? – Olhei para eles, que usavam ternos cinza e pretos.

– É uma reunião de negócios, não é? – Josh puxou uma pasta.

– Você é meu colega de quarto.

– E serei eternamente grato por isso – ele respondeu. – E acho que, pelo que eu saiba, a gente se deu superbem na maior parte do tempo. Certo? Nunca atrasei o aluguel.

– Você não paga aluguel.

– Mas, se pagasse, jamais atrasaria.

Virei os olhos e peguei uma cerveja. Esse encontro demoraria a acabar.

– Também acho que cuidei bem do quintal sem você nem pedir – ele continuou. – Também garanti que a geladeira ficasse cheia de água e *shakes* de proteína e que as minhas visitas jamais permanecessem por mais tempo do que eram bem-vindas. Portanto, com tudo isso à mesa, preciso que você me dê três bons motivos pelos quais não nos deixa dar uma festa aqui.

– Posso dar dez motivos.

– Sou todo ouvidos.

– Em primeiro lugar, temos vizinhos dos dois lados, vizinhos que não gostam de festas barulhentas e que já ameaçaram chamar a polícia.

– Nós já conversamos com eles – rebateu sorrindo. – Eles não vão estar em casa no fim de semana da festa.

– *Se* você der uma festa – ralhei. – Em segundo lugar, não quero que minhas coisas sejam destruídas por desconhecidos bêbados.

– Planejamos contratar um caminhão para você colocar todos os seus móveis e a TV antes da festa. E ajudamos a tirar as coisas no dia seguinte.

– Em terceiro lugar, você não sabe contar. Na semana passada, você disse que estava pensando em cinquenta pessoas, mas vi seu evento "secreto" no Facebook ainda hoje de manhã e tinha trezentas pessoas confirmadas.

– Trezentas e setenta e cinco – o cara ao lado tossiu.

– Sim, é isso... – Tomei um demorado gole de cerveja. – Não, cara. Não.

– Qual é, Carter?! Cara... – Josh se levantou. – Aqui tem muito espaço e nem todos ficarão dentro da casa. Temos ideias para manter metade do pessoal fora.

– A resposta é não.

– Não me diga que você não ficou tentado pela ideia de uma piscina de gelatina e um tobogã. Ou um concurso da camisa molhada no seu próprio quintal. Essa talvez seja a última grande festa que a gente vá fazer enquanto jovens. Temos que proteger nossa juventude com memórias assim, então, quando estivermos casados e com filhos insuportáveis, poderemos ao menos dizer: "Ei, em algum momento eu amei a minha vida, cara."

– Você pensa antes de falar ou simplesmente deixa essas coisas saírem pela sua boca aleatoriamente?

– Um pouco de cada coisa, para dizer a verdade – ele respondeu, sorrindo. – Não me faça implorar.

– Por que vocês não fazem essa festa na sua fraternidade?

– Bem, quanto a isso... – Ele raspou a garganta. – Depois de um certo evento que aconteceu no semestre passado, a Epsilon Chi está proibida de fazer festas no campus pelos próximos cinco anos.

– E você acha que isso me deixa tranquilo para fazer uma festa aqui?

– Não, mas se fizermos tudo o que dissemos há alguns minutos e ainda lhe dermos oitocentos dólares, você concordaria.

– Você está absolutamente certo. – Joguei minha garrafa de cerveja no lixo. – Fechado.

Ele virou os olhos e tirou a gravata enquanto seus colegas aplaudiam, comemorando.

– Certo, como temos duas semanas para ajeitar tudo, você gostaria de nos ajudar no próximo fim de semana? A gente vai ter que sair várias vezes para buscar tochas para iluminação e maconha, e também temos que começar a estocar a gelatina e o álcool. Precisamos de quatro pessoas para segurar as tochas. Elas são superfrágeis e precisamos buscá-las em alguns dias. Então, se quiser ajudar dirigindo…

– Eu não quero. Mas Ari sabe dirigir.

– Ari? – Josh arregalou os olhos. – Ari de Arizona?

– Tem alguma outra Ari que a gente conheça? – Olhei para ele. – Sim, Ari de Arizona.

– Cara, você nunca me deixa dirigir o seu carro.

– E qual seria o motivo para você dirigir o meu carro?

– Ari é mulher.

– E você é homem. Agora que já definimos os gêneros, o assunto acabou?

– O que estou dizendo é: por que Arizona pode dirigir o seu carro quando eu, seu melhor amigo desde o primeiro ano do colegial, tenho que implorar para você fazer uma porra de uma festa na sua casa? Em uma casa que nós dois dividimos?

Neguei com a cabeça. Uma vez por mês, quase religiosamente, Josh começava a falar mal de Arizona. Como uma criancinha mimada, ele perguntava por que ela e não ele.

– Você não vai responder? – Josh sacudiu a cabeça. – E você ainda fala sério quando diz que não entende por que todo mundo que vem aqui acha que você está trepando com ela.

– Em primeiro lugar... – falei com irritação. – Eu não me importo com o que todo mundo pensa. Mesmo se eu estivesse trepando com ela, e não estou, isso não seria problema de ninguém. Em segundo lugar, meu carro não tem câmbio automático. Eu ficaria superfeliz em deixá-lo dirigir, se você soubesse lidar com câmbio manual. Você sabe?

– Ah, sim... – Ele tentou se salvar. – Certo. Eu tinha esquecido... Ari pode dirigir amanhã, não tenho problema nenhum com isso. Fico contente por termos discutido esse assunto.

– Eu também. Quero os oitocentos dólares uma semana antes da festa.

Então eu me despedi dele e de seus amigos e voltei ao meu quarto.

Abri as cortinas e olhei para o mar, para as pessoas andando à noite na praia. Lembrei que eu tinha que ligar para Tina, amiga de Ari, para transar mais tarde. Peguei o celular e vi uma mensagem de Arizona.

Tá pronto pra enfrentar a humilhação de saber que estava errado? O tal do Chris (não disse que senti uma faísca?) vai me levar ao cinema hoje. Toma essa!

Era pra vc só transar com ele, Ari. Não era pra ir ao cinema. (Nem tô me sentindo humilhado.)

Bem, sim, alguns de nós, as pessoas NORMAIS, gostamos de conhecer a outra pessoa antes de transar! Foi mal, mas nós dois não estamos indo tão rápido quanto você e Tina.

Tina e eu ainda não transamos.

Está com problemas de ereção?

Estou com problemas para atravessar a ponte na hora do rush.

Bem, tenho certeza de que amanhã vai dar certo. Quer me encontrar para comer waffles depois do meu encontro? Umas 10h?

Umas 11

Ótimo. A gente se vê, então.

Faixa 5.
“Sparks Fly”
(3:23)

Carter

Assunto: Tina

Quer saber o que ela está dizendo sobre você pelas costas?
Ari

Assunto: Re: Tina

Não, mas quero que você se apresse e saia logo daí para acabarmos logo com isso. Pensei que você ia sair ao meio-dia hoje (e por que diabos você ainda trabalha nesse lugar? Você mais falta do que vai e o gerente te odeia).

Sinceramente,
Carter

Assunto: Re: Re: Tina

Ela está dizendo a todos os amigos que você tem a boca mais suja/sensual/sacana que ela já ouviu ao telefone e que mal pode esperar para você "foder até os miolos" dela (francamente, não tenho ideia de por que ainda trabalho aqui. Me dê um minuto para descobrir).

Eu tenho mesmo que dirigir?

Ari

Assunto: Re: Re: Re: Tina

Sem comentários sobre Tina.
Sim. ANDE LOGO.

Sinceramente,

Carter

Recostei-me no banco do passageiro do meu carro e continuei ali, na marina, esperando por Ari ao lado de Josh e dois de seus amigos da fraternidade. Eu esperava passar um dia tranquilo, pois não sabia se era capaz de enfrentar os três amigos por mais do que algumas horas de cada vez.

– Eu comentei que comecei um grupo privado para fumar maconha na fraternidade, Carter? – perguntou Josh.

– Não – respondi enquanto enviava outro e-mail pedindo para Ari se apressar e o olhava pelo espelho do retrovisor. – Você já não fumou maconha demais por hoje? É meio cedo para isso, não é?

– Só para deixar registrado, não existe isso de fumar maconha demais – ele respondeu. – Mas, voltando ao assunto, tomei como missão pessoal encarregar todos os alunos do último ano de não deixarem meu sonho de maconheiro morrer no ano que vem, para manterem vivo o meu trabalho.

– Deixe-me ver se entendi: você está feliz por ter começado um clube secreto que promove uma droga ilegal? Você não quer ser governador?

– Tudo bem. Em primeiro lugar, maconha não é uma droga, é uma erva – ele lançou em tom de desafio. – Essa porra cresce na terra, exatamente como uma cenoura.

– E os efeitos colaterais? – questionou um dos amigos da fraternidade. – Todos os avisos que nos dão?

– Quais *avisos*? Que essa erva pode ajudar a gente a relaxar e ficar totalmente calmo, pacífico e feliz? Ah, claro. – Ele virou os olhos. – Os efeitos colaterais são quase letais. A erva cura glaucoma, ajuda os cegos e só é ilegal porque o governo sabe que, se legalizar, vai ser difícil cobrar impostos, afinal, as pessoas podem tentar cultivá-la em seus quintais.

– Você acredita mesmo nisso? Ou está chapado agora também? – perguntou o outro rapaz da fraternidade. – Francamente, estou começando a me preocupar com você...

– Há! – Josh deu risada. – Acredite, quando eu for governador... Bem, depois que apagarem a minha ficha por tudo o que fiz no primeiro ano da faculdade... Enfim, quando eu for governador, legalizar a maconha nos Estados Unidos será meu primeiro objetivo.

– A cocaína será o segundo? – perguntei apaticamente.

– Vá se foder, Carter. Ouça o que eu estou dizendo...

Eu não ouvi. Fechei os olhos e ajeitei-me no banco.

Nunca mais concorde com ajudar Josh a dar uma festa. Nunca mais...

– Veja... – sussurrou um dos caras da fraternidade. – Eu treparia fácil.

– Porra, e como! – o outro concordou, rindo. – De zero a dez, nota vinte.

– Dezenove e meio... Meio ponto tirado pela boca suja. Eu já a encontrei no campus uma vez.

– Estamos falando da aparência, e não da atitude.

– Nesse caso, devo arredondar para cinquenta...

Os dois deram risada e eu abri os olhos para ver de quem estavam falando, mas a única mulher que vi – a mulher que vinha em nossa direção – era Ari.

Usando blusinha rosa e calça jeans, ela andava totalmente desligada – sem se importar com nada no mundo. Seus longos cabelos castanhos voavam ao vento e, por algum motivo, não consegui desviar meu olhar dela.

Quase todos os homens que passavam por ela do outro lado da marina pareciam se sentir da mesma forma. Eles viravam para olhar ou a encaravam admirados por vários segundos.

– É... – um dos caras falou enquanto ela virava a cabeça para gritar alguma coisa. – Eu definitivamente a pegaria por trás.

Em uma situação normal, eu diria a ele para calar a boca, mas minha mente estava totalmente concentrada em Ari. Eu me perguntava por que não a tinha olhado assim antes. Mesmo na quarta série (com a boca de metal e tudo), sempre a achei graciosa – ou melhor, bonitinha. Mas a mulher que andava em nossa direção era mais do que isso. Muito mais.

De fato, quanto mais ela se aproximava, mais seus traços se destacavam à luz do sol: lábios cheios e perfeitos, olhos com formato de amêndoas e cor de avelã e um sorriso que levava todos os admiradores no banco traseiro à loucura.

Mas que porra é essa?

Quando ela finalmente chegou ao carro, tentou abrir a porta e resmungou:

– Sério, Josh? Eu sei que foi você. Algum motivo para isso?

– Sim – ele respondeu, inclinando o corpo para a frente e destravando a porta. – Você não pode deixar homens adultos esperando. E, se disser que sai ao meio-dia, então é melhor ter certeza de que vai sair ao meio-dia.

Ela virou os olhos e sentou-se no banco do motorista, ignorando-o, como de costume.

– Já que somos os únicos adultos no carro... – ela falou para mim enquanto ligava o motor. – Hum... Oi? Por que está me olhando assim? Tem alguma coisa no meu rosto?

– Não... – Virei-me e olhei para o retrovisor. – Eu só estava pensando aqui.

– Pensando em quê? – Arizona soava preocupada.

– Mais tarde eu digo.

– Tem certeza? Você parece muito...

– Hum, oi? – Josh a cortou. – Detesto interromper esse episódio diário de BFFs e suas porcarias cotidianas, mas temos que buscar algumas coisas para a festa.

– Dane-se. – Ela lentamente saiu da vaga do estacionamento. – Eu comentei que Carter está me ajudando a transar antes de eu começar o curso de culinária? – ela perguntou, sorrindo com aqueles dentes perfeitamente brancos para mim. – Ele é um amigo *de verdade*, bem diferente de alguém que eu conheço.

– Eu não cresci com você nem passei metade da minha vida ao seu lado, entendeu? Não lhe devo nada. Aliás...

Passei a ignorar as vozes. Os dois podiam passar horas discutindo sobre absolutamente nada, só porque queriam discutir. Ainda bem que quase sempre me deixavam fora disso.

E, nesse exato momento, eu me senti mais do que grato por essa distração argumentativa.

Virei-me à esquerda para olhar outra vez para Ari, com a esperança de que aqueles últimos minutos tivessem sido um erro, que eu estivesse no meio de um sonho acordado muito estranho. Com a esperança de que eu jamais tivesse me sentido atraído *assim* por ela. De forma alguma eu poderia pedir para ela estacionar para que eu pudesse saborear seus lábios carnudos. Cada centímetro deles.

Os pensamentos que atravessavam a minha mente – rasgar aquela blusinha, tirar aquela calça jeans e deixar Arizona totalmente nua e aberta em cima do capô – precisavam sumir o mais rápido possível...

Puta que pariu...

Faixa 6.
“Breathless”
(3:49)

Arizona

Parei o carro em um posto de gasolina e mordi a língua para não gritar. Eu não sabia o quanto mais eu conseguiria aguentar Josh e seus colegas no banco de trás. E, se ele reclamasse da forma como eu dirigia ou dissesse a palavra "tocha" mais uma vez, eu acabaria perdendo a cabeça.

Eu nem sabia por que os amigos da fraternidade de Josh estavam tentando fazer outra festa. Verdade seja dita, ele sabia fazer festas fenomenais, mas também sabia quebrar todas as regras. Na festa do ano passado, cujo tema era "Inesquecível", metade dos convidados terminou a noite fugindo da polícia. No ano anterior, a festa "Experiência Lendária" terminou em incêndio. Eu não queria nem imaginar o que aconteceria na festa "ÉPICA" deste ano.

Desliguei o carro assim que estacionei e imediatamente saí correndo para dentro da loja para dar uma esfriada. Literalmente.

Cantarolando, andei pelos corredores e peguei algumas porcarias, já que ainda tínhamos que ir a outros lugares. Salgadinhos, barras de chocolate e alguns refrigerantes só para garantir.

Nunca mais concorde em ajudar Josh a dar uma festa. Nunca mais...

Enviei uma mensagem de texto a Carter:

Quer alguma coisa daqui de dentro?

Gatorade.

Qual sabor?

Me surpreenda.

Peguei um Gatorade azul, fui até o caixa e coloquei minhas compras sobre o balcão. Esperei a atendente virar-se, mas ela nem olhou para mim.

Seus olhos estavam fixos em algo que estava acontecendo do lado de fora, e ela murmurava para si mesma:

– Santo Deus... Ele é tão perfeito.

Limpei a garganta para atrair sua atenção. Sem sucesso.

Tossi algumas vezes, cheguei a lançar um "moça, por favor", mas não consegui nada com isso.

Sua gerente, outra mulher, passou pela porta. Esperei que ela me dissesse alguma coisa ou pelo menos fosse gentil o suficiente para passar minhas compras, mas ela acompanhou a atendente naquele festival de olhares.

– Jesus… – ela disse, finalmente me forçando a virar e olhar para o que estavam olhando.

Eu sabia que não era Josh. Ele estava ao telefone, gritando alguma coisa que soava como "gelatina". Seus irmãos da fraternidade estavam rindo e abastecendo o carro. Eles eram bonitos, mas nada que fizesse alguém babar ou ficar boquiaberta.

Levei a mão ao peito, preparando-me para limpar a garganta para ver se elas saíam daquela outra dimensão, mas, de repente, meus olhos voltaram-se para Carter.

Eu o tinha visto sem camisa um milhão de vezes antes, tinha visto seus olhos azuis brilhando sob a luz do sol muitas outras, mas jamais senti a menor atração por ele. Até então…

E, nesse momento, a atração não foi nada sutil.

Com o tanquinho à mostra, ele inclinava-se na direção de outra bomba de gasolina, olhando para o horizonte enquanto gotículas de suor desciam por seu peito torneado. Carter lançava aquele sorriso charmoso que sempre usava para conquistar as admiradoras que estivessem à sua frente, mas dessa vez funcionara comigo também, e o sorriso correu de lá até aqui, me atraindo.

Ele passou a mão por seus cabelos negros e, de repente, eu me vi ajudando-o a fazer aquilo, eu me vi correndo a mão e a língua por seu abdômen e mais para baixo, até o "V" perfeitamente definido que levava ao seu...

Ai, meu Deus...

Desviei imediatamente o olhar. Mas olhei para ele outra vez. Eu não conseguia resistir.

Como eu pude não ter percebido isso?

– Posso passar a sua compra ou você está ocupada olhando alguma coisa lá fora? – a atendente enfim resolveu trabalhar, passando a agir como se não estivesse olhando também.

– Eu estava esperando. – Dei mais uma olhadela para Carter e empurrei todas as minhas coisas pela esteira.

Quando ela terminou de passar as compras, voltei ao carro e esperei Carter e os outros rapazes terminarem.

– Valeu pelas compras, Ari – falou Josh, soando ligeiramente sincero enquanto entrava no carro.

– De nada...

Também agradeci os amigos dele e, quando Carter entrou no carro, não consegui evitar analisá-lo.

Ele é, literalmente, a personificação da sensualidade...

– Você parece um pouco cansada – falou em um tom suave. – Quer que eu dirija?

– Não. – Neguei com a cabeça e olhei para a frente, ligando o motor. – Estou perfeitamente bem.

Puta que pariu...

Faixa 7.
“Eyes Open”
(3:59)

Arizona

Peguei uma caneca de vidro do armário de Carter e a coloquei em uma caixa.

– É a última? – perguntou Josh, aproximando-se para pegá-la.

– Isso, a última – confirmei, e ele imediatamente se virou e levou a caixa para fora.

Muito embora eu tivesse dito a mim mesma que iria para casa depois de um dia resolvendo pendências, decidi ficar e ajudar a encaixotar as coisas de Carter que seriam levadas para o caminhão. (Certo, eu também fiquei para trás para olhá-lo um pouco mais e tentar entender o que diabos estava acontecendo com meu pobre e confuso cérebro.)

Olhei outra vez para Carter e percebi que ele também me olhava.

– Você precisa que eu fique para ajudar com mais alguma coisa? – perguntei.

– Preciso que você vá para casa e durma. – Ele parecia preocupado. – Nem tudo precisa ser feito esta noite. Você pode voltar para ajudar amanhã.

– Eu não estou cansada – falei com sinceridade.

– Nesse caso... – Josh voltou para dentro naquele exato instante e apontou para uma enorme pilha de caixas no canto. – Você poderia organizar todas as bebidas alcoólicas que estão nessas caixas por marca e tipo, por favor? E depois, quando terminar, poderia organizar o restante? – Ele apontou para outra pilha escondida do outro lado do batente.

– Pensando melhor, uma pausa me faria muito bem...

– Então não faça uma pausa muito longa. Os caras e eu vamos instalar algumas tochas lá fora, caso precise de nós. E, enquanto trabalhamos, vou *pensar* se a convido para a nossa festa.

Eu o dispensei com um aceno e fui até o sofá, soltando o corpo no tapete em vez de sentar-me ao lado de Carter.

– Cansada demais até mesmo para chegar ao sofá? – ele brincou. – Tem certeza de que não quer que eu leve você para casa?

Na verdade, a essa altura talvez essa seja uma boa ideia...

– Vem cá. – Ele segurou meu braço e me puxou para mais perto, posicionando-me entre suas pernas. Então, começou a massagear suavemente meus ombros.

Fechei os olhos e empurrei o corpo um pouco mais para trás, desfrutando da sensação das mãos grandes dele contra a minha pele, tentando com todas as minhas forças não me concentrar no fato de que meus nervos estavam por um fio.

– Como estão as coisas entre você e Chris? – ele quis saber.

– Está tudo muito bem, para dizer a verdade. Saímos para correr ontem de manhã. Os beijos dele são bem aceitáveis.

– Então, isso faz você pensar que o sexo tem chance de ser bem aceitável?

– Acho que vamos fazer um sexo incrível. – Engoli em seco enquanto ele pressionava a palma da mão na minha nuca. – Também acho que vai ser incrível ver você com ciúme quando eu contar tudo.

– Claro que não! – Ele deixou escapar uma risada grave. – Você deveria convidá-lo para a festa.

– Eu convidei.

– Preciso emprestar meu quarto para vocês, para ter certeza de que vai mesmo acontecer?

– Não…

– Por que não?

– Porque, embora tenha agradecido pelo convite, ele não pode vir. Ele trabalha no período da noite no dia da festa. E como estão as coisas entre você e Tina?

– Não tem nada acontecendo – ele explicou, apertando meus ombros uma última vez. – Ainda preciso retornar a ligação dela.

– Algum motivo para você estar enrolando? – Olhei para ele.

– É que eu ainda não me decidi…

Silêncio.

Nenhum de nós falou nada por alguns minutos, apenas nos encaramos. Ele inclinou o corpo para a frente, afastando uma mecha de cabelos do meu rosto. Senti meu coração acelerar, saltar e bater violentamente em meu peito de um jeito que jamais havia sentido.

– *ÉPICA, com E maiúsculo!* – gritou Josh, fazendo com que nos afastássemos. – Agora temos o slogan da festa.

– Parabéns – falou Carter, ainda olhando para mim.

– Eu sabia que você ia gostar. – Josh sorriu. – Além disso, preciso que vocês dois confirmem algo para o meu amigo Martin. – Ele apontou para o cara de 1,80 m parado ao seu lado.

Trocamos olhares confusos.

– Por favor, digam a ele que o sexo é a causa número um para arruinar todas as relações entre homens e mulheres. – Josh cruzou os braços. – Antes de vocês responderem, permita-me expor os fatos: em primeiro lugar, se você dormir com a pessoa que melhor o conhece, estará criando um inimigo em potencial. Em segundo lugar, depois que vocês transam, as coisas nunca mais são iguais. Em terceiro lugar, se vocês não ficarem juntos, aí não poderão mais ser amigos. Nunca. O que estou dizendo faz sentido para vocês?

– Parece que você está falando por experiência própria... – Levantei-me e assenti para o amigo dele. – Mas sim, faz muito sentido.

– Faz todo o sentido. – De repente, Carter estava ao meu lado, estendendo a mão para Martin. – Você nunca deve dormir com seu melhor amigo. Ele está certo. A longo prazo, isso nunca dá certo.

– Mas e se as duas partes concordarem em não deixar que isso interfira na relação?

– Não... – Carter, Josh e eu murmuramos em uníssono e demos risada.

– Agora que já esclarecemos isso – falou Josh, sorrindo –, não me importo se você ficar acordado até tarde, Carter, mas temos alguns assuntos muito importantes sobre a Epsilon Chi para discutir, portanto, poderia, por favor, levar sua outra metade para casa? Os serviços de motorista dela nos ajudaram muito hoje.

Virei os olhos e joguei um saca-rolhas para ele.

– Amanhã eu volto para organizar as bebidas. Mas acho que vou ter que separá-las por cor, e não por marca, já que parece que você tomou a decisão ridícula de tirar todos os rótulos.

– Ridícula, não. Deliberada, minha cara. São para o concurso da camisa molhada.

– Você me dá nojo.

– Você me dá *tesão* – ele rebateu, correndo a língua pelos lábios em tom de brincadeira.

– Já chega, vocês dois... – Carter pegou as chaves do carro. – Eu já volto. Por favor, tentem não atear fogo na minha casa enquanto eu estiver longe.

– Na *nossa* casa. – Ele praticamente nos enxotou pela porta. – E sim, vou fazer o meu melhor!

No caminho até minha casa, Carter e eu fingimos que aquele momento perto do sofá nunca aconteceu.

A noite terminou como de costume depois das aulas, no verão. Ele estacionou na frente da minha casa, esperou até eu entrar e depois de algumas horas enviou uma mensagem de texto:

> Está a fim de sair para conversar ou jantar comigo mais tarde?

Nono ano

Carter

Querida Arizona,
Você me deve vinte dólares.
Sinceramente,
Carter

Querido Carter,

Você poderia pelo menos TENTAR fingir que está prestando atenção à aula? E por que está me passando bilhetinhos, se nós dois temos celular?

Irritada,

Arizona

Querida Arizona,

Não encontrei, junto com seu último bilhete, os vinte dólares que você me deve. Por favor, envie a quantia apropriada quando responder. Obrigado.

Sinceramente,

Carter

Querido Carter,

A única forma de eu lhe dever vinte dólares seria se você tivesse feito sexo/perdido a virgindade no último fim de semana. E, como nós dois sabemos que isso não aconteceu, você já pode parar de fingir. De qualquer forma, pode me enviar vinte dólares por eu ter perdido tempo escrevendo esta porcaria.

Cresça e use o celular.

Arizona

Querida Arizona,

Como eu disse, você me deve vinte dólares. ☺

Sinceramente,

Carter

Ela arfou ao ler meu último bilhete. Então, olhou para trás e acenou uma negação com a cabeça. Recebi uma mensagem de texto dela pouco antes de o sinal tocar:

Te vejo depois da minha aula de economia doméstica? Na sua casa?

Na sua. Minha mãe vai receber o terapeuta mais tarde. Se vocês fizerem brownies outra vez, leve um para mim.

Fechado.

Enfrentei o resto do dia na escola, mas sem prestar atenção ao que acontecia à minha volta. Cheguei a passar uma hora extra no plantão antes das provas – algo que eu só fazia quando estava extremamente entediado.

Fui andando pelo longo caminho até a casa de Ari, parando a cada minuto para olhar para nada em particular. Mas, quando cheguei, ela não estava lá.

– Oi, Carter. – Sua irmã mais velha, Ariana, me convidou para entrar. – Quer beber alguma coisa?

– Água, por favor.

– É pra já – disse ela, rapidamente me entregando uma garrafa gelada. – Se você quiser, pode esperar Ari lá em cima, no quarto dela. Ela deve chegar em alguns minutos.

– Não, obrigado. – Apertei os olhos na direção dela. – Vou esperá-la aqui mesmo. Graças a você, sua mãe acha que ela e eu transamos na última vez em que estive aqui. Ou você não se lembra da mentira que contou?

– Foi uma brincadeira – ela garantiu, rindo. – Francamente, acho que a essa altura todos nós já aceitamos que vocês são apenas amigos. Amigos estranhos, esquisitos e próximos demais, mas apenas amigos.

– Não confio muito. – Soltei o corpo no sofá. – Vou ficar marcado pelo resto da vida, foi mal.

Ela sorriu e cruzou os braços.

– Sabe, eu estava contando a uma das minhas amigas sobre vocês dois. Falei que, embora eu ache quase impossível ser estritamente amiga de um cara, parece que você e a Arizona têm uma dessas amizades raras, que será sempre estritamente platônica.

– Obrigado por dividir seus pensamentos aleatórios – falei. – Eu estava torcendo por isso hoje.

– Bem, espertalhão, cá entre nós, você já teve algum pensamento que não seja de amizade por Arizona? Já passou pela sua cabeça que um dia talvez ela possa ser sua namorada? Ou talvez...

– Quer saber? Vou aceitar sua sugestão e esperá-la no quarto.

Levantei-me imediatamente e subi as escadas, ignorando o riso histérico de Ariana. Fechei a porta e me sentei próximo à janela. E ali tive pensamentos muito mais divertidos sobre sexo.

Fora dez vezes melhor do que eu imaginava e mal podia esperar para contar a alguém. Eu não sabia como conseguiria me concentrar nos assuntos da escola durante a semana, porque precisaria fazer muito mais sexo na vida para continuar com essa sensação maravilhosa.

– Dá pra parar de sorrir assim? – Arizona lançou um travesseiro contra o meu rosto. – Você está entregando tudo.

– Então você finalmente acredita em mim?

– Depois de vê-lo sentado aí com esse sorriso idiota na cara por mais de cinco minutos? – Ela soltou o corpo na cama. – Acredito. Eu não tenho escolha.

– Desculpa, eu não consigo evitar. – Aproximei-me e soltei o corpo ao lado dela. – Foi tão bom!

– Com quem foi? Erica? Adriane?

– Amber – contei. – Foi no domingo à tarde, na casa dela, enquanto os pais estavam em um churrasco.

– Quanta classe.

– E fizemos mais de uma vez.

– Mentira! Impossível...

– Ah, jovem e pura Ari... Quando experimentares o júbilo do corpo, serás capaz de, sem esforço, compreender a necessidade e insaciabilidade dos desejos carnais.

– Então você realmente presta atenção às aulas de literatura? – Ela riu, colocando um brownie envolto em papel no meu peito. – Eu sabia que ela era uma pedófila...

– Ela é só três anos mais velha do que a gente.

– Que seja... – Ela virou os olhos. – Quem mais já está sabendo?

– Ninguém.

Eu não tinha contado a nenhum dos meus amigos. Josh continuava suspenso por ter matado aula na semana anterior, então Ari foi a primeira.

– E como é?

– Parece uma torta de maçã.

– Estou falando sério. – Ela rolou para o lado. – Como é?

– Bom. – Engoli em seco. – Bom de verdade, mesmo, mesmo... Mas...

– Mas o quê?

– Sabe nessas comédias românticas ridículas que você me faz assistir, quando os atores transam e olham um nos olhos do outro e agem como se todo o mundo tivesse mudado para sempre.

– Sei.

– Simplesmente não foi assim.

– Sério?

– Sério... – Dei de ombros. – Tipo, não me entenda errado, é a melhor sensação que já tive na vida, especialmente logo que enfiei nela e senti como era apertada a...

– Ei, poupe-me dos detalhes sórdidos.

– Está bem, está bem... – Dei risada e me virei de lado para olhar para ela. – É incrível, incrível mesmo, Ari. Mas, se é para ser parecido com os filmes, então deve ter faltado alguma coisa.

– Ou talvez você tenha feito algo errado?

– Não! – Ri ainda mais. – Eu definitivamente não fiz errado.

– E os pornôs? Foi parecido com os pornôs?

– Você assiste a filmes pornô? Desde quando?

– Desde... um tempo atrás. – Pegou o celular. – PornMD.com

– Não, não, não... – Peguei o celular de Arizona e sacudi a cabeça. – Você tem que usar o pornhub.com. Ele linka todos os outros sites e é muito mais organizado. – Abri o site. – Qual categoria você costuma ver? Amador?

– Para dizer a verdade, *hardcore*.

– Está brincando...

– Não estou, não. – Ela parecia sincera. – Assistimos a vários filmes na festa da Lisa Jane no mês passado. Agora eu assisto a filmes pornô duas vezes por semana. Talvez esteja viciada.

– Uma virgem viciada em pornografia? – Virei os olhos. – Agora acho que já vi de tudo. Você só está passando por uma fase.

Ela se aproximou quando apertei play no vídeo "Pau enorme rasga Lila peituda".

– De todos os vídeos, você escolhe justamente isso... – ela suspirou.

– Esse estava na categoria *hardcore*. Não reclame.

Aumentei o volume.

No filme, não havia nem a tentativa de criar um enredo. A modelo loira tirou a camiseta branca e abriu as pernas em cima de uma mesa enquanto um cara com uma camiseta onde estava escrito "Vitamina D" batia punheta.

– Não vejo a hora de arregaçar essa boceta – ele disse, piscando para a câmera. – Você tem uma boceta linda e molhadinha.

Ari e eu demos risada.

Vitamina D puxou o quadril de Lila e a fez inclinar-se sobre a cadeira. Deu alguns tapas em sua bunda antes de meter o pau dentro dela.

– Você acha que os peitos dela são originais? – Ari inclinou a cabeça para o lado para ver os seios de Lila pularem para cima e para baixo enquanto Vitamina D a fodia mais e mais rápido.

– Não. São de silicone. Perceba como a pele em volta do peito não mexe. Como ficam com essa forma "boa demais pra ser verdade". Sem dúvida é silicone.

– Essa foi, de longe, a pior explicação que já ouvi.

– Mas é verdade. Da próxima vez que você for tomar banho, fique pulando na frente do espelho e compare com os seus peitos. Pegue esses peitinhos minúsculos e compare com os dela.

– Pode deixar que eu te conto o resultado. E a bunda?

– Arizona! Carter! – A mãe dela gritou nas escadas. Fechei o site e passei o telefone de volta para Arizona. – Vocês dois, desçam aqui e me ajudem a guardar as compras! E sim, Carter, você tem que ajudar, já que come a sua parte toda semana!

Rolei para fora da cama e ajudei Arizona a se levantar.

– Espere um pouco. Eu tenho uma confissão a fazer – arriscou Arizona, cruzando os braços. – Estou com uma inveja enorme por você ter transado antes de mim. Pronto. Falei.

– Eu também ficaria com inveja – comentei, rindo. – Mas você quer que sua primeira vez seja aquela coisa de príncipe encantado com brilho nos olhos, lembra?

– Sim, acho que sim.

– Então continue assistindo pornô até encontrar o cara perfeito. E é melhor você me contar quando acontecer.

– Conto, sim. – Ela abriu a porta. – Pode deixar.

– Mas, se isso não acontecer, sempre posso te foder por caridade... É o que melhores amigos fazem.

Ela me deu um tapa na nuca e me empurrou para fora do quarto.

– Se em algum momento nós dois dormirmos juntos, *eu* que vou fazer caridade para você...

Faixa 8.
"Both of Us"
(4:21)

Arizona

Ao longo dos últimos anos, tentei sinceramente com todas as minhas forças encontrar uma melhor amiga: alguém com quem eu pudesse fazer as unhas, alguém com quem eu pudesse conversar e discutir obsessivamente um encontro que deu errado, alguém para quem eu pudesse apontar um cara gostoso e dizer "ei, eu me pergunto qual é o tamanho do pau dele" sem me sentir julgada.

Porém, nas vezes em que tentei, uma destas três coisas aconteceu:

1. A tentativa de BFF queria levar Carter junto para todos os lugares, só para ficar perto dele, e não de mim.
2. Ela só estava me usando para algo relacionado aos estudos (ainda me sinto ofendida pela tentativa de BFF Carla, que aparentemente só queria ser colega de estudo porque eu levava lanches feitos em casa – "Sem lanche, sem amizade").

3. Nicole, a garota que agora mesmo estava parada na frente do meu espelho de corpo inteiro.

Usando um vestido branco de tecido fino e que parava na metade da coxa, deixando pouquíssimo espaço para a imaginação, ela passava a chapinha pela enésima vez nos cabelos, buscando garantir que estivessem absolutamente perfeitos... para uma festa em uma casa.

Nós nos conhecemos em uma das minhas aulas de Negócios no ano passado e achei ótimo sinal o fato de fazermos o mesmo curso entediante. Até ela deixar a disciplina, um mês depois, e me dizer:

– Eu só estava fazendo aquela matéria para me aproximar daquele jogador de futebol. Você sabia que ele vai jogar como profissional no outono?

De qualquer forma, apeguei-me à nossa amizade. Enviava mensagens de texto curtas falando sobre a minha vida e perguntando sobre a dela. A gente se encontrava para fazer as unhas a cada duas semanas e ela de fato nunca me julgava quando eu dizia que queria saber o tamanho do pau de um cara – porque ela também queria saber. Mas suas qualidades de possível BFF terminavam aí.

Muito embora ela fosse gentil e oferecesse bons conselhos de vez em quando, sempre me abandonava na última hora, sempre para sair com algum cara que ela "precisava experimentar". Quando saíamos para algo além de fazer as unhas ou beber alguma coisa, em geral era para ir a festas. Nada de estudar. Nada de passar a noite conversando obsessivamente sobre rapazes. (Quero dizer, embora eu pudesse contar tudo a Carter, eu ainda queria alguém que pudesse me entender do ponto de vista de uma mulher.)

– Por que ainda estou tentando? – murmurei bem baixinho.

– O que você disse, Arizona? – Nicole abaixou a chapinha.

– Nada. É melhor sairmos cedo. Na casa deles não tem muitos lugares para estacionar.

– Ah… – Ela olhou por sobre o ombro. – Você está pronta para ir? Com *essas* roupas?

Olhei para minha blusinha rosa e meus shorts cáqui.

– Sim. Por quê?

– É uma festa, Ari.

– Uma festa *em uma casa*. A gente não precisa se vestir como se fosse uma discoteca de verdade.

– Eu não poderia discordar mais de você – ela argumentou, aproximando-se do meu armário. – Você tem muitas opções ótimas aqui para ir parecendo uma caipirona.

– Você sabia que a sua calcinha rosa está aparecendo debaixo do vestido? Se é que se pode chamar esse pedacinho de tecido de vestido…

– Duh! É justamente esse o propósito! – Ela riu e puxou um vestido vermelho e curto do meu armário. – Perfeito!

– Da última vez que usei esse vestido, eu estava no primeiro ano. Duvido que ainda sirva.

– Vamos torcer para que não sirva. – Ela jogou o vestido para mim. – Quanto mais justo, melhor.

Engolindo minhas palavras, tranquei-me no banheiro e troquei a roupa. Sorri quando o vestido serviu (contanto que eu encolhesse um pouco a barriga).

– Como ficou? – Saí para ouvi-la aprovar. – Melhor?

– Cem vezes melhor… E vai ficar duzentas vezes melhor quando eu fizer seu cabelo e maquiagem. Deus, Ari! Ir a uma festa sem maquiagem? Festa em casa ou não, isso é inconcebível.

Engoli minhas palavras outra vez e me sentei na beirada da cama, deixando-a me transformar em sua Barbie. Nicole passou um pó rosado brilhante em minhas pálpebras, puxou alguns fios da sobrancelha e cobriu meus lábios com um vermelho sensual que combinava com o vestido. Ela conseguiu até mesmo controlar o *frizz* dos meus cabelos com um creme, enquanto os prendia em um coque lindo.

– Uau! – exclamei, quase sem me reconhecer no espelho. – Você é muito boa nisso… Não, você é absolutamente fenomenal com maquiagem, Nicole. Por que não foi estudar cosmetologia?

– Porque, se eu estudasse cosmetologia, não teria futuros atletas ou futuros diretores de empresas na minha turma. – Ela riu e apagou a luz. – Vamos.

◆◆◆

Ao chegar, levamos mais de quarenta minutos para encontrar uma vaga decente para estacionar. A sensação era que Josh havia convidado todas as pessoas com quem já teve contato, pois os carros grudavam uns nos outros em quase todas as vagas disponíveis nos cinco quarteirões mais próximos.

Sempre rebelde, Nicole estacionou na entrada da garagem da casa vizinha à de Carter.

– O que foi? – ela perguntou, dando de ombros. – Eu deixei bastante espaço para eles estacionarem ao lado do meu carro. E o mais provável é que já estejam dormindo.

– Certo. – Saí do carro. – Você não vai me deixar de lado para ficar com qualquer cara aleatório, vai?

– Por que eu faria algo assim? E por que você sempre me pergunta isso?

– Porque você sempre me deixa para ficar com algum cara aleatório.

– Nunca é intencional – ela rebateu, sorrindo. – Meu plano é que a gente se divirta esta noite, então, não, definitivamente não vou deixar você de lado.

Não vou contar com isso...

– Cinco dólares, garotas – anunciou um rapaz enquanto nos aproximávamos da porta principal. – É de graça se vocês participarem do concurso da camisa molhada.

O cara parado ao lado dele, um rapaz que eu tinha visto várias vezes com Josh, deu risada.

– Arizona e a amiga dela não precisam pagar para entrar. Elas são convidadas do dono da casa.

Com isso, o cara abriu a porta, permitindo que entrássemos na festa.

Fiquei totalmente boquiaberta assim que entrei. A casa estava completamente irreconhecível.

A sala de estar e os corredores, agora com poucos móveis, estavam repletos de pessoas dançando; a cozinha havia sido transformada em um bar onde as pessoas bebiam um drinque após o outro e várias serpentinas coloridas pendiam do teto.

Enquanto Nicole e eu atravessávamos a multidão, ouvi pessoas gritando no quintal dos fundos – fazendo uma contagem regressiva.

Segurando minha mão, Nicole me guiou naquele sentido, rumo ao ar quente do verão.

– Uau! – ela exclamou, parecendo impressionada. – É uma festa e tanto!

Eu não poderia discordar. A parte dos fundos era ainda mais impressionante do que a frente. Aquelas tochas enormes iluminavam a área, posicionadas em um semicírculo que se espalhava por todo o quintal. À esquerda, o rapaz vestido de juiz chamava voluntários para se enfrentarem na piscina de gelatina.

À direita, havia uma pista de dança improvisada, com um DJ; atrás dele, havia vários plásticos amarelos estendidos para as pessoas deslizarem. Um grupo de garotas de biquíni tirava vantagem desses escorregadores.

Descemos pelos degraus do deque e passamos pela piscina de gelatina e por uma mesa iluminada por um letreiro neon que piscava a palavra "BAR".

– O que posso preparar para vocês esta noite? – perguntou o barman. – O especial da noite é uma bebida com gelatina por apenas três dólares, mas posso dar dois dólares de desconto se vocês erguerem a blusa e mostrarem os peitos.

– Engraçadinho. – Nicole deu risada. – Nós queremos quatro *shots* de vodca. Para cada uma.

– Está bem. – Ele bateu os dedos na mesa. – Trinta e dois dólares no total.

– Espere! – Josh se apressou em sair de trás do bar. – Espere... Você não pode cobrar da Arizona.

– Quem é Arizona?

– Esta aqui. – Ele apontou para mim e cerrou os olhos. – Ela é a queridinha do meu colega de quarto.

– E daí?

– E daí que, em troca de ele concordar em fazermos a festa aqui… – continuou Josh, devolvendo as notas de dólar a Nicole. – Bem, ela e a amiga não precisam pagar por nenhum drinque esta noite.

O cara deu de ombros e preparou os drinques enquanto Nicole e eu comemorávamos.

– Me diga uma coisa, Josh… – comecei, cruzando os braços. – Você fez isso porque tem um bom coração ou porque foi forçado?

– Fui forçado. Se dependesse de mim, eu cobraria o triplo de você.

– Vou aproveitar para beber durante toda a noite, então.

– Tudo bem… – Ele sorriu e, em tom de brincadeira, empurrou meu ombro. – Tenho quatro rapazes que não vão beber para oferecer carona durante toda a noite. Avise se você e sua amiga beberem demais e não conseguirem dirigir.

– Obrigada.

– Por nada. – Ele se afastou, lentamente me olhando de cima a baixo com a sobrancelha arqueada. Parecia querer dizer alguma coisa, mas apenas se despediu e foi embora.

– Muito, muito obrigada. – Nicole deu uma piscadela para o rapaz no bar enquanto ele entregava uma bandeja com copos vermelhos. – Vamos sentar ali, Ari.

Eu a acompanhei até um pequeno banco de madeira e ela colocou as bebidas entre nós.

– Não se esqueça de dizer a Carter que eu agradeci – ela disse. – Mais uma vez sua amizade com ele se mostra útil no momento em que mais precisamos… Agora, para aproveitar o seu desconto, teremos que beber todas essas doses, uma atrás da outra, e depois pediremos mais quatro.

– Oito *shots* em uma hora? Você está louca?

– Jamais. – Ela me passou um copo. – Viva um pouco, Ari. Já que você não transa e sabe Deus quando vai transar, deveria experimentar alguma coisa boa nessa vida. O álcool é um bom começo.

Ela me passou outros dois copos, e, como se pudesse ler o que se passava em minha mente, ergueu as mãos, como se estivesse se rendendo.

– Não, não vou tentar dirigir para casa esta noite. Pegaremos carona com um dos caras que estão aí para isso e eu venho buscar o carro amanhã.

– Ótimo.

Terminei de tomar meus *shots* e levei a mão ao peito até a queimação desaparecer.

– Pronta para a próxima rodada? – perguntou Nicole, levantando-se.

– Ah, não. Tenho um encontro amanhã cedo com aquele cara de quem falei, o Chris.

– Se eu fosse o Carter, tenho certeza de que você concordaria em beber mais comigo agora.

– Se você fosse o Carter, saberia que sou superfraca para bebidas.

– Ainda bem que não sou ele, hein?

Ela me puxou para cima e me arrastou outra vez na direção do bar. Dessa vez, em vez de nos sentarmos para beber a próxima rodada, nós a tomamos na frente do barman, que, inclusive, nos acompanhou em dois *shots*.

Quando o oitavo entrou na minha corrente sanguínea, eu estava me sentindo totalmente à vontade e muitíssimo feliz. Não sei o que aconteceu comigo, mas pedi ainda mais bebida. Enfim incapaz de resistir aos argumentos de Nicole de que "tudo é

GRÁTIS!", engoli várias bebidas diferentes, combinações inomináveis, e tenho quase certeza de que, em algum momento, cheguei a beber direto do decote dela.

Merda...

– Hora de ir para o escorregador! – gritou Nicole, puxando-me pelo quintal.

– Siiiimmm... – concordei, falando arrastado, fazendo meu melhor para andar em linha reta. – Hora de... de escorregar...

– Vamos, Ari! Pare de se arrastar.

– Eu não... não estou me arrastando... – Fiz uma pausa. – Uauuu... – O chão girava abaixo dos meus pés e tive certeza de que a grama estava saltando e me cortando.

– Ari?

– Acho que... preciso... sentar... Bebi demais.

– Nada disso! Você vai ficar bem quando se molhar! – Ela me deu o braço e praticamente me empurrou até a fila.

– Damas primeiro – o cara à nossa frente anunciou, virando-se. – Vocês duas podem ir.

– Muito obrigada. – Nicole bateu os cílios. – Certo, primeiro a Rainha dos Fracos para Bebidas.

Dei um passo para trás, chutando um dente de leão que dançava no chão. Tentei me equilibrar e olhar para a frente, na direção daquele enorme plástico amarelo.

– Você só precisa correr e lançar o corpo – o cara atrás de mim explicou. – Também precisa gritar "ÉPICO" enquanto desliza. As regras são de Josh, não minhas.

– Se eu fizer isso, a gente pode se sentar depois? – falei a Nicole, ainda tentando me equilibrar.

– Logo em seguida.

– Está bem... – Lentamente tirei a sandália e corri na direção do plástico, gritando "ÉPICO" enquanto meu corpo deslizava mais rápido do que nunca.

Quando cheguei ao fim do percurso, pude sentir um golpe repentino de água fria sendo jogada em mim.

– Épico com E maiúsculo! – gritaram os caras da fraternidade um pouco acima de onde eu estava.

Antes que eu pudesse berrar e perguntar o que eles estavam fazendo, olhei para o outro plástico e percebi que eles jogavam baldes de água fria em todos os que deslizavam.

Rindo, permiti que me ajudassem a levantar e esperei a vez de Nicole. Obviamente, para atrair toda a atenção possível, antes de deslizar ela tirou o vestido, deixando à mostra um biquíni que mal cobria seus enormes seios.

Os rapazes no final do percurso gritaram em apreciação enquanto ela se levantava e ajeitava o biquíni.

– O quê? – ela perguntou, sorrindo. – É muito mais divertido com um público cativo, você não acha? Quer ir outra vez?

– Por incrível que pareça, quero!

Deslizamos no plástico repetidas vezes, rindo como garotinhas em todas elas, e correndo para o bar para beber mais um pouco entre uma descida e outra.

Nem percebi que meu vestido estava ensopado, ou que meu cabelo, antes perfeitamente arrumado, estava parecendo mais um ninho de rato, ou que eu estava mais bêbada do que já estivera em toda a vida. E, por mais que eu tentasse, não conseguia parar de rir.

– Bom, acho que é melhor a gente tentar se secar agora – comentou Nicole, apontando na direção de uma fogueira que alguém tinha acabado de acender. – Ouvi um cara falar que estão preparando *shots* com Skittles lá dentro. Também vai rolar uma Power Hour à meia-noite.

– E isso é bom?

– Isso é ótimo! – Ela sorriu. – Eles apagam todas as luzes, então se tivermos curiosidade e quisermos segurar um pau, podemos simplesmente dar uma apalpada para conferir.

– Você é foda! – Explodi em risos enquanto me sentava perto da fogueira.

As chamas chiavam e brilhavam e, enquanto eu estendia a mão na direção do calor, avistei Carter chegando ao deque.

Usando uma regata preta e calça jeans escura, ele ergueu um copo vermelho na minha direção e na de Nicole antes de tomar um longo gole. Ao seu lado estava Tina, que mantinha os olhos totalmente grudados no corpo dele.

Ela enrubescia e esfregava as mãos no peito de Carter, mas ele nem dava atenção. Estava olhando para nós. Para *mim*.

Seus olhos percorreram meu corpo de cima a baixo, demorando-se em meu vestido molhado e meus cabelos bagunçados, mas Carter parecia simplesmente não questionar nada. Por fim, ele se virou para falar com Tina.

Eu observei enquanto ele lançava sua rotina "eu sei muito bem como fazer para seduzir": um olhar demorado nos olhos dela, um leve aperto na cintura e algumas palavras sussurradas no ouvido direito que quase sempre a deixavam corada no mesmo instante. Eu normalmente revirava os olhos ao vê-lo fazer coisas assim, mas, essa noite, eu só conseguia me ver no lugar dela.

O que será que ele está dizendo?

Meus olhos deslizaram várias e várias vezes pelo corpo dele – pairando sobre a tatuagem negra que envolvia seu braço esculpido, seu peito musculoso, aquela boca... E comecei a me perguntar seriamente como seria ter aqueles lábios junto aos meus.

Ele gosta mesmo de sexo sacana? Será que ele teria me contado se curtisse...?

– Você está de olho no Carter? – perguntou Nicole, interrompendo meus pensamentos. – É ele que você está olhando?

– Não! – rebati, mentindo. – Só estava pensando em uma coisa e, pela enésima vez, Carter é como um irmão para mim.

– Irmão de verdade ou meio-irmão? Porque se for algo mais próximo de meio-irmão, você poderia experimentar um dia. Quantos centímetros você acha que o pau dele mede?

Deixei meu olhar deslizar na direção de suas calças, como se ele fosse qualquer cara aleatório, mas logo me contive. Eu preferia olhar para seus lábios.

Como se Carter me sentisse encarando-o outra vez, ele se virou lentamente e olhou mais uma vez na nossa direção. Sorriu para mim, fazendo-me enrubescer. Enrubescer de verdade.

Ai, meu Deus...

– Eu preciso sair daqui.

– O que aconteceu?

– Nada... Eu... Só acho que talvez eu esteja bêbada.

– Você *está* bêbada.

Você não gosta de Carter... Você não gosta de Carter... Não tem como você gostar de Carter...

Eu tentava manter minha mente psicótica sob controle.

– Hum, Ari? – perguntou Nicole. – Por que parece que você está prestes a se levantar a sair correndo?

– Não tenho a menor ideia... Será que podemos entrar?

– Claro. – Ela se levantou e deslizou o braço na direção do meu, lentamente me ajudando a levantar. – Sabe, eu daria fácil para o Carter se ele não fosse seu melhor amigo e capaz de contar tudo para você no dia seguinte.

– Nossa, obrigada...

– De nada.

Levando-me pelo quintal como se eu fosse uma idosa, ela parava todas as vezes que eu pedia e, como isso aconteceu pelo menos dez vezes, levamos uma eternidade para chegar ao deque.

– Está bem. Agora, vamos subir a escada – ela anunciou. – Pé direito, pé esquerdo. Não, não, não... O pé direito, Ari. Esse é o seu pé esquerdo... Ainda é o pé esquerdo.

– O que há de errado com ela? – O som da voz profunda de Carter me fez olhar para cima.

– Nada. Ela só está superbêbada porque tomou mais de dez drinques. Você devia ter visto quando ela tomou um *body shot*. Foi, de fato, Épico com E maiúsculo.

– Então é provável que ela não tenha se alimentado bem antes de vir para cá. – Ele passou o braço em volta da minha cintura e me levou pelos degraus restantes. – Sem ofensas, mas, como melhor amiga, você devia saber que ela é uma péssima companhia para beber destilados. Arizona é a definição perfeita de alguém fraco para bebidas.

– Para ser sincera, eu não sabia... – As bochechas de Nicole ficaram enrubescidas com um pouquinho de vergonha, mas seus olhos focaram os lábios de Carter. – Como não quero que ela vá dormir ainda, ia pegar um pouco de água e convidá-la para dançar, para ver se os efeitos da bebida diminuíam. Quer ir com a gente?

– Claro, em um instante. – Os olhos azuis de Carter encontraram os meus. – Está tudo bem com você? Quer que eu leve você para casa?

Se você me levar para casa, promete transar comigo? Acho que eu gostaria de fazer isso com você... Agora mesmo...

Em silêncio, puni a tentativa de resposta da minha mente. Me senti grata por pelo menos conseguir enviar um sinal para eu engolir as palavras antes que elas saíssem.

– Ari? – Carter continuava olhando para mim, esperando uma resposta. – Quer que eu leve você para casa?

– Não – consegui dizer, sentindo-me totalmente excitada por seu toque, pela forma como sua mão se esfregava em minhas costas.

– Carter... – resmungou Tina atrás de nós. – Como Arizona já melhorou, será que poderíamos tomar mais um drinque juntos? Não quero ir sozinha...

Ele perguntou se eu estava bem e me olhou uma última vez antes de levar Tina ao bar no quintal.

– Você estava certa – disparou Nicole, abrindo a porta de casa. – Ele definitivamente é tipo seu irmão mais velho.

Acho que eu jamais iria querer dormir com meu irmão mais velho...

Assim que entrei, o cheiro de fumaça de maconha, álcool caído no chão e suor eram tão fortes que cheguei a pensar que desmaiaria.

Para minha surpresa, Nicole pegou algumas garrafas de água e pacientemente me encorajou a beber antes de me levar à pista de dança.

Luzes estroboscópicas brancas e vermelhas iluminavam a sala, atingindo as paredes com sua cor forte. E, de tempos em tempos, o DJ gritava:

– Preparem-se! Está chegando a Power Hour.

Com o álcool ainda no controle, fechei os olhos e dancei com a música. Cheguei a ir para a frente e agarrar um par de ombros para conseguir me equilibrar, mas o dono dos ombros logo foi embora, deixando-me tropeçar.

– Esse é o seu jeito de me convidar para dançar? – um desconhecido perguntou, segurando-me antes que eu caísse.

– Foi mal... – Dei um passo para trás.

– Não precisa se desculpar. – Ele colocou as mãos na minha cintura e me ajudou a recobrar o equilíbrio. – Melhor assim?

– Muito melhor... Obrigada.

Várias músicas mais tarde, quando eu finalmente conseguia diferenciar o teto e o chão, fui capaz de dançar sem que ele me segurasse na cintura.

– Todos os solteiros, gritem! – estimulou o DJ. – Chegou a Power Hour!

Gritei com toda a força em meus pulmões enquanto dançava com a batida *techno*, inclinando a cabeça contra o peito do desconhecido. Senti sua pegada apertar minha cintura, ouvi sua voz sussurrando alguma coisa em meu ouvido, mas meu foco estava na música.

– Ei, Arizona! – Nicole apareceu na minha frente, gritando e acenando com a mão. – Ari?

– Oi?

– Foi ótimo estar com você, mas vou sair agora. Você vai ficar bem?

– Espera aí, o quê? Você vai embora? – gritei por sobre a música. – Eu vou com você, só preciso encontrar meu...

– Não, não, não... – Ela me interrompeu. – Estou saindo com um cara e vamos à casa dele. Parece que você também encontrou alguém com quem ir para casa.

– Não, eu só estou dançando. – A parte sóbria do meu cérebro assumiu o controle e eu me perguntava se ela estava achava mesmo que me deixar sozinha era algo que uma boa amiga faria. – Pensei que fôssemos pegar uma carona juntas.

– A gente ia, mas encontrei um cara gostoso pra caralho. Estava dançando com ele e senti seu pau enorme no escuro. – Ela levou as mãos aos meus ombros. – Você vai ficar superbem. Além do mais, Carter está aqui. Ele sem dúvida vai cuidar para que você chegue bem em casa. Se você não quiser ir para casa no fim da noite, o cara com quem você está dançando é muito, muito lindo... só para constar.

E, com isso, ela me deixou, da mesma forma como havia feito centenas de vezes antes.

Nem sei por que me surpreendo...

O desconhecido me rodopiou para encará-lo e sorriu. Inclinou-se, aproximando-se de mim, e sussurrou em meu ouvido:

– Quer dar o fora daqui?

– Tipo, juntos?

– Sim, querida. – Ele sorriu. – *Juntos.* Na minha casa?

– Na sua casa? – Meu cérebro ainda não funcionava direito. – Para transar?

– Hum, sim. – Ele parecia se divertir. – Para transar. Transar *gostoso...*

– Não, eu estou, hum... – Neguei com a cabeça. – Não acho que eu esteja sóbria o suficiente para transar.

– E por que você precisaria estar totalmente sóbria? Eu sou bom no que faço, sei que você vai ficar mais do que satisfeita quando eu acabar com você…

O que foi isso?

Imediatamente livrei minha mão da dele e atravessei a multidão, seguindo direto para o banheiro. Bati à porta, esperei por uma resposta. Como essa resposta não veio, entrei e fechei a porta.

Abri a torneira de água fria e enxaguei várias vezes o rosto, sussurrando:

– Fique sóbria, fique sóbria, fique sóbria…

Joguei mais um pouco de água no rosto e ouvi a porta se abrir.

– Ei! – esbravejei, virando-me. – Eu estou aqui. Por que você não bate antes de entrar?

– Eu bati – falou Carter, entrando. – Eu vi você entrar e queria confirmar se estava tudo bem.

– Ah… – Continuei enxaguando o rosto. – Obrigada.

– Onde está Nicole?

– O que você acha? – Olhei para ele pelo espelho, preparada para dizer alguma coisa, mas seu sorriso me distraiu.

Ele sempre teve essas covinhas?

– Você devia parar de tentar forçar essa amizade. – Ele fechou a torneira e puxou uma toalha de rosto do armarinho, pressionando-a contra minha testa úmida. – Francamente, acho que você merece coisa muito melhor.

– Bem, francamente, eu acho que você merece coisa muito melhor do que Josh, mas você não me vê reclamar.

Ele deu risada e pressionou a toalha contra minha bochecha e meu pescoço.

– Você está bem?

– Estou – assenti. – Vou pegar uma carona mais tarde, mas acho que quero dançar um pouco mais...

– Eu vou com você. – Ele abriu a porta e me seguiu até o lado de fora.

Para minha surpresa, a sala de estar estava ainda mais lotada de gente, e as luzes muito mais fracas. Como não conseguimos encontrar um lugar decente na pista de dança, Carter segurou minha mão e me levou até um canto.

Colocou as mãos em minha cintura enquanto dançávamos juntos, mas, diferentemente das várias outras vezes em que dançamos, dessa vez eu começava a perder o controle. Meu coração acelerava a cada minuto.

Tentei agir com normalidade enquanto a música ia de caótica a sensual, enquanto ele me puxava tão perto a ponto de nossos lábios quase se tocarem. Mas foi inútil.

Eu queria que ele mantivesse suas mãos grandes em meu corpo, que me tocasse pelo resto da noite.

– Você está linda hoje, Ari... – sussurrou contra minha boca, deixando seus dedos acariciarem minha pele por cima do tecido.

– Obrigada... – arfei.

– Você já tinha usado esse vestido antes? – Ele segurou a bainha.

– No primeiro ano da faculdade. – Enrubesci e enterrei a cabeça no peito dele para evitar que nossas bocas se aproximassem ainda mais.

– Tem certeza de que está se sentindo bem? – ele sussurrou em meu ouvido, mas não respondi. Eu inspirava seu cheiro, expirava enquanto suas mãos pressionavam minha coxa.

– Ari? – ele chamou. – Ari?

Ignorei-o mais uma vez e, em vez de lançar qualquer questionamento, ele correu os dedos pelos meus cabelos, me deixando louca mais uma vez.

Algumas músicas mais tarde, quando eu tinha me convencido de que minha frequência cardíaca não tinha nada a ver com o fato de Carter ainda estar me segurando tão perto e me tocando, olhei para ele.

– Por que o DJ está tocando músicas lentas agora? – questionei.

– Quer que eu peça para ele mudar?

– Sim... – sussurrei suavemente. – Eu gostaria.

As luzes na sala ficaram ainda mais fracas, chegando a um ponto em que eu só conseguia enxergar o contorno do rosto dele.

– A música vai acelerar em um instante – afirmou, enquanto seu quadril se esfregava levemente contra o meu. – Ele sempre abaixa a luz antes da próxima Power Hour.

– Certo. – Senti sua testa tocando a minha.

As luzes de repente se apagaram e a próxima coisa que senti foram seus lábios contra os meus, minhas costas sendo pressionadas com força contra a parede. A língua de Carter deslizou selvagem para dentro da minha boca, tomando todo e qualquer controle. E imediatamente me entreguei, lasciva.

Murmurando, fechei os olhos enquanto ele usava o quadril para me manter pressionada contra a parede. Uma de suas mãos apertava minha bunda.

Ele deslizou uma mão por debaixo do vestido e correu suavemente os dedos contra a marca da minha calcinha; em resposta, meus braços envolveram seu pescoço, meus dedos deslizaram por seus cabelos. Ele mordiscou meu lábio inferior com tanta força que cheguei a gemer. Mas ele não parava de me beijar. Manteve sua boca grudada à minha, quase sem me dar chance de respirar.

– Ah... – deixei outro sussurro escapar por meus lábios, e ele os mordeu outra vez, com ainda mais força.

– Certo, já chega dessa porcaria de música lenta! – gritou o DJ. – Power Hour, parte dois!

As luzes se acenderam outra vez e Carter e eu rapidamente nos afastamos – arfando e olhando um para o outro com total descrença.

– Caralho! – ele arfou. – Que porra foi essa?

– Não entendi também. – Encostei-me outra vez contra a parede. – Eu estava dançando e, de repente, você estava enfiando a língua na minha garganta.

– Minha língua não estava nem perto da sua garganta – ele afirmou, sorrindo. – E você deixou rolar assim que começou a me beijar de volta.

– Não, nada disso. Eu estava simplesmente reagindo a algo repentino e intrusivo em minha boca... – Fiz uma pausa e sacudi a cabeça. – Quer saber? Acho que bebi demais mesmo esta noite, então eu vou... Eu vou me deitar. Posso usar o seu quarto?

Ele arrumou meu vestido e ajeitou meus cabelos antes de responder:

– Claro.

Eu esperava que ele se distanciasse e me deixasse ir sozinha para o quarto, mas, em vez disso, Carter agarrou a minha mão e me guiou pelo corredor, passando pelo banheiro e pela porta que separava sua suíte do restante da casa.

Ele abriu a porta do quarto e acendeu a luz, acenando para que eu me deitasse na cama.

– Espere… – Senti um calafrio repentino na pele, lembrando--me de que meu vestido ainda estava ligeiramente úmido. – Preciso tomar um banho. Posso usar o banheiro?

– É claro que pode – ele respondeu, fixando seu olhar em meus olhos. – Você sabe que não precisa nem pedir algo assim…

Ficamos olhando um para o outro e ali eu tive certeza de que a umidade que eu sentia não era apenas a de meu vestido.

– Hum… – Dei um passo para a frente, desviando o olhar. – Eu vou, hum… Tomar um banho agora… – Passei por ele e segui direto para dentro do banheiro, mas vi seu reflexo no espelho atrás de mim alguns segundos depois.

Ele pegou uma toalha no *closet* e me entregou.

– Aqui está.

– Obrigada… – respondi enquanto me perguntava por que ele estava fechando a porta. Fechando a porta sem sair…

– Você não vai ficar aqui comigo o tempo todo, vai?

Ele sorriu.

– Por que não ficaria?

– Você fica olhando o Josh quando *ele* toma banho? Você toca punheta vendo seus amigos nus?

– Não – ele respondeu, seu sorriso aumentando. Carter me olhava de cima a baixo, fazendo meu coração acelerar outra vez. – Eu só ia ajudar você a tirar a roupa, porque você ainda não está totalmente sóbria, caso precise de ajuda.

– Eu estou bem sóbria, então acho que vou ficar bem. – Senti minhas bochechas queimarem. – Eu tiro as minhas roupas todos os dias, sempre sozinha. Então, acho que dou conta…

– Só estou sendo um bom amigo, Ari.

– Sim. Um *amigo,* Carter.

– Um *bom* amigo.

– Claro... – Eu definitivamente estava mais do que caída por ele. – Você já disse isso...

Nossos olhares se fixaram um no outro mais uma vez, e eu não conseguia mais me forçar a desviar.

– Tudo bem. Eu espero no quarto até você terminar. – Seu olhar se firmou em meus lábios por alguns segundos. Depois, ele saiu.

Engolindo em seco, fechei os olhos e tentei pensar.

Isso é um sonho, Arizona. Um sonho muito sensual, muito excitante, mas, ainda assim, um sonho qualquer... Você não beijou Carter. Ele não enfiou a língua dentro da sua boca. Você gosta dele como amigo e não o acha atraente. Você está no banheiro dele agora porque vocês dois provavelmente foram juntos à praia e queriam se refrescar... Sim... Sim... Isso faz muito mais sentido.

Abri os olhos outra vez e abri o registro. Mantive a mão embaixo d'água até senti-la suficientemente aquecida. Puxei a alavanca do chuveiro para a frente, para ligá-lo.

Então percebi que ainda não tinha tirado a roupa.

Que eu *não conseguia* tirar a roupa.

O zíper na parte de trás do vestido estava emperrado e me lembrei de Nicole forçando-o um pouco antes de virmos para a festa.

Pensei em rasgar o vestido com minhas próprias mãos, mas o tecido era muito resistente, então decidi ir até a porta e gritar o nome de Carter.

Ele veio pelo corredor poucos segundos depois, mantendo um sorriso estampado no rosto.

– Diga, Ari.

– Você poderia, por favor, tirar o meu vestido?

– Só o vestido? – E arqueou a sobrancelha.

– Sim. – Entrei outra vez no banheiro, deixando seus olhos me acompanharem. – Só. O. Vestido.

– Está bem. Vire.

Virei-me e senti suas mãos grandes em meus cabelos. Senti Carter lentamente puxando meus cabelos para cima e tentando prender em um coque.

Ele segurou o zíper e o puxou algumas vezes antes de conseguir desemperrá-lo; depois, lentamente puxou-o até a parte inferior das minhas costas.

Comecei a me virar, comecei a agradecê-lo, mas ele segurou meu quadril e me manteve parada. Gentilmente passando o dedo pelo fecho do sutiã, ele o abriu.

– Precisa de ajuda para tirar algo mais? – ele sussurrou.

Completamente excitada, neguei com a cabeça.

Enquanto eu estava de costas para ele, Carter deslizou o dedo pelas alças do vestido e as empurrou para baixo, fazendo o tecido roçar em meus braços, cintura, pernas...

Encostou a boca na minha nuca enquanto tirava meu sutiã, e então sussurrou ao meu ouvido:

– Tem certeza de que não precisa de ajuda com isso? – E puxou minha calcinha.

– Tenho certeza...

– Está bem. – Ele beijou minha nuca outra vez e saiu do banheiro.

Tenho certeza de que fiquei paralisada ali durante cerca de vinte minutos, sem conseguir me mover, sem piscar, só tentando entender que diabos estava acontecendo.

Quando finalmente recuperei os sentidos, entrei debaixo do chuveiro. Sacudindo a cabeça várias e várias vezes, eu me perguntava se aquilo tudo era um sonho. E me perguntava por que eu estava, de forma tão repentina, reagindo tão fortemente a Carter.

Ele é como um irmão para mim... Eu não deveria pensar nele dessa forma. Não, mesmo...

Quando minha pele estava vermelha e quente, desliguei a água e saí do chuveiro, percebendo que ele havia deixado um roupão branco em cima da bancada.

Sequei-me e vesti o roupão, voltando para o quarto para poder me entregar ao sono.

Carter, então sentado à sua mesa, olhou-me assim que entrei no quarto.

– Pronta para ir para a cama?

– Sim, mas você, hum... Você não... – Meu coração ainda não tinha voltado ao ritmo normal. – Você não vai se deitar comigo, vai?

– Não... – Um leve sorriso se espalhou por seu rosto assim que ele se levantou. – A não ser que você queira.

– Está sugerindo sexo?

– Você está?

Meus olhos se arregalaram e Carter deu risada.

Ele me pegou e me jogou na cama, afofando os travesseiros e puxando as cobertas sobre mim. Em seguida, pegou algumas garrafas de água de seu frigobar e as colocou no criado-mudo ao meu lado.

– Eu volto de manhã para saber como você passou a noite – disse. – Precisa de mais alguma coisa?

– Hum...

– Hum? – Ele arqueou as sobrancelhas. – Você está começando a usar demais essa palavra.

– Eu... – Senti a onda pesada de sono. – Acho você sensual pra caralho e, se você não fosse meu melhor amigo e se isto não fosse um maldito sonho, eu daria para você agora mesmo.

– O que foi que você disse?

E tudo se apagou.

Faixa 9.
“Tell Me Why”
(3:13)

Carter

Que diabos foi aquilo?

Eu não conseguia tirar da cabeça a última coisa que Arizona disse, nem conseguia deixar de lembrar a sensação de ter sua boca contra a minha, seu corpo contra o meu na festa de ontem. Isso significava muito, considerando que eu estava irritado com duas coisas agora.

Suspirando, limpei o resto do vômito de Tina do carro e abri a mensagem de texto que ela tinha acabado de enviar:

> Eu não sabia que estava tão bêbada... Desculpa por ter sujado o seu carro... Mas eu estava falando sério quando disse que queria começar fazendo sexo anal. Me liga qd receber esta msg.

Que saco! Coloquei o celular no bolso e voltei a pensar em ontem à noite.

Assim que vi Arizona com aquele vestido vermelho, não consegui me concentrar em mais nada. Nem mesmo em Tina. E eu tentei. Muito.

Fiz meu melhor para parecer interessado na conversa sem graça e extremamente sexualizada de Tina, para parecer excitado quando ela, de forma nada sutil, me mostrou a cor da calcinha fio dental que estava usando. Porém, independentemente de quantas vezes ela dissesse que queria cavalgar no meu pau mais tarde, eu só conseguia pensar em Arizona e em quanto queria estar com ela.

Depois teve o momento em que nós dois dançamos, no fim da noite, e nada daquilo parecia lúdico ou inocente como das outras vezes. Eu sabia que Arizona também tinha percebido a diferença; ela jamais havia enrubescido na minha frente antes e definitivamente não havia me tocado da forma como me tocou.

Fui algumas vezes ver como ela estava depois que dormiu em meu quarto e, quando percebi que ela tinha rolado para fora da cama e se deitado no chão, tive que fazê-la acordar. Segurei uma toalha úmida sob sua cabeça enquanto ela me xingava em voz baixinha e a fiz beber uma garrafa de água com aspirina. Depois, esperei até que voltasse a dormir. Francamente, eu estava mais do que tentado a passar o restante da noite com Arizona para ter certeza de que ela ficaria bem, mas Tina me encontrou e já estava implorando para que eu a levasse para casa para trepar.

Talvez o fato de Tina ter vomitado em todo o meu carro tenha sido algo bom...

Ainda pensativo, atravessei a garagem e destranquei a porta do quintal dos fundos. E ali dei de cara com o outro motivo pelo qual estava puto.

Havia copos vermelhos e garrafas de cerveja por todos os cantos, e algumas pessoas haviam caído e dormido no tapete de plástico que formava o escorregador. A piscina de gelatina estava virada, camisetas brancas estavam penduradas em um varal improvisado e vários convidados haviam transformado os itens da casa em travesseiros.

Entrei, procurando Josh para poder matá-lo.

– Ei, como vai? – Ele sorriu, segurando uma frigideira, logo que entrei na cozinha.

– Está vendo todos aqueles copos vermelhos e aquelas garrafas de cerveja no meu quintal? – Deslizei o olhar pela casa. – E no chão aqui também?

– Não se preocupe com isso – tentou me tranquilizar. – A aula deve terminar em uma hora e aí vamos limpar tudo. Quer ovos?

– Não. – Peguei um pouco de suco de laranja na geladeira. – Os móveis voltam hoje também?

– Sim. – Ele virou os ovos. – Tudo deve estar arrumadinho antes das três da tarde. Talvez, depois que você vir tudo organizado outra vez, a gente possa fazer outra reunião de negócios para organizar a festa "ÉPICA: Parte Dois".

Olhei secamente para Josh. Ele deu risada.

– É brincadeira, é brincadeira. Vi você sair da festa com Tina por volta das três da manhã. Como foram as coisas?

– Não foram – respondi. – Ela vomitou no meu carro assim que entramos na estrada.

– Ah… Bem, deixa eu adivinhar… Você ajudou a Tina a se limpar e tal quando chegou à casa dela?

– É claro que ajudei. – Virei os olhos. – Eu não sou um cuzão como você. Como foi a sua noite?

– Aquela coisa… Já comi bocetas melhores, mas, mesmo assim, foi boa.

– Será que eu quero saber quem foi a pobre vítima?

– Não. A não ser que você prometa que não vai me julgar.

– Vou julgar, sim. – Dei risada e me distanciei. – Não sei o que você colocou nos *shots* com gelatina, mas, da próxima vez que quiser fazer uma festa "ÉPICA", talvez seja melhor repensar a ideia.

– ÉPICA com E maiúsculo, meu caro. – Ele abriu um sorriso. – E por que eu reconsideraria alguma coisa? Só porque uma pessoa passou mal?

– Porque todo mundo passou mal. – Apontei para a sala. – Ou você não percebeu que temos vinte colegas de quarto a mais esta manhã?

– Pode deixar. E, se mudar de ideia sobre a outra festa, não esqueça que estou disposto a mostrar o meu valor por volta das três da tarde ainda hoje.

Nem me preocupei em responder. Segui pelo corredor até meu quarto. Ao entrar, percebi que Ari se esforçava para se sentar.

– Espere. – Coloquei um travesseiro atrás de suas costas e a ajudei.

– Obrigada… – Ela olhou para mim. – Posso perguntar uma coisa?

– Claro.

– A gente realmente se beijou ontem à noite ou foi um pesadelo que eu tive?

– Sim, a gente realmente se beijou ontem à noite – respondi. – Mas, mesmo que isso não tivesse acontecido, seria mais como um *sonho ardente* para você, e não um pesadelo.

– Esqueça a minha pergunta…

Ela tentou girar para o lado, mas eu a segurei no lugar.

– Você se lembra de alguma coisa do que aconteceu ontem à noite?

– O que você quer dizer com "alguma coisa do que aconteceu"? – Arizona parecia aterrorizada. – A gente fez algo além de se beijar?

– Não… – respondi, sem saber ao certo o que sentia ao perceber que ela não lembrava. – Quer passar o resto do dia aqui ou quer que eu leve você para casa?

– Para ser sincera, não consigo sentir minhas pernas ainda… – gemeu enquanto me passava seu celular. – Mande uma mensagem para o Chris e pergunte se podemos cancelar hoje à noite e sair amanhã, por favor. A ressaca está forte demais…

– Ter uma ressaca significa não ser capaz de enviar uma *mensagem de texto*?

– Eu já enviei mensagens para as suas namoradas em outras ocasiões e nunca reclamei.

Ela me olhou feio enquanto me passava o telefone.

Abri o aplicativo e percebi que Chris havia enviado um monte de mensagens desde ontem à noite.

– Você tem certeza de que esse cara não é a versão masculina da Emily? Ele enviou uma maldita mensagem de texto por hora desde ontem. Seria melhor você ler essas mensagens antes, não?

Ela se arrastou até a beirada da cama, sorriu e me olhou.

– Leia para mim.

– Você me deve um sábado de ressaca na sua casa. Com café da manhã incluso.

– Fechado.

Abri a primeira mensagem.

> Mal posso esperar para ver você outra vez, meu amor.

– Vocês se conhecem há menos de duas semanas e ele já está chamando você de "meu amor"?!

– Apenas leia, estou dispensando os seus comentários indesejados. Obrigada.

Virei os olhos e abri a próxima mensagem.

> Você é gostosa pra caralho, meu amor.

Ela sorriu.

> Você é linda pra caralho, meu amor.

Ela sorriu outra vez.

> Mal posso esperar para ver os seus...

Fiz uma pausa.

– Eu não vou ler o resto dessa mensagem, Ari.

– Por favor.

Estremeci, mas continuei:

> Mal posso esperar para ver os seus seios perfeitos pra caralho e sentir essa sua boquinha gostosa e aveludada em volta do meu pau duro pra cacete... Não vejo a hora de devorar a sua boceta.

Enrubescendo, ela puxou o celular da minha mão.

– Eu não sabia que tinha mensagens de cunho sexual... Essas são *privadas*.

– É esse tipo de porcaria que deixa você com tesão, Ari? Mensagens privadas sobre boquinhas gostosas e aveludadas envolvendo paus duros pra cacete?

– Isso se chama "falar sacanagem".

– Isso se chama "tentativa de falar sacanagem"... Simplesmente não é assim que se faz.

– É exatamente assim. – Ela estreitou os olhos para mim, ficando tão bonita como ontem à noite. – Talvez, se você tivesse praticado com alguém além da sua infinidade de namoradas, seus relacionamentos tivessem durado mais.

Eu a encarei, notando que Arizona mordiscava o lábio, percebendo que eu teria de encontrar uma forma de me manter longe dela por um tempo até descobrir por que ela estava me afetando tanto.

– Você vai continuar me encarando assim? – ela perguntou. – Nenhuma réplica supersagaz? Nenhuma resposta irônica?

– Não...

– Bem, isso me deixa em choque.

Ela mordiscou outra vez o lábio e, para evitar que eu a puxasse e também a mordesse, peguei uma toalha no canto da cama.

– Vou tomar um banho. Conversaremos quando você não estiver mais falando sobre bocas gostosas e aveludadas em volta de paus duros...

Faixa 10.
"The Best Day"
(3:55) - Parte 1

Arizona

Eu me lembrava de tudo o que acontecera na noite anterior. De. Cada. Detalhe.

A sensação de ter seus lábios contra os meus, o jeito que ele me olhava na festa, a forma como me deixou totalmente sem palavras quando me despiu no banheiro. Eu nunca tinha sido beijada como ele me beijou, nunca tinha sentido aquilo em cada veia do meu corpo e ficado desejando mais. Muito mais.

De qualquer forma, parte de mim queria continuar negando, então fiz o meu melhor para manter distantes os pensamentos relacionados a ele.

Olhei-me no espelho de corpo inteiro enquanto decidia se usaria os cabelos presos ou soltos. Meu encontro reagendado com Chris era à noite e, independentemente do fato de eu ainda sentir os lábios de Carter nos meus, eu precisava voltar à realidade.

Àquela realidade na qual éramos apenas bons amigos que tinham dividido um momento de embriaguez.

Meu telefone vibrou assim que decidi como iria prender os cabelos. Carter.

Já devoraram a sua boceta?

Rindo, prendi as mechas em um coque antes de responder:

Ainda não... Espere algumas horas.

Algumas horas para ele começar ou algumas horas para ele terminar?

As duas coisas... Tenho certeza de que ele vai passar um bom tempo lá embaixo. Algo me diz que você não sabe fazer direito e só quer saber de receber.

Alguma coisa me diz que você não me conhece tão bem quanto deveria.

Antes de eu sequer começar a entender o que ele queria dizer com aquilo, Carter me mandou outra mensagem:

Divirta-se no seu encontro hoje. E depois me conte como foi.

Obrigada, pode deixar.

Ele me enviou uma imagem colorida de um esqueleto deitado na cama e as palavras "Vou ficar esperando". Dei risada, percebendo que, apesar do beijo incrível que demos e as mensagens sexuais que ele tinha acabado de enviar, aquilo não significava nada para nenhum de nós. Éramos apenas amigos.

Apenas amigos... Apenas amigos...

Passei mais uma camada de batom rosa e ouvi alguém bater à minha porta.

– Oi?

– Arizona? – Heather, minha colega de quarto, bateu outra vez.

– Sim?

– Tem um minuto?

– Claro, entre.

Inclinei-me na direção do espelho e puxei um fio desajeitado da sobrancelha.

Ela entrou, sorrindo para mim através do espelho. Retribuí o sorriso. Quando nos mudamos, cheguei a pensar que ela e as demais garotas acabariam se tornando minhas melhores amigas, mas isso nunca aconteceu. Todas estudavam Medicina e, como seus horários eram praticamente os mesmos, elas acabavam passando a maior parte do tempo umas com as outras. Com a exceção de nossas conversas matinais em volta da cafeteira nos finais de semana, só nos víamos de passagem.

– As garotas da casa e eu queríamos dar isso para você – ela explicou, entregando uma caixa rosa de presente para mim. – É um presente de despedida, já que você é a única que não vai continuar na cidade depois do verão.

– Sim, mas eu não vou a lugar nenhum durante os próximos dois meses...

– Eu sei, mas cada uma está em um lugar agora e estamos fazendo residência, então nunca conseguimos estar todas aqui ao mesmo tempo e eu não queria esquecer. – Ela puxou uma caixinha azul do bolso de trás. – Este aqui é para Carter.

– Por que Carter vai ganhar um presente? Ele não divide a casa com a gente.

– Não, mas a gente o vê com a mesma frequência que te vê. – Ela encolheu os ombros. – Meu namorado está lá embaixo. Eu só queria dar o presente para você antes de começarmos a assistir a um filme.

– Obrigada. – Eu me sentia completamente lisonjeada. – Obrigada, de verdade.

– De nada.

Ela me deu um abraço ligeiro e saiu tão rapidamente quanto tinha entrado.

Desfiz o laço da caixa para abri-la, mas Chris me telefonou quando eu comecei a abrir a embalagem.

– Alô? – atendi.

– Você já está pronta ou precisa de mais um tempinho?

– Eu estou pronta.

– Nesse caso, já estou aqui na sua porta.

– Já estou descendo.

Peguei minha bolsa e fui ao andar de baixo; verifiquei minha aparência uma última vez no espelho do corredor.

Abri a porta e vi Chris parado ali com um enorme buquê de flores amarelas.

– Você está linda.

Ele me puxou para perto para me beijar, gentilmente deslizando sua língua contra a minha e sussurrando contra minha boca. Só senti um leve formigar. Nada de mais.

Passando o braço em volta da minha cintura, ele me levou até o carro e segurou a porta aberta, sorrindo enquanto eu entrava.

– Nunca imaginei que você gostasse de música *pop* – falei enquanto ele ligava o rádio.

– Eu não gosto... Só lembrei que você curte e que tenho que fazer o que for necessário para convencê-la a dormir comigo mais tarde.

Dei risada de seu humor sarcástico e cantarolei com a música enquanto ele dirigia. De fato, esse era o nosso terceiro encontro e, muito embora ele estivesse brincando, a regra dos "três encontros antes do sexo" não saía da minha cabeça.

Meia hora depois, estacionamos no píer e fomos de mãos dadas ao Emilia's, um restaurante italiano que todos na cidade adoravam. Como Chris tinha feito uma reserva, imediatamente fomos conduzidos a uma mesa próxima à janela, e logo o garçom veio com um vinho de cortesia e pegou nossos pedidos.

Enquanto ele anotava o que eu queria, avistei Carter sentado em uma mesa num canto. Com Tina. Ele usava camisa branca desabotoada na parte de cima e calças pretas; ela, um vestido verde escuro que deixava pouco espaço para a imaginação.

Embora Carter parecesse um pouco distraído, ele segurava a mão dela sobre a mesa.

Puxei meu celular e enviei uma mensagem de texto:

Você decidiu apostar em um relacionamento com a Tina, e não apenas sexo? Quando foi que isso aconteceu?

Eu não. O que a levou a pensar isso?

O fato de você estar no Emilia's de mãos dadas com Tina e ela estar com um vestido que dá a impressão de que quer cavalgar em você como nunca cavalgou antes.

Você precisa aprender a enviar mensagens eróticas.

Ele tomou um *shot* enquanto deslizava o olhar pelo salão até me encontrar. E ficou ligeiramente boquiaberto quando nossos olhos se grudaram. Parecia estar prestes a levantar e sair andando, mas ficou ali e me enviou uma mensagem de texto:

Ela ligou e disse que queria sair para jantar... Eu não tinha nada melhor para fazer, então concordei. E se o vestido dela diz que ela quer cavalgar esta noite, o que o seu diz?

Diz "Sei que você me deseja aqui e agora".

Está mais para: "quero que me fodam aqui e agora..."

Dei risada e olhei para ele, que sorria para mim.

– O que é tão engraçado? – Chris perguntou.

– Nada. Só uma mensagem de texto de um amigo. – Guardei o celular para lhe dar atenção. – Obrigada por ter sido gentil o suficiente e ter aceitado remarcar nosso encontro para hoje.

– Gentil o suficiente? Não foi nada. Eu teria esperado até a semana que vem, se você quisesse. – Ele ergueu minha mão e a segurou. – Não pense que sou um louco nem nada do tipo, mas gosto mesmo de você. Tem alguma coisa em você, algo que não consigo dizer o que é, mas gosto muito de você.

– E é agora que você vai me dizer que eu te completo?

– É, sim. – Ele deu risada, soltando a minha mão. – Como você sabe?

– Por instinto. – Tomei um gole de vinho e nós dois mudamos de assunto, passando a falar de coisas simples e seguras: planos para depois da faculdade, programas de pós-graduação, os últimos dias do verão.

Quando o garçom voltou para oferecer mais vinho, pressionei um guardanapo contra a boca.

– Com licença um minuto, Chris. Preciso ir ao toalete.

– Claro, sem problemas.

Eu me levantei e fui até a parte de trás do salão do restaurante, olhando por sobre o ombro na direção de Carter e Tina, que pareciam muito envolvidos em uma conversa. Independentemente do que havia escrito em suas mensagens de texto, eu sabia que Carter dormiria com ela. E não conseguia acreditar que estava sentindo uma pontada de ciúme; eu jamais sentira algo assim com relação a Carter e às mulheres com quem ele saía.

Suspirando, entrei no toalete e reapliquei o batom. Passei um pouco mais de rímel e blush e alimentei a esperança de que Chris teria algo mais na manga antes de perguntar sobre sexo.

Dei uma olhada para ter certeza de que não estava deixando nada na pia e saí no corredor. Percebi que Carter vinha na minha direção.

– Você está me seguindo? – questionei, cruzando os braços.

– A não ser que você esteja saindo do banheiro masculino, acho que não.

Um casal de idosos passou entre nós. Carter segurou minha mão e me puxou na direção das janelas.

– O seu encontro não está saindo como o esperado? – perguntou. – Quer que eu ligue para você e finja que é uma emergência?

– O quê? Não! Na verdade, preciso que você vá embora daqui. Está me distraindo.

– Como é que é?

– Você sabia que eu tinha um encontro aqui, Carter – argumentei. – E nós temos uma regra implícita.

– E qual regra implícita é essa?

– Sabemos que todo mundo que nos conhece ou que já esteve perto de nós pensa que a gente transa, e isso não é verdade. Portanto, quanto menos tempo passarmos nos mesmos lugares quando estivermos namorando outras pessoas, melhor.

– Em primeiro lugar, eu não estou *namorando* a Tina. Em segundo lugar, *ela* escolheu este restaurante. Você em momento algum me disse onde aconteceria o seu encontro desta noite. – Ele arqueou uma sobrancelha, parecendo preocupado. – O que está acontecendo com você? Bebeu demais hoje também?

– Talvez – suspirei, contando em silêncio as quatro taças que tinha acabado de tomar durante o jantar. – Eu só... Eu só pensei que você estivesse aqui porque...

– Por que o quê?

– Não é nada, não. – Respirei fundo. – Desculpe. Pensei que tivesse vindo aqui de propósito, para me distrair.

– E por que eu faria algo assim? – Ele parecia completamente confuso.

– Você não faria algo assim. Justamente por isso acabei de pedir desculpas. – Comecei a me movimentar para deixá-lo para trás, mas ele entrou na minha frente e me empurrou suavemente contra a parede.

– Você vai dormir com ele esta noite? – perguntou. – Ele atende a todos os requisitos da sua planilha?

– Eu não tenho mais uma planilha – falei. – Vou precisar achar tempo para criar outra porque, depois daquela festa "ÉPICA", *alguém* encontrou um jeito de deletar a planilha no meu celular.

– Humm... Que pena...

– É mesmo. – Dei risada. – Também espero que, seja lá quem for essa pessoa, ela saiba que posso acusá-la de um crime. Afinal, muito embora fosse apenas um celular, entrar na conta de outra pessoa é... – Não consegui terminar minha frase.

O que eu planejava ser minha última palavra foi dita contra os lábios de Carter, pois ele me beijou outra vez, assumindo completamente o controle, me levando a sentir outra vez tudo o que eu sentira naquela festa.

– Carter... – arfei, lentamente me afastando. – O que você está... O que está fazendo?

– Agora estou distraindo você *de propósito*. – Ele me olhou nos olhos. – Também estou tentando chegar a uma conclusão sobre se sóbrio sinto ou não a mesma coisa que senti quando a gente se beijou na festa.

– E então, qual é o seu veredicto?

– Ainda não cheguei a um.

Ele foi embora sem dizer mais uma palavra sequer. Voltou à sua mesa e me deixou totalmente sem palavras.

Inclinei-me contra a parede por vários minutos, lutando para me recompor. Esperei até o frio na barriga passar, até meu coração parar de bater em um ritmo anormal, e respirei fundo algumas vezes antes de voltar à mesa.

– Tudo bem com você? – Chris perguntou enquanto eu me sentava. – Eu estava prestes a ir procurá-la.

– Estou ótima – respondi com um sorriso. – Você pediu cinco vinhos diferentes para a gente degustar?

– Sim. – Ele veio para o meu lado da mesa e colocou a mão em meu ombro. – Quero que a gente experimente todos eles juntos. Está pronta para se concentrar?

– Sem dúvida...

Por mais que eu tentasse, não consegui me concentrar em nada durante todo o restante do jantar. Independentemente de quantas vezes Chris me elogiasse ou fizesse uma piada que eu normalmente acharia hilária, minha mente voltava a pensar em Carter, em nosso beijo alucinado na festa. Em nosso outro beijo, naquele corredor.

Quando o gerente do restaurante nos informou que fecharia o estabelecimento mais cedo, fomos ao Sandy Park.

Chris encontrou uma vaga isolada por árvores enormes e desligou o carro. Olhou para mim, possivelmente avaliando minha reação. E eu sorri.

Com isso, ele foi para o banco de trás e me puxou consigo.

Não perdemos tempo conversando.

Seus lábios se uniram aos meus e eu quis, desesperadamente, sentir aquela paixão descuidada e descontrolada, aquele desejo feroz que sentira com Carter poucas horas atrás, mas nada disso aconteceu. Era como se estivéssemos em piloto automático.

Sem perceber minha falta de entusiasmo, ele lentamente se afastou da minha boca e começou a descer, beijando minha barriga.

Talvez essa parte seja boa... Talvez essa parte me faça esquecer...

Inclinei-me contra o assento e ele puxou meu vestido. Em seguida, puxou minha calcinha para o lado e beijou a parte interna da minha coxa. Acariciando minhas pernas, Chris sussurrava:

– Nhom, nhom, nhom... nhom, nhom, nhom.

Que diabos ele acabou de dizer?

– Nhom, nhom, nhom...

Ai, meu Deus...

– Eu adoro chupar boceta. Vou chupar a sua boceta a noite inteira.

Tive certeza de que minha vagina ficou seca feito um deserto e gritou naquele instante, então me sentei antes que ela pudesse se desligar do meu corpo e ir embora para sempre.

– Espere, Chris... Eu...

– Ainda não está pronta?

NUNCA ESTAREI.

– É... É meio cedo demais... Eu não estou pronta.

– Imaginei – ele disse, sentando-se. – Você pareceu um pouco distante desde que saímos do restaurante.

– Eu não estou distante... Eu só... – Imaginei que ainda podia atribuir a culpa ao álcool. – Eu não devia ter tomado tanto vinho, especialmente depois de ontem, após ter uma das piores ressacas da minha vida.

– Ah. – Chris assentiu. – Sei bem como é... – Ele me ajudou a voltar para o banco da frente. – Bem, vou levar você para casa, assim você pode descansar.

– Muito obrigada...

O caminho para casa foi ligeiramente constrangedor. Não dissemos muito um ao outro além de comentar quão irritados estávamos com a invasão anual de turistas. E, quando chegamos à minha casa, ele continuou sendo o cavalheiro perfeito. Abriu a porta do carro para mim e me acompanhou até a porta.

– Tente tomar Sprite com limão – aconselhou.

– Para quê?

– Para a ressaca que vai ter amanhã cedo.

Ele me beijou e voltou para o carro, acenando para que eu entrasse e então ele pudesse ir embora.

Assim que fechei a porta, tirei os sapatos e joguei a bolsa no chão. Ouvi minha colega e seu namorado rindo na sala. Então, fui até a cozinha e peguei uma garrafa de vinho e uma caneca. Voltei ao andar de cima e me fechei no quarto.

Enchi a caneca e comecei a beber vinho enquanto pensava nas últimas 48 horas. Eu via tudo passando como um filme em minha cabeça e apertava "pause" em minhas cenas favoritas enquanto me perguntava se, depois de todo esse tempo, eu podia mesmo estar apaixonada por Carter.

Ele puxou minha calça no playground na quarta série...

Enchi outra caneca, bebendo mais rápido do que a primeira.

Ele ateou fogo no meu trabalho de ciências depois que falei que ele era feio...

Balançando a cabeça, fui para a cama – com mais uma caneca de vinho na mão – e me inclinei contra os travesseiros, pensando em tudo.

Enquanto repassava o beijo da festa, senti meu telefone vibrar. Era ele.

Como foi o seu encontro?

Hesitei antes de responder.

INCRÍVEL! Melhor. Sexo. Da. Minha. Vida!

Perguntei como foi seu encontro, e não o que você sonhou acordada...

Como foi o SEU encontro? (E por que é tão difícil acreditar que Chris e eu transamos?)

Não foi um encontro. Foi só um jantar. (Porque eu sei que vocês não transaram.) O que vc está fazendo?

Bebendo vinho barato em uma caneca.

Quer que eu passe e pegue comida chinesa para acompanhar?

Olhei para o relógio e percebi que já era mais de meia-noite.

Só se eu ficar com três rolinhos primavera e não precisar dividir.

Fechado. Chego aí em 20 min.

Saí da cama e arrumei o quarto, algo que eu nunca fazia quando Carter estava a caminho. Ajeitei todas as minhas revistas de alimentos e bebidas no parapeito da janela e tirei todas as minhas receitas da mesa, deixando apenas um caderno para parecer que estava escrevendo.

Arrumei a cama e prendi o lençol debaixo do colchão pela primeira vez em meses. E, enquanto passava aspirador de pó, parei de repente.

Que diabos eu estou fazendo?

Guardei o aspirador de pó no armário e finalmente tirei o vestido. Coloquei a calça de moletom mais larga que eu tinha e uma camiseta enorme. Prendi os cabelos em um rabo de cavalo baixo. Para completar o "*look* de baranga", encontrei meu removedor de maquiagem e tirei toda a base e o rímel.

Quando terminei, Carter entrou no quarto, trazendo consigo a comida chinesa.

– Eu menti sobre os rolinhos primavera – alertou, colocando um saco marrom sobre a mesa. – Você vai ter que dividir pelo menos um deles.

– Não foi isso que combinamos.

– Também não era parte da promoção. – Ele me passou um garfo e ficou congelado, olhando para o quarto com uma sobrancelha arqueada. – Você e Chris voltaram aqui depois que saíram?

– Não... Por que você pensou isso?

– Porque *nunca* vi seu quarto tão arrumado. – Ele me passou uma caixa branca. – Sua mãe vem visitar amanhã?

– Não... Eu só... Só fiquei com vontade de dar um jeito nisso aqui.

– Entendi... – Ele se sentou na beirada da cama. Levou o garfo até o arroz e puxou um pedaço de frango para o seu prato. – Conte a verdade: o que aconteceu com o seu encontro? Impossível aquele cara ter trazido você, com aquele vestido, para cá.

A gente achou um lugar para estacionar e... – Fiz uma pausa. – Estava tudo indo bem, mas...

– Será que eu quero, mesmo, saber o resto dessa história?

– Não, mas, para referências futuras, se você decidir chupar alguma garota, por favor, não faça "nhom nhom nhom". Isso destrói todo o clima.

Um sorriso se espalhou por seu rosto e ele conseguiu segurar a risada por cinco segundos inteiros.

Virei os olhos.

– Fique à vontade para parar a qualquer momento.

– Não consigo. – Ele riu ainda mais. – Isso é triste. Tanto esforço na sua busca por "sexo aceitável"...

– Não, o mais triste é um cara que alega que vai dormir com todo mundo no verão, mas não consegue dar conta nem da primeira.

Deitei-me outra vez contra os travesseiros, ainda dando risada.

– É mesmo tão engraçado assim?

– Você não conseguir fazer seu infame sexo "selvagem e sacana"? Sim, sem dúvida...

Fechei os olhos, ainda rindo, e a próxima coisa que senti foram seus lábios nos meus. Deslizando os dedos por meus cabelos, ele me beijou mais intensamente, forçando-me a abrir os olhos e olhar para ele.

Não houve nenhuma vontade repentina de fugir, nada de "que diabos foi isso?" entre nós. Só aconteceu um olhar compartilhado de compreensão, uma confirmação silenciosa de que eu queria que ele levasse as coisas adiante. *Muito* adiante.

Afastando-se da minha boca, ele deslizou os dedos contra meus lábios.

– Há algum motivo para você ter decidido colocar suas piores roupas antes de eu vir para cá esta noite?

– O que o leva a pensar que eu faria algo assim?

Carter não respondeu. Lentamente deslizou um dedo para dentro da minha boca e gemeu quando eu passava a língua. Sorrindo, deslizou um segundo dedo.

– Você não consegue mentir para mim, Ari... – disse, empurrando os dedos para dentro e para fora. – Você é transparente demais para mim.

– Essas não são minhas piores roupas...

– São, sim. – Ele apertou o rosto, afastando os dedos. – Mas elas não vão me impedir de foder você esta noite.

Ele me puxou para fora da cama e me fez ficar parada à sua frente. Deslizou as mãos por meus seios, apalpando-os através do tecido da minha camiseta, me fazendo gemer quando beliscou suavemente os mamilos.

– Tire a roupa... – ordenou.

Fiquei parada, em transe com a sensação de suas mãos me tocando.

– Ari... – Ele apertou meus seios.

– Sim?

– Tire a roupa.

Hesitei por alguns segundos. Ele se inclinou para a frente e mordiscou meu lábio inferior.

– Agora – ordenou.

Segurei a bainha da camiseta, mas ele colocou as mãos sobre as minhas e me ajudou a tirá-la. Sem fazer mais perguntas, puxou o cordão da minha calça de moletom. Manteve os olhos em mim enquanto se afastava e tirava a camisa.

Minha respiração acelerou quando ele abriu o cinto e lentamente tirou a cueca, deixando o pau à mostra.

Ai, meu Deus...

Senti que fiquei boquiaberta, e minhas bochechas coraram, mas, de alguma forma, consegui tirar a calcinha sem parar de olhar para ele.

Carter segurou minha mão e a levou até seu peito, descendo-a pelo abdômen, cada vez mais para baixo até eu poder ouvi-lo respirar com cada toque.

Sua boca grudou outra vez na minha e suas mãos deslizaram por minha cintura, apertando-me com tanta força a ponto de eu conseguir sentir seus dedos se enterrando em minha pele. Deslizou a mão um pouco mais para baixo e deu um tapa na minha bunda. Com força.

– Aaaahhh... – gritei enquanto ele repetia o gesto.

E repetia outra vez...

A dor aguda formava um contraste completo com a maneira suave como ele me beijava. E eu não saberia explicar por que, mas adorava o que ele me fazia sentir.

Gemi quando ele começou a diminuir o ritmo do nosso beijo, quando de repente se afastou da minha boca e me forçou a virar. Seu pau se esfregava em minha bunda, sua boca estava no meu pescoço, mordiscando suavemente a pele.

Fechando os olhos, senti suas mãos percorrendo meus flancos; ouvi-o sussurrar:

– Posso te foder do jeito que eu quiser? – E mordeu com mais força. – Ou também tem uma tabela para isso?

Confirmei com a cabeça.

– Sim para foder você do jeito que eu quiser... – Ele deslizou uma das mãos entre as minhas coxas. – Ou sim para a tabela?

– A... – gaguejei enquanto ele pressionava o polegar em meu clitóris inchado e o acariciava. – A primeira.

– Que bom.

De repente, ele me fez inclinar o corpo contra a mesa, pressionando meu peito contra o metal frio, e abriu minhas pernas.

Eu o ouvi abrir uma camisinha atrás de mim, ouvi quando ele disse:

– Você está toda melada...

E deslizou um dedo contra o meu clitóris.

Segurando meu quadril, ele se inclinou contra mim e beijou minha espinha.

Um beijo. Dois. Três...

Tentei me concentrar no calor de sua boca, na força de suas mãos. E, quando eu finalmente começava a acompanhar o ritmo de seus beijos, ele começou a me penetrar.

Primeiro devagar, muito devagar.

Carter fez força para me invadir mais fundo, até finalmente me preencher por completo. Depois, me deu um último beijo antes de se afastar e me rasgar com tanta força e rapidez a ponto de quase me fazer perder o equilíbrio.

– Porra, Ari... – arfou. – Você é tão gostosa...

– Ahh... Ahh... – eu gemia conforme ele entrava mais fundo e arregaçava o meu clitóris, sem nunca parar aquele ritmo descuidado, socando e tirando várias e várias vezes, arrasando a minha boceta.

– Carter, eu... – Senti minhas pernas tremerem, e minha boceta latejar. – Carter, eu...

– Shhh...

Ele tirou o pau da minha boceta e me fez virar. Agarrou minhas pernas e as passou em volta de sua cintura antes de voltar para dentro de mim. Olhou-me nos olhos, pressionando os dedos contra minha boca enquanto eu gemia.

Incapaz de aguentar por muito mais tempo, apertei minhas pernas em volta de sua cintura e, quando ele socou outra vez em mim, me arregaçando gostoso, perdi totalmente o controle. Comecei a gritar seu nome enquanto chegava ao clímax, mas ele cobriu minha boca com a sua, abafando-me enquanto ele também gozava.

Arfando e tremendo, fechei os olhos. Não respondi às perguntas que ele fazia enquanto beijava minha testa.

Logo senti Carter se afastando e me levantando, ajeitando-me na cama. Ouvi seus passos pelo corredor, até o banheiro, ouvi-o abrindo a torneira e logo senti quando ele passou uma toalha quente entre minhas pernas.

Carter beijou minha testa mais uma vez, sussurrando:

– Adoro a forma como você diz meu nome enquanto goza...

Com o coração ainda totalmente acelerado, eu não tinha a menor ideia do que dizer em resposta. Não sabia como a comida chinesa havia se transformado em sexo.

Continuei deitada na cama, ele ao meu lado, passando os dedos por meus cabelos e suavemente acariciando meu pescoço.

Eu sabia que Carter também não tinha nada a dizer porque, algum tempo depois, dormiu. E eu continuei olhando para o teto branco. Tentei fechar os olhos e me forçar a dormir, mas meu corpo não permitia.

Meus lábios queriam mais beijos, minhas coxas queriam mais carícias e havia um pulsar de desejo entre as minhas pernas, algo que eu nunca tinha sentido antes.

Para ter certeza de que não estava sonhando ou no meio de uma das minhas fantasias recentes, olhei para Carter. Só para ter certeza de que estava dormindo. Então, corri a mão entre minhas coxas, tocando para ver se meu clitóris estava de fato inchado ou se eu estava mesmo...

– Ainda está com tesão? – sussurrou Carter, o sorriso transparecendo em sua voz.

Eu o ignorei e imediatamente afastei a mão, mantendo meus olhos fixos no teto.

– Ari? – ele insistiu.

Não respondi.

Ele deixou uma risada grossa escapar e se moveu sobre mim, olhando-me nos olhos.

– Ari...?

– Oi?

– Ainda está molhada?

– Não.

Duvidando, ele deslizou a mão entre minhas coxas e encontrou a verdadeira resposta para sua pergunta.

– Quer que eu a ajude a resolver isso?

Neguei com a cabeça e ele se abaixou para sugar meu mamilo com mais força.

– Devo aceitar seu silêncio como um sim?

Ele deslizou o dedo para dentro de mim e concordei fracamente com a cabeça.

Seus olhos encontraram os meus e ele sorriu, sem perguntar mais nada.

Pegou um travesseiro do seu lado da cama e o colocou debaixo da minha coxa. Pressionando os lábios primeiro contra minha testa, ele lentamente desceu beijando todo o meu corpo, provocando cada centímetro da minha pele com sua língua.

Quando chegou à minha barriga, ele abriu minhas pernas e me beijou mais calorosamente. Então, empurrou-me para a frente e enterrou o rosto na minha boceta.

Minhas mãos imediatamente agarraram sua cabeça, tentando afastá-lo, tentando lutar contra aquilo, mas ele não me dava atenção. Continuava chupando meu clitóris, fodendo-o repetidamente com a língua.

Totalmente extasiada, eu me contorci contra sua boca e ele me segurou parada, sem me deixar escapar.

– Carter... – murmurei. – Carter...

Ele não respondeu. Soltou meu clitóris inchado e deslizou dois dedos para dentro e para fora da minha boceta, empurrando-os mais fundo a cada vez que eu dizia seu nome.

– Goza na minha cara, Ari... – sussurrou, e eu apertei o corpo contra os travesseiros, fechando os olhos e deixando outro orgasmo se espalhar por meu corpo.

Mantive os olhos fechados até não conseguir mais sentir as pernas.

Quando finalmente os abri, vi Carter me olhando com uma expressão de "está tudo bem com você?" no rosto.

Assenti enquanto um leve sorriso se formava em sua face. Ele pegou outra toalha e passou entre minhas pernas. Em seguida, ficou vários minutos me encarando, sem dizer nada por algum tempo.

– Eu já volto – enfim falou, entrando no banheiro.

Ouvi a água correndo pela torneira e Carter escovando os dentes. Virei-me para o lado antes de ele voltar.

Totalmente satisfeita, sorri, ainda descrente com 1) quão bom foi aquilo; e 2) o fato de eu ter acabado de dormir com meu melhor amigo.

– Boa noite, Ari – Carter sussurrou em meu ouvido, virando-me pra encará-lo.

Ou foi o que pensei.

Ele me fez passar por cima dele e ir para o outro lado da cama.

– Você detesta dormir do lado direito, lembra? – murmurou.

E então, com um braço envolvendo minha cintura, ele me disse para dormir.

Dessa vez, foi muito mais fácil...

Faixa 11.
“The Best Day”
(3:55) - Parte 2

Carter

Puta merda…

Décimo ano

Carter

Assunto: Seleção para equipe de basquete

Acho que, na semana que vem, vou participar da seleção para os treinos. Se eu for escolhido, dizem que não serei elegível para jogar na equipe do colégio antes de eu chegar ao colegial. Você acha que eu consigo?

Sinceramente,

Carter

Assunto: Re: Seleção para equipe de basquete

Sim, pelo que me lembro, você é muito bom, embora eu ache que seu ego já é grande demais. Você precisa mesmo de mais atenção das garotas do nosso colégio? Talvez tenha que explicar essas suas tatuagens no braço quando vestir o uniforme. (Ainda não acredito que sua mãe te levou, um menor de idade, para fazer essas tatuagens…)

Espere aí... Não é hoje a leitura do testamento do seu pai? (É grosseiro enviar e-mails durante esse tipo de coisa...)

Espero que esteja bem,

Arizona

Assunto: Re: Re: Seleção para equipe de basquete

Eu já disse ao técnico que tenho tatuagens. Ele disse que, se eu for bom, a maioria das pessoas não vai dar a mínima e que eu não seria o primeiro jogador tatuado. (Ainda não acho que ela se reconheça como uma "mãe".)

A leitura do testamento do meu pai já terminou. (É grosseiro deixar seu único filho e trair a esposa...)

Estou melhor do que bem.

Sinceramente,

Carter

Assunto: Re: Re: Re: Seleção para equipe de basquete

Onde você está?

Espero que esteja bem,

Arizona

Assunto: Re: Re: Re: Re: Seleção para equipe de basquete

No meu quarto.

Eu já tinha dito que estava bem. (Acredite.)

Sinceramente,

Carter

Coloquei meu celular no silencioso e me deitei na cama, olhando para o teto. Hoje tinha sido um dos piores dias da minha vida, então eu começava a planejar coisas para fazer o dia de amanhã melhor: eu transaria com minha namorada depois da aula, isso se ela não estivesse brava comigo por eu não revelar o motivo da minha ausência no colégio durante os últimos três dias (eu me recusava a falar sobre a minha família com qualquer pessoa). Eu também voltaria ao meu estúdio favorito para fazer outra *tattoo* na parte interna do braço – algo como uma árvore, assim eu poderia acrescentar mais coisas durante os próximos anos. Depois, provavelmente passaria algumas horas com Arizona no fim do dia. Por algum motivo, estar perto dela sempre fazia as coisas ficarem melhores.

Peguei meu fone de ouvido branco no criado-mudo e o coloquei, fechando os olhos e começando a cochilar.

Mas não durou muito.

Assim que meu álbum favorito começou a tocar, um dos fones foi arrancado do meu ouvido e uma mancha rosa e roxa se arrastou por sobre mim, tomando o lado esquerdo da cama.

Arizona.

– Que porra é essa? – Estreitei os olhos para ela. – Minha mãe deixou você entrar?

– Você acha, mesmo? – Ela dependurou uma espécie de pulseira prateada bem na frente do meu rosto. – Eu disse que tinha feito uma cópia da chave da sua casa durante uma aula meses atrás. Sua mãe está capotada no sofá.

– É claro que está... – falei. – Bem, eu preciso continuar sozinho para conseguir pensar. Então, sem ofensas, mas não quero a sua maldita companhia agora. E, como você teve que literalmente invadir a minha casa para me ver, vou pedir que dê o fora daqui agora mesmo.

– Tudo bem. – Ela me encarou e piscou os olhos. Em seguida, colocou meu fone esquerdo em seu ouvido e se ajeitou contra os travesseiros.

– Você ouviu o que eu disse, Arizona? Ou vou precisar repetir?

– Ouvi perfeitamente – afirmou, acenando para que eu me ajeitasse ao seu lado. – Você disse que ia me pedir para sair porque não quer a minha companhia. Então, quando você realmente *me pedir para sair*, eu saio...

Seus olhos encontraram os meus e me dei conta de que ela sabia que eu não estava bem, que hoje eu estava um caos emocional e que realmente queria que ela ficasse.

Em vez de lutar contra os fatos, deitei-me ao lado dela e coloquei o outro fone no meu ouvido direito.

– Você ter vindo aqui e me visto desse jeito, isso nunca aconteceu, está bem?

– Nunca acontece...

Faixa 12.
“The Moment I Knew”
(4:09)

Carter

Na manhã após Arizona e eu transarmos, eu estava na cozinha da casa dela preparando café. Duas de suas colegas, Jenny e Heather, encontravam-se à minha frente, esperando a cafeteira bipar.

– Vocês sabem que, tecnicamente, podem pegar café enquanto está passando, não sabem? – perguntei enquanto notava que elas olhavam para o meu peito.

– Eu sei, sim – respondeu Jenny, enrubescendo. – Só estou esperando, assim como você...

– Na verdade, eu não sabia... – Heather deu um passo para a frente e segurou sua xícara debaixo da cafeteira. – Aprendendo algo todo dia. Caso eu não a veja hoje, você poderia dizer a Arizona para trazer sabão para lavar a louça? É a vez dela.

– Digo, sim – concordei, assentindo.

A cafeteira bipou, Jenny deu um passo adiante e deliberadamente esfregou a xícara no meu peito antes de levá-la à cafeteira.

– Foi mal, não consegui resistir.

E deu risada.

– E também… – continuou Heather, ignorando Jenny. – Além do sabão, poderia pedir para ela trazer mais café? Também é a vez dela.

– Registrado. – Percebi que Jenny continuava me tocando. – Você não precisa ir trabalhar?

Ela enrubesceu outra vez, dando um passo para trás.

– Quando quiser que eu deixe o meu namorado para ficar com você, é só dizer. *Pode dizer…*

– Não vai acontecer – respondi, rindo.

– Vai, sim. – Ela tomou um gole de café e seguiu na direção da porta, olhando para trás e rindo. – Vou ficar esperando esse telefonema!

Esperei as duas saírem, ligarem o carro e entrarem no trânsito antes de me sentar.

No mesmo instante, minha mente começou a tentar processar a loucura que tinha acontecido na última noite. Revisitei tudo em *frames:* filme. Risada. Beijo ininterrupto. Sexo. Sexo com Arizona. Sexo outra vez com Arizona. Sexo com minha melhor amiga desde sempre, Arizona…

– Bom dia – ela cumprimentou, entrando na cozinha, vestida com um robe branco e felpudo, evitando me olhar nos olhos.

– Bom dia.

– Foi você ou alguma das minhas colegas que preparou o café?

– Fui eu.

– Então é sem avelã?

– Isso.

Levantei-me e preparei uma xícara para ela, acrescentando um pouco da avelã que eu sempre deixava de fora quando preparava café. Enquanto eu acrescentava três envelopinhos de adoçante, Arizona sentou-se no banco à minha frente, ainda evitando me olhar nos olhos.

– Quais são seus planos para este fim de semana? – lancei enquanto deslizava a xícara pelo balcão.

– A rotina de sempre: Gayle's com você em algum momento, roubar uma aula na escola de gastronomia na esperança de não ser expulsa. Ah, e alguns drinques com Nicole no domingo à noite.

– Se ela não abandonar você.

– É. Se ela não me abandonar. – Arizona tomou um longo gole de café e finalmente permitiu que nossos olhares se encontrassem. – E você?

– Gayle's com você em algum momento... Tenho algumas pendências para resolver e preciso pegar alguns livros de Direito para ler durante o verão. E devo também fazer alguma coisa com Josh.

Silêncio.

Ela levou a xícara aos lábios e a inclinou, bebendo quase todo o café.

– Suas colegas pediram para avisar que você precisa comprar mais café e sabão para a lava-louças – avisei. – Disseram que é a sua vez de fazer isso, então, quando puder...

– A gente não vai, mesmo, falar sobre a noite de ontem? – Ela me interrompeu. – A gente vai fingir que aquilo tudo não aconteceu?

– Não. – Abri um sorriso. – De qual parte você quer falar, Ari?

– Que tal aquela parte em que meu melhor amigo desde a quarta série *trepou comigo*? Ou talvez devêssemos discutir aquela parte em que ele aceitou meu silêncio e total choque como um sinal de que eu queria que me desse um beijo grego? Ah, quer saber? Vamos começar daí. Pode ser?

– Em primeiro lugar, eu sou seu melhor amigo desde a *quinta* série. Eu detestava você na quarta série e só começamos a conversar com certa cordialidade no fim do ano, muito depois de você ter me enfiado em problemas pela quinquagésima vez.

– De tudo o que eu acabei de dizer, é *isso* que você quer debater primeiro?

– Não. – Aproximei-me de Arizona e apoiei as mãos em seus ombros. – Então, ontem à noite, a gente transou. Aconteceu. E, pelo que me lembre, você não foi muito "silenciosa", em momento algum...

Arizona ficou boquiaberta e deu risada.

– Estou brincando – falei. – Não acho que precisemos fazer uma intervenção por causa disso. O que aconteceu ontem à noite não muda em nada o que há entre nós.

– Promete?

– Prometo.

– Promete também não falar nada sobre isso nem deixar acontecer outra vez? Afinal, não queremos perder a amizade e nós dois sabemos que o sexo destrói amizades. Inegável e inevitavelmente *destrói* amizades...

– Isso é uma pergunta ou uma afirmação?

– As duas coisas.

– Nesse caso, sim. – Envolvi seu rosto com minhas mãos e olhei em seus olhos. – Não vamos deixar acontecer outra vez porque nós dois valorizamos muito a nossa amizade.

– Que bom... – Ela expirou demoradamente. – E só para deixar claro: a noite de ontem nunca aconteceu.

– Exatamente. – Empurrei uma mecha de cabelos para trás da orelha de Arizona e dei um passo para trás. – Eu nem estive aqui.

– Ótimo. – Ela desceu do banquinho. – Bem, vou me preparar para uma aula e acho que a gente se vê amanhã no Gayle's... Você pode me pegar por volta de 11h30?

– Posso, sim.

Olhamos um para o outro em silêncio, sem dizer mais nada.

– Está bem, certo... – Arizona deu um passo para trás. – Ainda são 9h, então... Você vai para casa, eu fico aqui e, hum... A gente se vê amanhã?

Afastei meu olhar de seus lábios.

– Perfeito.

– Ah, e Carter? – Ela olhou para mim.

– Sim?

– Definitivamente foi na quarta série. A gente se tornou melhores amigos na *quarta série.*

– Você precisa aceitar a realidade. – Dei risada enquanto seguia na direção da porta. – Definitivamente foi na quinta série.

⬩◆⬩

Eu não conseguia deixar a água do banho quente o suficiente. Precisava que ela batesse mais rápido, com mais força, contra a minha pele. Independentemente do que eu tivesse dito a Arizona em sua casa, para mim seria difícil pra caramba esquecer a noite de ontem. Por uma série de motivos. Em primeiro lugar, foi o melhor sexo que já fiz em toda a minha vida. Em segundo lugar, seus gemidos e pedidos suaves ainda ecoavam repetidamente na minha cabeça. E, em terceiro lugar, eu tinha realmente sentido algo enquanto nos olhávamos, uma coisa que nunca havia me acontecido durante o sexo.

Puta merda...

Frustrado com a água, desliguei-a e saí do box. Enrolei uma toalha em volta da cintura e fui até a cozinha.

– A noite foi longa? – Josh abaixou o jornal que estava lendo e olhou para mim.

– Não, não. Eu só fiquei na casa da Ari.

– Deixe-me adivinhar: ela fez você assistir a mais um daqueles programas insuportáveis de culinária e o "autorizou" a dormir na cama dela?

– Basicamente isso.

– Que ridículo! – Ele se levantou e me seguiu até a geladeira. – Preciso que me explique uma coisa importante.

– Pensei que você jamais me pediria algo assim – lancei. – É verdade o que sua última ex-namorada disse. Você não sabe se vestir.

– Sai dessa, cara. – Ele deu risada. – Quero saber como você continua conseguindo fazer isso.

– Como eu continuo conseguindo fazer *o quê?*

– Como você continua sendo "apenas amigo" de uma garota.

– Você já percebeu que nós dois temos essa conversa a cada seis meses?

– Eu sei, e não estou duvidando da sua relação com Arizona. Sei que vocês dois são estritamente platônicos. Só estou perguntando de modo geral. Tipo, como você nunca pensa em cruzar a linha? – Ele se inclinou outra vez contra o balcão. –

Só estou perguntando porque, como nós dois vamos estudar juntos no outono, acho que sei do que preciso: uma garota que é apenas amiga.

– Eles não vendem amigas nas lojas por aí...

– Qual é, cara?! Explique para mim, como você consegue?

Uma memória da noite passada, a lembrança de Ari sussurrando meu nome enquanto gozava na minha boca, de repente invadiu minha cabeça.

– Você só se arrisca enquanto mantém esse pensamento. E deveria aprender também a ser um amigo para ela. Não sexualize as coisas, como você tende a fazer.

– Certo... Mas e se a garota tiver uma aparência como a de Ari? Como alguém como eu, diferente de você, alguém que tem bolas, resiste a algo assim?

Então foi o rosto de Ari após o orgasmo que invadiu minha mente.

– Você apenas... não resiste, acho.

– Bem, bem, bem... – Ele bateu no balcão. – Você. Eu. The Bakery Bar. Esta noite. Em vez de uma garota para passar a noite, vamos encontrar uma amiga platônica para mim. E quanto mais feia, melhor.

– Francamente... Às vezes me sinto envergonhado por chamar você de amigo.

– A recíproca é verdadeira, cara.

Ele pegou uma garrafa de água e voltou para o sofá.

Quando tive certeza de que ele estava outra vez profundamente envolvido em sua leitura, preparei um *shot* de vodca para mim e engoli. Eu definitivamente precisava ficar embriagado para manter os pensamentos envolvendo os lábios de Ari distantes durante as próximas horas…

Ou dias.

Ou… *puta merda.*

Outra vez…

Faixa 13.
"The Last Time"
(4:56)

Arizona

O sexo foi um erro… Um erro desses que a gente só comete uma vez…

Repeti essas palavras durante toda a manhã, até quase acreditar nelas, até chegar à aula que eu roubaria hoje: Confeitaria Artística.

Peguei um avental e encontrei uma cadeira no fundo da sala, esperando para ver se alguém faltaria hoje para eu ter uma estação de trabalho para usar. Mas, para minha surpresa, havia uma estação com o meu nome.

Totalmente desacreditada, dei um passo bem lento para a frente. Corri o dedo pelas letras para ter certeza de que era real. E logo percebi que, ao lado do meu nome, havia um bilhete. Então abri e li:

Não é irônico que a melhor aluna da sala não seja uma aluna "de verdade"?

Isso é só durante o verão...

- Chef Brandt

P.S.: Quero conversar com você sobre alguns outros cursos que podem ser bons para sua futura carreira.

Ergui o olhar e o vi assentindo para mim lá na frente da sala, um rápido sinal de aprovação.

Sentindo gratidão, peguei o papel com a tarefa de hoje, esperando que fosse algo suficientemente complicado a ponto de manter minha cabeça longe de Carter.

Tarefa de hoje:

Vocês devem fazer um suflê usando apenas os ingredientes na geladeira.

O tema do dia é: "Paixão Avassaladora: Uma Noite Apenas".

Meu cartão caiu no chão.

◆◆◆

Horas mais tarde, depois que meu "professor" me fez preencher alguns formulários para quatro dos principais cursos de Gastronomia do mundo, eu me peguei andando descalça pela costa, deixando os ventos aquecidos me atingirem pela esquerda e pela direita.

Independentemente de quanto eu tentasse pensar em outra coisa, *qualquer* outra coisa, os toques ásperos, os beijos e as carícias de Carter povoavam minha mente. Acho que aquilo que diziam sobre ele fazer sexo sacana era verdade, mas parte de mim não conseguia não querer acreditar que a noite passada envolveu alguma coisa além de puro sexo.

Não, pare com isso... Só sexo... Apenas amigos...

Peguei o celular e liguei para Nicole.

– Oi! – ela atendeu ao primeiro toque. – Como você está hoje?

– Bem, e você, como está?

– Ótima! Estou ansiosa por amanhã à noite. Vou deixar algumas bebidas e alguns petiscos na sua casa quando for para o trabalho, aí podemos beber antes e depois de sair. Até peguei alguns DVDs para nós.

– Você estava falando sério sobre fazer uma festa do pijama depois que a gente sair?

– Sem dúvida. Estou disposta a recompensá-la depois do que houve na festa do Josh.

– Não foi nada demais, eu juro. Mas obrigada pela consideração.

– Pare de ser tão gentil quando quer dizer que sou uma péssima amiga. – Senti um sorriso brotando em sua voz. – Eu chego por volta das 20h, está bem?

– Combinado...

– Espere um pouco. Por que está com essa voz?

– Que voz?

– Tipo... Como se estivesse triste ou deprimida ou algo assim. Está tudo bem?

Eu dormi com Carter... Assuma logo... Eu. Dormi. Com. Carter.

Não consegui fazer as palavras saírem da minha boca. Eu queria contar a ela, mas algo em mim – alguma coisa muito forte – me dizia para ficar em silêncio.

– Arizona? – ela falou. – Arizona, você está aí?

– Estou aqui. Não há nada de errado. Só tive um dia pesado na aula de gastronomia.

– Nossa! Eu tinha me esquecido da sua aula... Você viu Carter hoje?

– Sim, mais cedo. Por quê?

– Bem, sei que você vai pensar que sou louca, mas você acha que poderia comentar com ele que estou interessada e ver o que ele diz?

– Humm...

– "Humm" sim ou "humm" não?

Humm, porra, é lógico que não!

– Claro. Falo com ele da próxima vez que conversarmos.

– Bem, nesse caso, acho que vou receber uma resposta em menos de 24h! – Nicole deu risada. – Ah! Um cliente chegou. A gente se vê amanhã às 8h!

– Até amanhã às...

O telefone bipou antes que eu pudesse terminar minha fala.

Mergulhei os dedos dos pés no mar por alguns minutos antes de decidir pegar um ônibus direto para o Gayle's. Imaginei que um daqueles waffles me faria sentir dez vezes melhor e talvez até me ajudasse a pensar de forma mais clara em toda essa situação.

Especialmente sabendo que Carter não vai estar lá...

Não. Carter *estava* lá.

Assim que entrei, eu o avistei sentado ao fundo. Refleti sobre se devia ou não simplesmente ir embora e parar em um dos *foodtrucks* que o Gayle's mantém pelas ruas, mas, de repente, Carter olhou para mim.

De verdade, pude sentir meu corpo sendo atraído na direção dele, como se eu já não estivesse no controle de minhas ações. Dei um passo, dei dois passos e, antes que percebesse, estava sentada à sua frente.

Nenhum de nós disse nada.

– Fiz o seu pedido assim que a vi passar pela porta! – anunciou nossa garçonete de sempre, aproximando-se com uma bandeja na mão. – Um waffle belga com iogurte de baunilha e morango, com pedacinhos de chocolate. – Ela sorriu para mim: – E uma torre de waffles com iogurte de chocolate, manteiga de amendoim e polvilhados com pedacinhos de Oreo. – Ela colocou um prato à frente de Carter. – Será que vocês dois poderiam me fazer um enorme favor e variar de vez em quando? Será que não se cansam de pedir exatamente a mesma coisa toda vez?

– Será que eu poderia ter um waffle extra hoje? – arriscou Carter, sorrindo. – *De graça?* Isso ajuda?

– Você tem sorte por eu gostar mesmo de você, garoto! – Ela deu risada. – Trago os pratos assim que eu pegar o pedido nas outras duas mesas.

Ela ofereceu uma piscadela para nós antes de sair.

– E aí? – falei paralisada.

Minha primeira pergunta era sempre o que ele tinha feito na noite passada, mas eu já sabia a resposta para essa pergunta: ele tinha *me comido.*

Parecendo perceber o que se passava em minha mente, ele lançou:

– Nicole já enviou aquela mensagem de sempre, "não posso sair com você neste fim de semana, mas vou recompensá-la por isso"?

– Ainda não. Acho que desta vez ela vai cumprir o prometido. Disse que vai passar a noite me pagando drinques seguros para pessoas fracas e que depois quer ir à minha casa.

– E você acreditou?

– Acreditei. – Assenti. – Em termos de mensagens de texto, a única coisa que me deixou em choque foi o Chris. Ele perguntou se a gente pode voltar a se encontrar neste fim de semana.

– Acho que ele gosta mesmo de você. Vai dar uma chance a ele e talvez apenas transar, já que esse era o plano?

– Não. – Peguei meu garfo. – Acho que não consigo fazer sexo casual como você faz.

Ele arqueou as sobrancelhas.

– Quero dizer... Exceto pelos barulhos esquisitos que ele emite, tudo o que tivemos foi um pouco de atração e alguns beijos, mas preciso de mais do que isso para formar uma ligação. Mesmo se for para sexo temporário. Aliás, nem vale a pena começar alguma coisa, já que em algum momento vou ter que mudar de cidade. Entende?

– Não necessariamente. Relacionamentos à distância podem funcionar sob certas circunstâncias.

– Quais circunstâncias?

– Nenhuma. – Ele caiu na risada. – Eu só estava tentando fazer você alimentar uma falsa esperança.

Sorri e cortei meu waffle. E, durante a próxima hora, tudo transcorreu de forma absolutamente normal entre nós. Cheguei a ficar convencida de que o fato de termos transado na noite anterior não mudaria nada.

Quando a conta chegou, Carter pagou, como de costume, e pediu para embrulhar a minha sobra. Diferentemente do de costume, ele levou a mão à minha lombar quando nos levantamos e a manteve ali até chegarmos ao carro. E aquele simples toque me deixou extasiada.

Não conversamos muito no caminho até minha casa, mas percebi que ele tinha se esquecido de ligar o rádio. O único barulho entre nós era a mistura do vento com o trânsito.

Dois semáforos antes de chegar na minha casa, ele enfim falou:

– Depois de todos esses meses roubando aulas na escola de gastronomia, eles ainda não se importam com o fato de você não ter pagado um centavo de mensalidade até hoje?

– Por mais impressionante que pareça, não. Há algumas semanas me dei conta de que só chamam o segurança nos dias de prova. Além disso, os professores gostam muito de mim. Gastronomia é a minha paixão. Eu contei para você que um deles escreveu uma carta me recomendando para algumas outras escolas?

– Não. – Carter deu risada enquanto estacionava. – Por favor, diga que você leu tudo e que não falava que você era uma ladra.

– Nem vem! – Ri com ele, abrindo a porta. – Ele disse que eu sou brilhante e tenho uma das paixões mais fervorosas que ele já viu nos últimos anos. Mencionou meus "meios criativos" de aprender, mas é impossível que alguém imagine que isso possa ser uma referência ao fato de eu roubar aulas.

– Esperemos que não.

– Obrigada pela carona. – Fechei a porta. – Eu aviso se Nicole furar comigo.

– Ela vai furar.

– Ela *não vai* furar!

Distanciei-me rapidamente e entrei em casa.

Levei a mão ao coração e expirei; estava totalmente acelerado outra vez.

E isso não era nada bom...

Faixa 14.
"Speak Now"
(3:42)

Arizona

Dormi até tarde no dia seguinte. Dormi o dia todo.

Até telefonei para meu emprego de meio-período na marina dizendo que estava doente e deixei meu chefe chiar comigo pela enésima vez (alguma coisa sobre eu ser demitida caso voltasse a me atrasar ou ligasse dizendo que estava doente mais uma vez. Para dizer a verdade, eu não me importava com ser demitida, mas detestava a ideia de perder meu passe de barco, do qual às vezes precisava quando os chefs davam aulas em Parker Island; o preço da passagem não era baixo).

Quando finalmente encontrei motivação para me arrastar para fora da cama, já eram 18h e imaginei que deveria começar a me vestir para sair com Nicole. Fui até o andar de baixo para ver o que ela tinha trazido mais cedo e me encontrei em meio a um mar de sacolas plásticas contendo todo tipo de *junk food:* Cheetos, barras de chocolate, vinte tipos diferentes de doces de frutas e muita vodca e cerveja.

Era bem típico de Nicole literalmente largar as coisas em qualquer lugar, sem sequer pensar em deixá-las em um canto ou guardá-las. Quando terminei de colocar tudo na despensa, já eram 19h e ela havia me enviado uma mensagem:

> Entããããão... Não me mate por isso, mas preciso cancelar com você hoje. Porém, tenho um motivo muito bom, um motivo com um tanquinho. Conto tudo amanhã, prometo.

QUE DIABOS?

Engolindo um grito de frustração, digitei:

> Essa é a décima vez (ou mais) que você me troca por uma porra de um cara, Nicole. Um cara que nem é seu namorado. Já estou mais do que cansada disso. Você não tem a menor ideia do que é ser amiga, então, quando decidir que quer ser uma, me avise.

Meu dedo pairou sobre o botão "enviar", mas não o apertei. Ela não valia a pena.

Peguei alguns dos lanchinhos que ela havia trazido e fui para o meu quarto.

Passei por alguns canais de culinária e parei em um chef que estava preparando um *crème brûlée* especial. Troquei de pijama e me ajeitei na cama, trazendo comigo um caderno para tomar notas.

Enquanto o chef ajustava a temperatura do creme, meu telefone vibrou. Carter.

Minha mente imediatamente o imaginou beijando meus lábios e segurando meu corpo rígido contra o dele, então percebi que eu não precisava falar com ele naquela hora.

Apertei "ignorar".

Ele ligou outra vez.

Apertei "ignorar" outra vez.

Ele enviou uma mensagem de texto.

> Está apertando "ignorar" porque não quer admitir que eu estava certo sobre Nicole?

> Na verdade, você estava errado. Nós estamos na minha casa bebendo e comendo pizza. Ligo pra você mais tarde.

Eu estou olhando para ela agora mesmo, então, a não ser que você tenha cultivado barba e bigode nas últimas seis horas, imagino que ela tenha mesmo furado com você.

Infelizmente. O cara com quem ela saiu tem barba e bigode?

Sim. Ele também parece ser pelo menos dez ou doze anos mais velho do que ela.

Tá me zoando!

Não estou, não. Sério, o que você tá fazendo?

Me lamentando por ter amigos péssimos (incluindo você). E você?

Saindo pra ir pra casa. Estava tentando ajudar Josh a encontrar uma amiga "apenas amiga" no bar hoje.

E deu certo?

Não. Ele escolheu achar uma garota apenas para passar a noite. Quer companhia?

Na verdade, não.

Era mentira.

Bem, mas eu quero. Esteja pronta em 20 minutos. Vou buscar você para irmos para a minha casa.

Qual é o problema com a minha casa?

Eu responderia, mas aquilo nunca aconteceu.

Enrubesci.

Está bem. Te vejo em 20 minutos.

Nem me preocupei com tirar o pijama. Calcei um tênis surrado e peguei uma bolsa no armário.

Desci as escadas e enfiei a maioria das coisas que Nicole havia trazido dentro da bolsa.

– Você vai a uma festa do pijama, Ari? – Heather, que estava do outro lado do balcão, olhou para mim, sorrindo. – Será que não estamos um pouco velhas para isso?

– Não. A Nicole furou comigo e vou passar um tempo com Carter.

– Ah. Bem, sinto muito por saber que a Nicole fez isso *outra vez*. Pelo menos Carter está livre hoje, não é?

– É verdade. – Fiz uma pausa. – Eu dormi com ele.

– Você dormiu com quem? – Ela inclinou a cabeça para o lado.

– Com Carter. Eu dormi com ele. A gente transou.

– Até parece! – Ela levou a mão ao peito e começou a gargalhar. – Como se eu fosse acreditar numa história dessas! Vocês dois são o mais lindo não casal/melhores amigos que já conheci na vida! – Ela olhou para seu trabalho. – Divirtam-se.

– Vou tentar.

Pendurei a sacola no ombro e fui para a varanda. Eu tinha certeza de que a maioria das pessoas não acreditaria que nós dois transamos. Porra, mesmo que eu tivesse a memória para provar, parte de mim ainda não acreditava.

Carter estacionou enquanto eu me sentava. Em vez de esperar que eu fosse até o carro, ele se aproximou e pegou a sacola.

– Está planejando me pedir para ir morar comigo? – brincou enquanto erguia a sacola. – O que é isso?

– Comida e álcool, cortesia de Nicole.

– Bem, pelo menos uma coisa boa depois que ela furou com você desta vez.

Ele passou a mão em volta da minha cintura. Aqueles tremores que se tornaram familiares, palpáveis, desceram por minha espinha enquanto íamos até seu carro.

Fizemos o curto caminho até sua casa sem dizer muito um ao outro e, como sempre, troquei a música de *indie rock* para *soft pop*.

Eu queria dizer alguma coisa, rir e brincar sobre algo insignificante, mas só conseguia pensar em quanto eu queria sentir seus lábios outra vez contra os meus.

– Arizona? – Sua voz me afastou de meus pensamentos e percebi que ele segurava a porta aberta. – Vai resolver sair do carro? Por que você sempre fica olhando para o vazio quando o carro está estacionado?

– Força do hábito.

Saí do veículo e o segui para dentro da casa. Enquanto atravessávamos o corredor, ouvimos os gemidos e urros vindos do quarto de Josh. Fiz meu melhor para ignorá-los enquanto Carter me levava até seu quarto e fechava a porta.

– Vai conversar com a Nicole por ela ter furado com você desta vez? Ou vai simplesmente seguir a vida, como você sempre faz? – perguntou, colocando a sacola no chão.

– Sinceramente? Acho que vou simplesmente parar de combinar de sair com a Nicole... Em algum momento ela vai entender e talvez então, quando ser der conta do que aconteceu, a gente converse.

– Faz sentido. – Ele abriu uma garrafa e me entregou. – Vocês duas estavam planejando assistir a algum destes filmes?

– Por quê?

– Porque todos são péssimos. – Ele deu uma olhada nos DVDs. – Sei que era eu quem queria companhia, mas será que podemos passar sem as comédias românticas?

– Em troca de quê?

– Prefiro assistir a um dos seus programas de culinária a isto aqui... *Harry e Sally, Feitos Um para o Outro? Encontro de Amor? Clube dos Cinco?*

– *Clube dos Cinco* não é comédia romântica – argumentei, puxando o DVD da mão dele. – Mas duvido que ela e eu conseguíssemos assistir a algum desses filmes inteiro.

– Que bom. – Ele pegou o controle remoto e ligou a TV, colocando no canal de culinária que eu estava assistindo antes.

O chef tinha concluído o *crème brûlée* e se preparava para começar um jantar de sete pratos.

Carter me passou o controle remoto e um punhado de salgadinhos.

– Precisa de mais alguma coisa?

– Quer que pintemos um as unhas do outro quando o programa terminar?

– De forma alguma. É reprise?

– Talvez. Por quê?

– Por nada – ele respondeu, ajeitando-se atrás de mim na cama. – Eu queria saber se vou poder conversar durante o programa.

– Era você que estava solitário e precisava de companhia. Eu estava muito bem, obrigada.

– É mesmo?

– Sim. – Aumentei o volume. – E, muito embora seja reprise e você diga que detesta programas de culinária, no fundo eu sei que você adora assistir comigo.

Carter deu risada, mas não disse mais nada. Apenas puxou meus ombros até eu estar deitada contra seu peito.

Engoli em seco, ignorando a tensão repentina entre nós, e mantive meus olhos presos à TV.

– Tenha certeza de que o forno está ajustado para 190 graus. Nem 180, nem 200. 190...

O chef então pegou os outros ingredientes.

Carter expirou suavemente contra meu pescoço, fazendo o ritmo da minha respiração diminuir. Tentei ignorar o fato de que meu coração acelerou, de que senti que estava literalmente ficando úmida.

– É assim que você deve temperar os legumes...

O chef sorria para a câmera enquanto mostrava seus vários pincéis, mas eu não estava prestando atenção. Não conseguia prestar atenção.

Carter beijava meu pescoço a cada poucos segundos, deixando seus dentes roçarem suavemente em minha pele, e meu corpo me traía, reagindo a cada movimento dele.

– Você pode buscar um pouco de gelo na cozinha? – Afastei-me dele quando suas mãos começaram a massagear meus ombros. – E alguns copos, por favor?

– Claro.

Ele sorriu e se levantou para sair do quarto.

Sacudindo a cabeça, respirei fundo várias vezes e tentei não pensar muito. Em seguida, fui para o outro lado da cama, a outra ponta, perto da cômoda.

Carter voltou ao quarto e olhou para mim, segurando o riso enquanto colocava o gelo sobre a mesa. Encheu um dos copos com suco e se aproximou, entregando-o para mim.

– Algum motivo para você ter ido para esse lado? – ele quis saber.

– Dá para ver melhor daqui. Muito melhor.

– Você se importa se eu me unir a você para verificar?

– Sim. – Minhas bochechas estavam pegando fogo. – Sim, eu me importo, sim... Você pareceu estar enxergando bem de onde estava antes, então...

Parei de falar assim que percebi que ele estava me ignorando e se aproximando por trás.

Ele me puxou contra seu corpo e começou a deslizar os dedos por meus cabelos.

Tentei me concentrar no que o chef estava explicando, mas era inútil. Eu tinha visto esse episódio centenas de vezes, preparado os pratos junto com o apresentador algumas vezes e certamente era capaz de recitar a receita com ele.

Sentindo Carter puxar meus cabelos, virei-me para olhar para ele e lancei:

– Por que você não está prestando atenção ao programa?

– Porque prefiro prestar atenção a algo muito mais interessante.

– Algo como os meus cabelos? – Sorri. – Está interessado em qual condicionador usei hoje?

Um sorriso se formou em seus lábios. Ele parecia estar vindo com uma tiradinha, mas fui mais rápida:

– Está tentando transar comigo? – perguntei.

– Porque estou passando as mãos nos seus cabelos? – Ele riu. – Se fosse isso, acho que eu seria muito mais direto do que...

– Tipo, tentaria me beijar?

– Tentar? – Ele se inclinou para perto de mim e encostou seus lábios nos meus. – Não... Eu simplesmente a beijaria.

Ele não soltou minha boca até eu estar sem fôlego, e então me puxou para o seu colo, de modo que eu ficasse montada sobre suas pernas.

Sem dizer mais uma palavra sequer, ele deslizou os dedos por meus cabelos, beijando meus lábios mais e mais vezes.

– Você... – Eu me interrompi enquanto ele beijava a minha testa. – Você lembra que disse que devíamos esquecer que aquela noite aconteceu entre nós? – perguntei.

– Não sei do que você está falando.

– Você sabe muito bem do que eu estou falando.

– É uma referência a quanto eu fodi você? – Ele sorriu.

– Sim. – Empurrei seus ombros. – Bem...

– Bem...?

– Tecnicamente, a gente transou nas primeiras horas da manhã naquele dia. Não foi à noite, então... Ainda temos as horas de hoje, que fazem parte das horas do fim de semana, e aí... Acho que devemos transar hoje, mas não depois de hoje. Porque assim...

– Porque assim *o quê*?

Ele me puxou para perto.

– Porque assim podemos aproveitar todo o fim de semana com, humm... sexo. Aproveitar ao máximo. E aí nossa amizade não vai ser afetada porque acho que ainda vamos poder deixar isso para trás quando acabar... O que você diz?

– Não entendi nada do que você disse depois de "acho que a gente deve transar".

Pisquei os olhos e, em segundos, sua boca estava contra a minha e meus dedos em seus cabelos. Ele deslizou a mão por debaixo da minha blusa e abriu o sutiã, esfregando as mãos para cima e para baixo por minhas costas.

Lentamente afastando a boca da minha, sussurrou contra meus lábios:

– Você ainda se interessa por *hardcore*?

Enrubesci.

– Diga... – Ele insistiu, puxando a minha blusa por sobre a minha cabeça. – Você ainda assiste?

– Sim.

– Ótimo. – Carter puxou meu lábio inferior para dentro de sua boca e o mordiscou suavemente. Colocou minha mão contra seu cinto, silenciosamente ordenando que eu o abrisse. E, quando fiz isso, ele me levantou de seu colo.

Enquanto tirava a camisa, ele me encarou.

– Tire as roupas e fique de quatro no chão.

Hesitante, fiquei na cama, observando-o tirar as calças. Meus olhos se fixaram no volume em sua cueca e, enquanto ele a tirava, engoli em seco.

– Ari... – Ele usou a ponta dos dedos para erguer meu queixo. – Tire as calças... E fique de quatro no chão... *Agora*!

Não ouvi o que ele disse.

Em vez disso, inclinei-me para a frente e pressionei meus lábios em sua vara.

Ele respirou fundo enquanto eu o recebia em minha boca, correu os dedos por meus cabelos enquanto eu subia e descia a cabeça. A força em meus cabelos aumentou enquanto ele ficava tenso, e comecei a me movimentar com mais rapidez, pois senti que ele estava prestes a gozar. Porém, ele afastou minha cabeça.

Com um sorriso no rosto, Carter gentilmente me empurrou para fora de seu colo e me deu ordens para ficar em pé.

Obedecendo, fiquei à sua frente e comecei a desamarrar o cordão da calça, mas ele se adiantou, afastou minha mão e puxou o cordão. Inclinou-se para a frente e encostou a boca em minha barriga, lentamente deslizando a língua pela borda da calcinha.

Em um gesto cuidadoso, ele a tirou e empurrou meu pijama para o chão.

– Fique de quatro... – ordenou com uma voz rouca.

Olhei para ele por alguns segundos antes de obedecer, deixando meus joelhos se afundarem no tapete felpudo. Fiquei olhando para a frente enquanto ele se movimentava atrás de mim, enquanto ouvia o som do embrulho da camisinha sendo aberto.

Segundos depois, suas mãos estavam nos meus flancos, e ele me apertava com força. Deslizou uma mão entre minhas coxas e colocou um dedo em minha boceta úmida, inspirando quando eu gemi.

Sem avisar, Carter socou todo o seu pau de uma só vez em mim, estourando a minha boceta e me invadindo completamente.

Gritei enquanto ele puxava meus cabelos para trás.

– Se você gritar assim... – sussurrou ao meu ouvido. – Todos nesta casa vão ouvir e saber que eu estou estourando o seu grelo. – Ele socou outra vez em mim. – É isso que você quer?

Eu não conseguia me concentrar. Carter não me dava a chance de responder.

– Pensei que você fosse "discreta", Ari...

– Carter... – gemi enquanto ele deslizava a mão pela minha cintura para apertar meu seio. – Carter...

– Oi?

Ele estapeou a minha bunda. E mais uma vez. E mais uma.

Mordi o lábio para segurar um grito de prazer, enterrei as unhas no tapete enquanto me sentia cada vez mais próxima do orgasmo.

– Ah... Ah... Ah... – Eu o sentia apertando meu clitóris com o polegar.– Ahhhh... Ahhhh...

A pressão intensa só crescia entre minhas coxas; minhas pernas começavam a tremer.

Do nada, ele parou e me segurou por alguns segundos. Suas mãos pressionavam minha pele com firmeza, ele sussurrou meu nome algumas vezes mais antes de me balançar com suavidade.

Enquanto ele gemia, senti suas mãos se esfregando nas laterais do meu corpo, ouvi sua voz:

– Goze…

Ele disse meu nome uma última vez e meu corpo se entregou junto ao dele; eu me soltei no chão.

Abraçando-me, Carter sussurrou algumas coisas que não consegui entender antes de escorregar para fora de mim e jogar a camisinha no lixo. Deslizou as mãos por baixo do meu corpo e me ergueu, colocando-me em sua cama.

Observei enquanto ele limpava a região entre minhas pernas e passava a mão em meus seios.

– Você está bem? – perguntou, ligando a TV.

Eu apenas o encarei.

Inclinando-se para beijar minha testa, ele subiu na cama, ajeitou-se ao meu lado e passou os braços em volta da minha cintura.

– O que foi, Ari? – Ele parecia preocupado. – Fui selvagem demais com você?

– Não… – Ofereci um sorriso. – Eu não estou bem… Estou melhor do que bem.

Retribuindo o sorriso, ele beijou meus lábios, bochecha e testa várias e várias vezes até eu me entregar ao sono.

Faixa 15.
"Everything Has Changed"
(3:43)

Arizona

Da primeira vez que acordei, meu corpo estava sobre o de Carter. Seus dedos entrelaçavam-se nos meus e minha cabeça descansava contra seu peito. Duas vezes no meio da noite, acordamos e transamos. E, de alguma forma, voltamos a dormir no meio de um beijo.

Da segunda vez que acordei, eu estava sozinha. E atrasada.

O despertador tocava superalto e meu relógio de pulso marcava 11h30.

Droga...

Pulei para fora da cama, seguindo para o armário. Mas logo percebi que meu roupeiro não estava ali. Não no quarto de Carter.

Abri as gavetas em busca de algo melhor do que pijama de flanela para vestir. Coloquei uma de suas camisetas e a amarrei na parte de trás. Cheguei a provar suas calças – as menores que consegui encontrar –, mas era inútil. Elas caíam assim que eu as abotoava.

Droga. Droga. Droga...

Olhei-me no espelho e fiquei literalmente boquiaberta. Havia marcas vermelhas por todo o meu pescoço, meus lábios estavam inchados e meus cabelos faziam parecer que eu havia passado segundos demais com o dedo na tomada.

Não querendo ser demitida, puxei os cabelos em um coque alto e desarrumado, corri a língua pelos lábios e encontrei uma blusa diferente para cobrir as marcas.

O pijama teria que funcionar...

◆◆◆

– Por que você está usando gola rolê no meio do verão? – Meu chefe me analisou enquanto eu me aproximava do píer. – Esqueceu em qual parte dos Estados Unidos você vive?

– De forma alguma... – respondi, suando às pencas. – Só acordei com vontade de usar gola rolê hoje.

Ele olhou para o relógio.

– Você tem sorte por eu precisar muito da sua ajuda hoje. Entre.

Abri a porta da bilheteria e guardei a bolsa.

Ashley, minha colega de trabalho, olhou para mim.

– Por que você está tão resplandecente hoje? – perguntou, sorrindo. – Finalmente fez as pazes com Scott?

– Não, bem, a gente terminou, na verdade. Eu não estou nada resplandecente.

– Está, sim! – Ela se levantou e se aproximou. – Conte para mim...

Por sorte, não precisei mudar de assunto ou encontrar uma distração. Uma cliente se aproximou e, depois que marcamos seu passeio de barco, vinte outros clientes se aproximaram.

Como de costume durante o verão, a fila se tornou infinita e as perguntas não paravam. Quando chegou a hora do almoço, jogamos cara ou coroa para saber quem faria o intervalo primeiro – e isso era muito mais importante do que discutir se eu estava ou não resplandecente.

– Cara! – exclamou Ashley, batendo palmas. – Volto em meia hora. Você quer alguma coisa?

– Não, obrigada.

Coloquei o aviso de "Em horário de almoço" e fechei as persianas.

Quando ela saiu, comecei a ingrata tarefa de contar as vendas da primeira metade do dia. Já estava na metade da contagem dos tíquetes para crianças quando o tecido da gola rolê de Carter me fez coçar a ponto de eu não ter opção.

Puxei o telefone e liguei para ele.

– Alô? – atendeu.

– Será que você pode me fazer um favor?

– Já esqueci tudo de ontem à noite.

– Não é disso que estou falando, mas fico contente de saber que estamos na mesma situação quanto a, hum… a coisa que não aconteceu.

Carter deu risada.

– Qual é o favor, Ari?

– Será que você poderia ir à minha casa, pegar algumas roupas e trazer à marina?

– Você está aí nua agora?

– Não! – Virei os olhos. – Tem uma chave reserva debaixo do vaso de flores na varanda da frente. Qualquer coisa da primeira gaveta… Shorts, camiseta, calça jeans, tudo isso funciona. Mas nada de blusinhas. *Não* traga blusinhas.

– Por que não?– Percebi o sorriso em sua voz. – Tenho certeza de que uma blusinha funcionaria superbem hoje. A não ser que esteja tentando esconder algo...

Boquiaberta, desliguei o telefone e voltei ao trabalho. Quando ergui o olhar outra vez, percebi que quarenta minutos tinham se passado e nem sinal de Ashley, então liguei para ela.

– Oi! – Ela atendeu ao primeiro toque.

– Hum, oi... – Olhei para o relógio. – Hum, você prefere voltar antes ou depois da hora que a gente ia dividir? Eu também quero fazer um intervalo, sabia?

– Nossa! O tempo passou e eu nem percebi! Vou voltar em exatos quinze minutos!

– Isso só me deixa um intervalo de cinco minutos...

– Mas você ia, mesmo, andar pela costa usando gola rolê? – Ela soava sincera, como se o ato de roubar meu intervalo fosse, na verdade, me fazer um favor.

– Será que você poderia, pelo menos, trazer almoço para mim, então?

– Posso tentar... – disse. – Mas você devia ter me pedido quando perguntei se queria alguma coisa, porque agora está tudo lotado aqui...

– Droga! – Desliguei o telefone.

Momentos assim me faziam questionar se trabalhar na estação de barcos valia a pena.

Olhei o cardápio das pizzas no *foodtruck* à nossa frente e ouvi alguém bater à porta.

Talvez eu ter desligado na cara dela tenha sido bom, afinal. Talvez ela tenha caído em si.

Mas não. Era Carter.

– Oi... – cumprimentei, deixando-o entrar.

– Oi. – Ele me olhou de cima a baixo. – Combinação interessante, suas roupas.

Colocou uma caixa branca no balcão e me entregou as roupas. Nem consegui fazer minha boca se mexer para agradecê-lo. Carter estava sem camisa, usando apenas uma sunga azul-escura que mostrava claramente o V e o caminho de pelos alinhado a seu zíper.

– Algo errado? – Ele tirou os óculos e percebi as gotículas de suor descendo por seu peito.

– De forma alguma.

Virei-me e entrei no banheiro para colocar as novas roupas, feliz por a blusa cobrir todas as marcas de mordidas. Puxei outra blusa que ele havia trazido e percebi que Carter tinha também se lembrado de pegar uma escova de cabelos e maquiagem.

Usei todo o tempo necessário para me arrumar; saí dez minutos depois e o encontrei sentado em minha cadeira.

– Eu não recebo nem um "obrigado"? – perguntou, sorrindo.

– Você não recebe nada – respondi. – Se eu pudesse discutir o motivo em questão, você saberia o porquê...

Seus olhos encontraram os meus e sacudi a cabeça, desviando o olhar.

– O que tem aí nessa caixa?

– Almoço. – Ele a entregou para mim. – Imaginei que você não tivesse comido ainda. Mereço um "obrigado" por isso, talvez?

– Obrigada – agradeci, abrindo a tampa. Era um wrap de frango grelhado e fritas. – Ashley roubou meu intervalo outra vez...

– Sinto muito por isso.

– Aposto que sim. Onde você foi quando desapareceu hoje cedo?

– Em lugar nenhum, só dar uma volta na praia.

– Com alguma ficante nova? Foi terminar com ela? Como ela recebeu a notícia?

– Engraçadinha. – Ele deixou uma risada baixa escapar. – Eu só precisava pensar. – Ele parecia querer dizer alguma coisa, mas Ashley entrou.

– Oi, oi! – exclamou. – Voltei correndo para você ficar com pelo menos quinze minutos de intervalo.

Virei os olhos e a encarei.

– Quanta consideração da sua parte!

– Eu sei. – Ela se sentou, batendo os cílios para Carter. – Vou ficar por aqui enquanto você faz seu intervalo...

Peguei meu wrap e segui na direção da porta, surpresa por ver Carter me seguindo.

Fomos andando até as docas, sem dizer muito um ao outro. Quando terminei de comer meu wrap e percebi que Carter estava me olhando, ele sorriu.

Desajeitada, retribuí o sorriso e passamos alguns minutos assistindo às gaivotas voarem no céu.

– Obrigada por me trazer as roupas e o almoço – agradeci, começando a voltar pelo caminho.

– Não tem problema algum. Quais são seus planos para hoje depois do trabalho?

Evitar sua presença pra que eu possa pensar...

– Vou sair com uma amiga.

– Qual amiga?

– Você não conhece.

– Eu conheço todas as suas amigas. – Ele me olhou nos olhos. – Qual?

Olhei para a pulseira em meu braço. Ela havia vindo junto a uma caixa de bolo, como brinde.

– Betty.

– *Betty*?

– Hoje você acordou com algum problema de audição? – Parei na frente da bilheteria. – Sim, Betty.

– Qual é o sobrenome dela?

– Crocker. Betty é nova na cidade, então vou mostrar tudo para ela quando eu sair.

– Entendi, Ari. – Os lábios de Carter se curvaram em um sorriso sensual. – Me encontre no The Book Bar às 18h. Leve sua amiga Betty Crocker, se ela realmente existir.[1]

◆◆◆

No The Book Bar, nenhum de nós disse nada. A garçonete deve ter achado que estávamos nervosos um com o outro, ou sem conversar por algum motivo, afinal, ela nem se deu ao trabalho de nos cumprimentar. Simplesmente colocou duas águas sobre a mesa e nos passou seu bloco de papel e caneta, deixando-nos anotar nossos pedidos.

– Então... – comecei, tomando um gole de água.

– Então? – Carter estendeu a mão sobre a mesa e ergueu meu queixo com a ponta dos dedos. – Então o quê?

– Nada... Hum... Como foi a sua noite?

– Igual à sua, acredito – respondeu, bem-humorado.

---

1 Betty Crocker é uma personagem que aparece em campanhas publicitárias de diversas marcas de mistura para bolo e sobremesas. Seu nome é comumente associado a livros de receitas no imaginário popular norte-americano. (N. E.)

Desviei o olhar e enrubesci, rapidamente focando outra vez minha atenção na água.

Eu definitivamente não conseguia olhar em seus olhos hoje. Esperava que pudéssemos simplesmente passar por esse encontro e que depois eu pudesse ir para casa e recuperar-me no meu espaço.

Coloquei algumas minitortilhas (cortesia da casa) na boca e contei quantas ainda havia no prato. Em seguida, vi Carter se levantar e se sentar ao meu lado.

– Que horas você sai da aula hoje à noite? – ele perguntou.

– Na verdade, minha aula foi cancelada... – Meu olhar encontrou o dele. – Acabei de receber um e-mail do professor quando entramos aqui.

– Precisa ir a mais algum lugar hoje?

– Não – engoli em seco. – Mas não quero ir para casa ainda. Quero dizer, a não ser que você tenha algo para fazer.

Ele me olhou nos olhos por um instante.

– Não tenho, não.

– Então... vamos sair?

– Boa ideia.

O silêncio pesou esquisito no ar entre nós. E essa recente atração era elétrica, palpável. Eu me perguntava se algum de nós começaria a listar sugestões, como costumávamos fazer, ou se nossas sessões de sexo já haviam arruinado nossa capacidade de ser apenas amigos. Porque, francamente, eu era incapaz de dizer qualquer coisa agora. Meu cérebro não conseguia funcionar direito quando os lábios de Carter ficavam tão próximos dos meus.

– O que acha de Marina Cove? – Carter finalmente quebrou o silêncio. – A Epsilon Chi vai fazer uma reuniãozinha lá hoje.

– Por mim, ótimo.

– Tem uma das suas sacolas de praia no meu porta-malas. Precisa ir até a sua casa pra pegar mais alguma coisa?

Neguei com a cabeça e ele deixou uma nota de vinte dólares sobre a mesa. De pé, segurou minhas mãos para me ajudar a levantar e depois me guiou até o carro. Carter até mesmo abriu a porta para mim.

Entrei e ele ligou o motor, dando início à viagem de uma hora até uma praia particular. As ondas estourando umas contra as outras à nossa esquerda formavam os únicos sons entre nós; tentei fingir que não estávamos de mãos dadas atrás do câmbio, que seus dedos não acariciavam os meus a cada parada em um semáforo.

Quando entrávamos na via expressa, coloquei meus óculos de sol e roubei algumas olhadelas dele. Como aquele menino de cabelos desgrenhados e alto demais na quarta série havia se tornado o homem sensual e dominante ao meu lado, isso era algo que eu jamais seria capaz de compreender...

Quando estacionamos na praia, soltamos as mãos.

Vários rostos familiares da festa "ÉPICA" instalavam a rede de vôlei e preparavam a churrasqueira; e Josh gritava nossos nomes enquanto nos aproximávamos.

– Ei! – Ele pareceu surpreso ao nos ver. – Então vocês dois decidiram vir, hein? Mudaram de opinião a respeito da Epsilon Chi?

– Claro que não! – exclamamos em uníssono, rindo juntos.

– Por que estão aqui, então? – Josh cruzou os braços.

– Procurando alguma coisa para fazer – respondi. – As praias estão tomadas por turistas e tem um casamento acontecendo no píer, então imaginamos que aparecer na sua festinha e fazê-lo sentir-se importante seria uma forma muito melhor de passar o dia.

– Já falei e vou repetir... – começou Josh em tom de provocação. – De todas as meninas no jardim da infância, você foi escolher *justo essa* para ser sua amiga?

– Você só está com ciúme porque a amizade não surgiu entre você e eu – rebati.

– Detesto ter que contar a verdade, Ari – ele falou –, mas jamais seria entre você e eu porque eu teria dado em cima de você há muito tempo.

– *Nunca.* – Abri o porta-malas do carro e peguei minha sacola de praia. – Vou me trocar e ficar perto das pedras. Quando começarem a fazer o churrasco, me avisem e venho ajudar.

Fui até o banheiro, esperando que a tensão entre Carter e mim não fosse óbvia.

Prendi os cabelos em um coque e encontrei um local perfeito para relaxar. Deitei-me contra as pedras e tirei uma soneca rápida enquanto o sol aquecia minha pele.

Josh me chamou para ajudar a marinar o frango assim que acordei e, pela primeira vez, talvez, conseguimos ficar mais de dez minutos sem discutir.

A cada hora que passava, mais e mais pessoas paravam na marina, trazendo toalhas de praia e cerveja. E, muito embora todos fossem realmente gentis e amigáveis, a única coisa que eu queria fazer agora era me deitar com Carter outra vez.

Ao pôr do sol, uma mão conhecida segurou a minha e me levou pela costa.

– Cuidado – falei, soltando sua mão. – As pessoas podem pensar que a gente transou.

– Mas a gente de fato transou.

– Você me entendeu. – Enrubesci. – Eles vão achar que estamos juntos e tenho certeza de que não estamos.

– Continuamos sendo melhores amigos, Ari.

– Melhores amigos *não andam* de mãos dadas.

– Eu só estava segurando a sua mão para ajudá-la – ele falou, parecendo se divertir com a situação. – Já andamos pela costa e conversamos por horas tantas vezes...

– É, bem...

– Bem *o quê?*

– Perdoe-me se ainda estou me adaptando a uma coisa que aconteceu ontem à noite. Diferente de você, eu estou fazendo o meu melhor para não passar a impressão de que pode voltar a acontecer.

Ele de repente parou de andar e me encarou. Em seguida, empurrou-me na direção de uma onda.

Meu corpo bateu contra a água e dei risada. Logo outra onda me derrubou.

Levantei-me e imediatamente corri na direção dele, tentando alcançá-lo.

Porém, em momento algum consegui. Sempre que me aproximava, ele me pegava pela cintura e me lançava na direção de outra onda. Então, começou a me seguir.

Enfim me rendi, erguendo as mãos.

– Vou dar uma descansada perto da fogueira. Mas vou me lembrar do que você fez.

– Não vai, não.

Carter sorriu e eu enrubesci pela enésima vez no dia.

– Ei, Carter... – Uma morena veio andando entre nós. – E você é Arizona, certo? – Ela reconheceu minha presença sem sequer olhar para mim.

Lancei um olhar de "vou esperar ali" para Carter e encontrei um lugar perto da fogueira. Peguei um dos espetinhos de legumes na grelha e assisti à garota se derreter por ele.

Para a minha surpresa, todavia, ele não estava fazendo a linha sedutor. Carter sorria e respondia as perguntas, mas não fazia todos aqueles gestos que eu conhecia tão bem.

Ela falou mais algumas coisas para ele, coisas que pareciam carregadas de conteúdo sexual, e então foi embora.

Quando ela saiu, Carter sentou-se perto de mim.

– Combinaram um encontro? – perguntei. – Quando vai sair com ela?

– Não vou – ele rebateu. – O que faz você perguntar isso?

– O seu *modus operandi* de sempre. Depois vai levar a garota para o banco de trás do seu carro ou...

Ele pressionou os dedos contra meus lábios.

– Recentemente transei com alguém que talvez tenha me arruinado para todas as outras mulheres. – Meus olhos se arregalaram e minhas bochechas se aqueceram. – É claro que, na cabeça dela, nunca aconteceu, mas eu não seria um bom amigo se mentisse e dissesse a mesma coisa... – Ele afastou os dedos. – E, só para deixar registrado, vou precisar de muito mais tempo para esquecer.

– Então... A boceta dessa garota é mágica?

– Só pode ser – ele respondeu, dando risada.

– Você acha que é possível esse cara transar com a melhor amiga dele sem os dois foderem todo o relacionamento?

– Acho que é possível que eles voltem a transar e acho que ele e essa melhor amiga podem avaliar os danos depois...

– A mulher em questão está acostumada a sair com os caras com quem dorme.

– Então o cara em questão vai levá-la para sair.

– Mas esse é o problema – falei, sentindo sua mão pressionar levemente a lateral da minha coxa. – Melhores amigos normais não saem pra namorar.

– Então estou começando a achar que nunca fomos normais.

Hesitei por um instante antes de responder:

– Podemos voltar para a sua casa hoje à noite?

Décimo primeiro ano

Carter

Assunto: Alguns conselhos para o seu encontro desta noite.

Por favor, não passe vergonha usando um maldito suéter.

Sinceramente,

Carter

Assunto: Re: Alguns conselhos para o seu encontro desta noite.

Por favor, não passe vergonha falando mais do que cinco segundos de cada vez.

Não tão sinceramente assim,

Arizona

Assunto: Falando sério...

Aonde o cara vai te levar? Você tem um toque de recolher?

Sinceramente,

Carter

Assunto: Re: Falando sério...

Como ele é um cavalheiro DE VERDADE e não quer saber só de sexo, bem diferente de alguém que eu conheço, vai me levar a um desses encontros "whirlwind"[2] (a propósito, todas as garotas no colégio estão falando desses encontros). Primeiro, ele vai me levar para ver um filme na seção VIP do Waldman's Theater. Depois, vamos ao Sandcastle para assistir à queima de fogos e tomar sorvete, e então vamos andar pelo píer ao pôr do sol e fazer tatuagens antes de olhar as estrelas no fim da noite (aprenda, é ASSIM que se faz!).

E aonde você vai levar a Mônica? Não, espere. Deixe-me adivinhar. Como ela já disse para você que só quer fazer algo simples e rápido porque está ansiosa para sentar no seu pau... Cinema e Burger King?

Seja mais criativo,

Arizona

Assunto: Re: Re: Falando sério...

Cinema e McDonald's.

Sinceramente,

Carter

---

2 "Whirlwind" é um formato de encontro com uma maratona de atividades divertidas e românticas planejadas em um curto período. (N. E.)

No fim das contas, Ari estava mais do que certa sobre essa coisa de "whirlwind".

Assim que peguei Mônica para sair – Mônica, que ironicamente usava um suéter –, ela disse:

– Fico tão feliz por você não ser como todos os outros rapazes, Carter… Eu não preciso me vestir como uma modelo para impressioná-lo e tenho certeza de que não vai me levar a um cinema *drive-in* e para comer hambúrguer como todos os outros caras com quem saí…

É claro que não…

Procurei no Google "whirlwind barato" e fingi que havia planejado algo assim desde o início. Levei-a a uma galeria de arte com entrada gratuita e depois aos Zapas — um restaurante um pouquinho melhor do que os *fast-food*. Depois, como eu era um "cara legal", levei-a ao parque.

Quando voltamos ao estacionamento, as verdadeiras intenções de Mônica começaram a aparecer. Ela envolveu meu pescoço com seus braços e grudou seus lábios aos meus.

Reclinei o banco, puxei-a para meu colo e fechei as janelas.

Ela montou em mim, beijando-me cada vez mais intensamente enquanto eu corria os dedos por seus cabelos. Deslizei a mão por debaixo do suéter, levando os dedos ao fecho do sutiã. Antes que eu pudesse levar as coisas mais adiante, meu celular tocou.

Ignorei-o, deixando continuar tocando no bolso.

Mônica gemeu contra minha boca e o celular tocou outra vez; ignorei-o outra vez. Certamente era alguém ligando para o número errado; certamente não era ninguém importante. As pessoas mais próximas sabiam que eu estava saindo com uma garota.

Soltei o sutiã de Mônica e segurei seus seios.

O telefone tocou mais alto. E outra vez. E outra vez.

Gemendo, tirei Mônica do meu colo e a coloquei no banco do passageiro.

– Só um segundo.

Beijei-a antes de pegar o celular para ver quem era.

Ari...

– É melhor ser uma emergência nacional... – falei enquanto aproximava o celular do ouvido.

– E é... – Ela estava chorando. Muito. – Porra, e como é!

– Ei! Espere aí. – Mudei o tom. – O que está acontecendo? Por que está chorando?

– Sinto muito por telefonar em vez de enviar uma mensagem de texto durante o seu encontro, mas...

– Mas o quê?

– Depois que levar Mônica para casa, seja lá que horas for isso, poderia vir me buscar?

– Onde você está?

– Waldman Theater...

– Aquele próximo à livraria?

– Não... – ela respondeu. – Aquele perto do aeroporto.

Como é que é?

– Onde está Elliott?

– Foi embora... E me deixou aqui. – Ela fungou. – Eu estou bem... Só queria uma carona porque aqui não passa ônibus. Ah, e antes que você pergunte, eu prometo que pago a gasolina por fazer você dirigir até aqui.

– Eu não ia pedir o dinheiro da gasolina.

– Foi uma brincadeira... – Ela fungou outra vez. – Você consegue vir me pegar?

– Sim.

– Obrigada. A gente se vê mais tarde.

Arizona desligou e eu sabia que não poderia dar atenção a Mônica agora, mesmo se eu tentasse.

Fechei o cinto da calça e liguei o motor.

– Aconteceu uma coisa importante, teremos que terminar depois...

– Ah! – exclamou, enrubescendo e arrumando o sutiã. – Você é mesmo um cavalheiro! Quer esperar até o segundo encontro para a gente transar! Eu estava superpronta para dormir com você hoje, mas é bonitinho da sua parte querer esperar um pouco mais!

Porraaaa, Ari...

Deixei Mônica em sua casa em tempo recorde e ela prometeu uma "noite mais satisfatória" no próximo fim de semana. Então, dei início à longa viagem até a região do aeroporto. Passei por saída após saída enquanto me perguntava que tipo de discussão teria acontecido entre Ari e Elliott para ele deixá-la no meio do nada.

Por que diabos alguém faria isso?

Quando parei à frente do cinema, Ari estava sentada em um banco com um balde de pipoca no colo e olhando para o celular. Encostei e saí do carro.

– Oi... – cumprimentei.

– Oi... – Ela não ergueu o olhar quando me sentei ao seu lado. – Espero não ter acabado com o seu encontro por causa disso.

– Eu tinha alguns outros motivos...

– Ah, é? – Ela olhou para mim e percebi que seus olhos estavam vermelhos e inchados, e lágrimas corriam por seu rosto.

– É… – Soltei o lenço de seda que ela usava na cabeça e o pressionei contra suas bochechas. – No fim das contas, ela também queria um desses encontros whirlwind. E também achava que eu fosse o perfeito cavalheiro, então estava usando um suéter.

– Hahahaha! – Ela explodiu em risos e eu peguei o balde de pipoca antes que ele caísse no chão. – Meu Deus! Eu estou… Eu… Eu estou… Hahahahaha! É isso que acontece com quem tenta dormir com qualquer garota que aparece na frente.

– Fico contente por meu fracasso épico fazer você rir. – Esperei até que ela parasse. – O que aconteceu com o seu encontro?

– No fim das contas, você estava certo…

– Com relação a…?

– Os rapazes da nossa idade só se interessam mesmo por sexo…

Ela fez uma pausa e olhou para mim.

– Certo – falei. – Você vai me contar o resto da história ou está esperando alguma coisa acontecer?

– Estou esperando você dizer o que tem que dizer. Você sabe, "isso não é verdade, Ari, nem todos os caras da nossa idade só querem transar".

Pisquei os olhos.

– Droga! – Ela balançou a cabeça. – Ele tentou fazer coisas comigo no cinema e, tipo… No começo, eu deixei rolar porque ele sabe beijar. Tipo, o cara sabe *mesmo* beijar. Ele faz uma coisa com a língua que…

– Podemos deixar de lado os elogios para eu saber por que o cuzão deixou você sozinha no meio do nada?

– Certo... – Ela voltou à realidade. – Enquanto a gente se beijava, ele começou a deslizar a mão debaixo do meu vestido e, você sabe...

– Colocar o dedo em você?

– Sim... Colocar o dedo em mim e, hum...

Arqueei a sobrancelha enquanto a esperava terminar.

– A sensação era boa, mas estranha, sabe? Então, pedi para ele parar, e ele parou. Assistimos ao restante do filme e ele só me beijava de vez em quanto. Depois do filme, entramos no carro e perguntei se ele queria jantar, já que tínhamos algumas horas antes dos fogos de artifício, mas ele começou a me beijar e a colocar o dedo em mim de novo e, hum...

Pressionei outra vez o lenço contra sua bochecha.

– Quando falei para parar, ele ficou furioso. Disse que estava cansado de gastar tanto dinheiro comigo sem receber nada em troca. Disse que só continuaria o nosso encontro se eu prometesse que ele finalmente me foderia no fim da noite...

Suspirei.

– Então... Expliquei que não poderia prometer isso, e ele disse que não poderia prometer que nosso encontro chegaria ao fim. Depois, ele me fez sair do carro e foi embora, mas não sem antes dizer: "Obrigado por me fazer desperdiçar seis meses da minha vida." – Lágrimas voltaram a cair por seu rosto. – Eu devia ter acreditado em você... Devia ter imaginado.

– Não, não é isso – falei. – O problema é que esse cara é um cuzão. – Enviei uma rápida mensagem a meu mais novo amigo, Josh, falando sobre Elliot e tentei acalmar Ari. – Acho legal você querer manter a virgindade até estar pronta.

– Sério? Acha, mesmo?

– Não. – Eu não conseguia não rir quando estava mentindo. – Mas é honrável. Idiota pra caramba, mas honrável.

– Essa semana eu já falei que você é um babaca?

– Acabou de dizer.

Sorri enquanto a ajudava a se levantar e a entrar no carro.

– Vendo pelo lado positivo, pelo menos vou poder dormir um pouco hoje e ter energia para o evento de amanhã.

– É claro que não! – liguei o motor. – Não vou deixar uma noite de sábado ir pelo ralo, especialmente porque tudo até agora foi um pé no saco. Nós dois vamos fazer alguma coisa para que esta noite não seja um fracasso completo. – Entrei na rodovia. – Aonde o *lover boy* ia levar você depois do filme?

– Sandcastle para ver os fogos de artifício.

– Que lixo. E depois?

– Sorvete gourmet.

– Jesus! E depois?

– Tatuagens.

– Está bem, podemos encarar tudo isso, mas só se a gente fizer as tatuagens primeiro. Vou precisar de um pouco de dor para me concentrar e enfrentar toda essa merda.

– Fechado – ela concordou. – Agora, me conte mais sobre o suéter da Mônica. Você estava brincando, não estava?

– Bem que eu queria, minha cara… Porra, como eu queria estar brincando.

Contei a ela todos os detalhes da minha noite, cada momento. E, quando finalmente terminei, tínhamos chegado ao Hot Needle.

– Você estava planejando tatuar "Ari e Elliott, juntos para sempre"? – Olhei para ela. – Espero que, a essa altura, você tenha percebido que era uma péssima ideia.

– Eu ia tatuar uma chave e uma caneta.

– Sim para a chave, não para a caneta.

– Está bem, *papai*. – Ela virou os olhos. – O que você vai tatuar?

– Ainda não sei. – Puxei um fardo de cerveja de baixo do meu banco. – Pergunte depois que eu tomar quatro ou cinco latas. Você pode ficar com duas.

– Quanta generosidade da sua parte.

– Estou sendo generoso, sim, considerando que você é superfraca para bebidas.

– Se você beber todas essas, não vou deixá-lo dirigir. – Ela pegou a chave do carro e guardou na bolsa. – Vamos pegar um táxi para ir para casa e um ônibus amanhã para buscar o carro.

– Fechado – concordei. – Então, como parece que vamos conseguir ver os fogos daqui, podemos ir tomar o seu sorvete dos sonhos depois da tatuagem. Espere um pouco... Eu nunca vi você tomar sorvete. Pensei que só gostasse de iogurte.

– É verdade. – Ela deu de ombros. – Era Elliot quem gostava de sorvete.

– Tudo bem, deixe pra lá. – Abri uma cerveja. – A gente vai tomar iogurte. Eu também não gosto tanto assim de sorvete, você sabe.

– A não ser que você esteja tentando conquistar uma garota que goste de sorvete.

– Exatamente. Isso muda minha lista de gostos e desgostos em um instante.

Arizona deu risada.

– Por que mesmo eu ainda sou sua amiga?

– Porque ninguém mais suporta você.

Uma hora depois, após termos tomado quase todas as cervejas, entramos no estúdio de tatuagem, fazendo nosso melhor para agir como se estivéssemos sóbrios. Rindo à toa, apresentamos nossas identidades falsas e ideias para tatuagem.

Arizona manteve-se fiel à chave e caneta; eu decidi deixar o tatuador se sentir livre em meu braço direito.

Até a manhã seguinte, nem me importei em ver o que ele tinha desenhado, mas foi então que uma criança intrometida se aproximou no ônibus e perguntou por que eu tinha o estado do Arizona tatuado no braço...

Faixa 16.
"Love Story"
(3:27)

Carter

– Olá? – Josh acenou com a mão à frente do meu rosto. – *Oláááá?*

– O que foi?

– Você vai ser meu braço direito esta noite ou o quê? – Ele tomou um gole de sua bebida. – Eu fico com a loira e você com a morena. – Ele apontou com a cabeça para as garotas na cabine à nossa frente.

– Não estou interessado – avisei. – Mas vou ficar por aqui mais uma hora ou algo assim.

– *Não está interessado*? – Josh pareceu pasmo. – Está vendo aquela morena? Está vendo o corpo dela?

Olhei outra vez e ela acenou para mim, enrubescendo.

– Sim, eu estou vendo – respondi.

– E então, qual é o problema? A sua missão de dormir com o máximo de mulheres possível neste verão mudou entre a última semana e hoje?

Uma imagem da noite passada, de Ari montada em mim no carro, invadiu minha mente.

– Não, não...

– Que bom. – Ele terminou de beber a cerveja e ajeitou a garrafa vazia sobre a mesa. – Então seja meu braço direito.

Josh se levantou e eu o segui até a cabine.

– Boa noite. – Josh fez um gesto para chamar o garçom enquanto se sentava. – Sou Josh e este aqui é meu grande amigo Carter. Vocês se importam se nós as acompanharmos?

As duas concordaram e eu sorri durante a primeira rodada de drinques e conversas sobre assuntos inúteis, sem prestar atenção a nada nem ninguém. Minha mente estava em outro lugar, principalmente em Arizona.

Desde aquele dia na marina, passamos as noites em minha casa – assistindo aos seus programas de culinária e conversando sobre coisas normais, além de curtir um sexo incrivelmente bom no fim da noite. Cada vez era mais memorável do que a anterior e eu nunca tinha desejado possuir uma mulher tantas vezes em uma mesma noite.

Além das mensagens aleatórias que ela me enviara de manhã, não tínhamos conversado muito. Arizona tinha um exame de culinária que se estenderia por todo o dia. E já tinha avisado que, dessa vez, só para variar um pouco, não seria expulsa da escola.

Olhei para o relógio e imaginei que ela já estaria em casa, então, enquanto a morena me dizia que ficaria sozinha em seu apartamento à noite, enviei uma mensagem para Ari:

Como foi a prova?

A resposta foi instantânea:

Acho que tirei nota máxima.
Nota máxima, porra!

Que bom. Já comemorou com algum colega de sala?

Haha! Você sabe que todos ali me detestam. LOL (eu sou uma "ladra", lembra?). Acabei de chegar em casa e decidi fazer um éclair para mim.

Só fez um?

Sim, só UM. ☺
O que você está fazendo?

Saí com Josh e agora estou fingindo que sou seu braço direito.

Certo.

Certo o quê?

Nada. E como está indo?

Você sabe que não se importa com como está indo.

Eu não perguntaria se não me importasse. Como. Está. Indo?

Está indo tão bem que eu preferiria sair e ir à sua casa para comemorar seu exame com você.

Bem, mas não pode.

E por que não?

Porque não quero companhia agora, especialmente de um cara com quem dormi ontem à noite, o cara que agora está sendo braço direito de outro só pra ter outra com quem dormir.

Ari...

CARTER...

Maiúsculas para dizer que está irritada?

NÃO. DE FORMA ALGUMA.

Abri um sorriso.

Nesse caso... Em primeiro lugar, eu não sou "um cara", mas seu melhor amigo. Em segundo lugar, você não leu direito o que eu digitei. Eu disse "fingindo". Eu contaria se estivesse procurando alguém... Sempre contei, não?

...

Se eu não posso comemorar pessoalmente com você, será que poderia pelo menos atender quando eu telefonar, depois disto aqui? Eu gostaria de ter pelo menos uma conversa inteligente hoje.

...

O que significa "..."?

Significa sim.

Mas não posso ir à sua casa hoje?

CLARO QUE NÃO pode. ☺

– Carter? – Josh de repente raspou a garganta para chamar a minha atenção. – Posso conversar com você no bar por um instante?

– Claro. – Eu o acompanhei para fora da cabine, até o corredor. – Do que quer falar?

– Duas coisas: em primeiro lugar, você está sendo um péssimo braço direito esta noite. Horrível, mesmo.

– Eu avisei que não estava a fim hoje.

– Em segundo lugar... – continuou, ignorando meu comentário. – Agora é uma coisa boa: considerando que a morena está convencida de que você é tão divertido quanto um peixe morto...

– O nome dela é Farrah.

– Não faz diferença. – Ele deu de ombros. – As duas querem ir para casa comigo... Só comigo.

Ele ficou ali, sorrindo, balançando lentamente a cabeça.

– Está esperando os aplausos? – perguntei.

– Não. – Ele segurou a risada. – Só queria que você voltasse para casa bem mais tarde... Muito mais tarde. Sabe, assim podemos usar a sala de estar e o andar de cima. Sempre quis fazer algo lá.

– Por que não posso simplesmente ir para casa primeiro? Tipo, agora mesmo?

– Porque acabei de pagar a conta e elas estão mais do que prontas para ir embora. – Ele olhou duramente para mim. – *Mais* do que prontas.

– Tudo bem, Josh. Vá logo.

– Eu sabia que você entenderia.

Ele me ofereceu um toque de mãos e retornou à cabine.

Agitado, decidi dirigir por algum tempo, então me ajeitei atrás do volante e peguei a estrada. Quando encontrei uma saída conhecida, puxei o celular e liguei para Arizona.

– Alô? – ela atendeu ao primeiro toque. – É o braço direito de Josh quem está na linha?

– Não, não é. – Dei risada. – Considerando que ele ficou com as duas no fim, não acho que esse título me seja apropriado, de forma alguma.

– Ele vai para casa com *duas* garotas? – Ela engasgou. – Tem certeza de que ele é a melhor opção de colega para dividir a casa quando vocês dois começarem a estudar? Tem certeza de que você não quer encontrar outro?

– Só se você desistir de Cleveland e resolver ficar aqui para estudar Gastronomia. Eu preferiria você a Josh para dividir a casa, sem dúvida.

– Huummm... – Ela estava sorrindo, eu percebi. – Agradeço muito pela oferta, mas eu pertenço a Cleveland. Como foi o seu dia?

– Paradão. Li alguns artigos, arrumei algumas coisas no quarto e aparentemente deixei minha melhor amiga irritada.

– Um pouco irritada... Ela não é do tipo ciumenta psicótica.

– Hummm… – De repente, não senti mais vontade de dirigir e tentei encontrar uma vaga para estacionar. – O que tenho que fazer como reparação?

– Uma massagem nos meus pés. – Ela riu. – Parece algo que você gostaria de fazer.

– Posso fazer isso – falei. – Abra a porta.

– Como asssim?

– Estou do lado de fora da sua casa. Abra a porta.

– Qual parte do "CLARO QUE NÃO" você não entendeu quando perguntou se podia vir aqui?

Ouvi o farfalhar de folhas de papel ao fundo.

– Eu devo ter interpretado errado… Abra a porta.

Ela desligou e, segundos depois, abriu a porta.

– Pois não… – Arizona estreitou os olhos para mim, tentando parecer irritada, mas sem sucesso. – Posso ajudar em alguma coisa esta noite, Carter James?

– Me deixar entrar seria um bom começo. – Dei um passo para a frente. – Ou então posso forçá-la, se preferir.

– Quero ver você *tentar*…

Ela ficou ali, sem se mexer, então a peguei, joguei-a sobre o ombro e entrei. Levei-a até o sofá e a joguei ali antes de fechar a porta.

– Você fez só um *éclair* para comemorar? – perguntei.

– Não. – Ela sorriu. – O seu está no balcão.

– Obrigado.

Fui até lá e o peguei. Devorei o doce antes de voltar ao sofá.

– Estava muito bom – elogiei, sorrindo para ela.

– Obrigada…

Ela começou a se encostar em mim como se eu fosse abraçá-la, mas evitei que ela fizesse isso. Apenas puxei-a em meu colo de modo que estivesse de frente para mim, para que eu pudesse olhar em seus olhos e saborear seus lábios algumas vezes mais.

– Não parece que você está se preparando para me fazer uma massagem nos pés – ela sussurrou. – Você sabe como é fazer massagem no pé?

– Sei exatamente como se faz.

– Então por que suas mãos estão segurando minhas nádegas e não meus tornozelos?

– Porque, embora eu vá fazer uma massagem nos seus pés para reparar os pequenos danos que causei esta noite, primeiro vou te foder e te rasgar todinha porque eu sei que é isso que você está querendo mais do que tudo.

Suas bochechas ficaram avermelhadas. Eu continuei:

– Era isso que você estava tentando dizer quando enviou todas aquelas mensagens antes da sua prova hoje, certo?

– Talvez... – Ela enrubesceu outra vez e eu beijei seus lábios, lentamente empurrando-a para fora do meu colo.

– Fique de quatro no sofá...

Faixa 17.
“Come in With the Rain”
(5:12)

Arizona

Na noite de sexta-feira, deitei-me em minha cama, ansiosa, sem conseguir dormir. Uma leve chuva batia do lado de fora da minha janela e trovões estouravam ao longe.

Meu coração me implorava para enviar uma mensagem de texto a Carter, para perguntar o que ele estava fazendo e convidá-lo a vir aqui, mas meu cérebro se mantinha mais forte. Sobretudo porque ele tinha deixado minha casa havia poucas horas.

Deus, não posso estar tão apaixonada assim por ele...

Rolei para o lado, peguei meus fones de ouvido, pensando que talvez eu só precisasse de música para dormir. Porém, de repente meu celular vibrou. Uma mensagem de texto de Carter.

Oi, o que está fazendo?

Tentando dormir. E vc?

Também. Quer sair hoje à noite?

Com certeza.

Te pego em 20 min.

Praticamente saltei da cama, coloquei um vestido de verão antigo e sapatilhas. Prendi os cabelos em um rabo de cavalo baixo e decidi usar um pouco de maquiagem. Passei uma sombra rosada brilhante sobre as pálpebras e dei destaque aos olhos com rímel.

Quando eu estava passando batom, Carter me enviou uma mensagem de texto avisando que estava na frente de casa.

Olhei-me uma última vez no espelho e peguei a bolsa antes de ir correndo para o andar de baixo.

– Agora você me encontra na porta? – perguntei enquanto abria a porta, em choque por vê-lo parado ali. – Você costumava me esperar no carro.

– Agora está usando maquiagem? – ele brincou, passando a ponta do dedo muito levemente sobre minha pálpebra esquerda. – Você costumava não usar quando ficávamos só nós dois.

– Eu já estava maquiada. Estava experimentando alguns *looks* diferentes na frente do espelho.

– Pensei que estivesse tentando dormir...

Enrubesci e desviei o olhar, pega facilmente na mentira.

Ele abriu um guarda-chuva e o segurou sobre minha cabeça.

– Quer ir andar na praia?

– Não – respondi, esquivando-me das poças de água enquanto ele me guiava até o carro. – Mesmo se não estivesse chovendo, cara, não.

– Por que não?

– Porque você e passeios tarde da noite na praia nunca terminam bem para uma garota...

– Tenho que concordar. – Ele deu risada. – O que acha de irmos ao cinema?

– A gente já fez isso ontem.

– É... Mas a gente não assistiu "de verdade" ao filme. Talvez pudéssemos tentar prestar atenção à história dessa vez.

Coloquei o cinto de segurança, agora me lembrando de como em um momento dividíamos a pipoca em um cinema vazio e, de repente, eu já estava em seu colo, gemendo seu nome até os créditos rolarem.

– Cinema, não – falei. – Não confio em você. Qual foi o melhor lugar aonde você levou uma das suas, hum...

– Namoradas?

– Sim.

Percebi que ainda estávamos tentando definir o que nós dois éramos.

– E aquele bosque legal aonde você levou Sarah? Ah! E você não levou Emily à estação de trem antiga? Lembro que comentou que tinha adorado aquele lugar, então, o que acha de ir lá? Ah, e aquela vez que levou…

– Pare com isso. – Ele se inclinou para a frente e pressionou os dedos contra meus lábios. – Você sabe a regra que nunca falamos, porém adotamos, de não contar a ninguém que estamos trepando, que vamos continuar saindo com nossos amigos e fingindo que não estamos fodendo loucamente todas as noites?

Assenti, incapaz de não enrubescer.

– Então… – ele continuou, agora com a voz mais baixa. – Bem, eu sei que conto tudo pra você, tudo mesmo, mas agora tenho uma nova regra: a última coisa que quero quando saio com você é falar sobre o que fiz com outras mulheres. Então, a partir de agora, quando estivermos juntos, não vamos falar de ninguém além de nós dois. Pode ser?

Corei outra vez.

– Combinado.

No carro, deixamos meu bairro para trás e entramos na via principal. Ele segurava minha mão em seu colo.

– A que horas a doca costuma fechar?

– Meia-noite. Às vezes por volta da uma da manhã, se os funcionários estiverem de muito boa vontade.

Enquanto nos aproximávamos de um semáforo fechado, ele olhou para mim.

– Bom, já que você trabalha na marina…

– *Trabalhava* – interrompi. – Acho que fui demitida hoje.

– Como é que é?! Como assim, "acha" que foi demitida?

– O meu horário de almoço era o primeiro, só para variar. Então, fiz minha pausa e nunca mais voltei.

Dando risada, ele apertou a minha mão.

– Que bom para você. Aliás, eu ia perguntar se você já fez o *tour* da sua empresa.

– Não... – respondi. – Irônico, não acha?

– Muito. E acho que temos que dar um jeito nisso. Gostaria de fazer um passeio desses?

Assenti enquanto ele passava pela rotatória e acelerava noite adentro, rumo ao outro lado da cidade. Quando chegamos lá, tivemos que correr até a bilheteria para comprar os tíquetes antes de eles fecharem.

Em silêncio, dei graças a Deus por nem meu gerente nem Ashley estarem trabalhando naquela noite. Era o próprio guia que estava vendendo os ingressos e, como chovia, ele disse que seríamos os únicos a bordo.

Sem se deixar intimidar pela pequena plateia, ele deu início à apresentação enquanto o barco navegava pelo Atlântico escuro. Até nos deu bebidas de graça nos momentos em que não havia muito a dizer, reconhecendo que a maioria de suas piadinhas eram terríveis, mas, mesmo assim, nós demos risada.

Carter passou o braço em volta do meu pescoço e ficou assim durante todo o passeio. De vez em quando, sem precisar de um motivo para isso, ele inclinava meu queixo para cima e beijava meus lábios por vários minutos.

– E agora... – falou o guia enquanto o capitão parava o barco perto de uma pequena ilha de luzes. – Esta é Infinity Island. Durante o dia, você normalmente vê pessoas por todos os cantos, relaxando nas areias, mas, como agora está escuro... – Ele olhou para o relógio. – Eu costumo fazer uma pausa aqui para deixar os turistas tirarem fotos... São uns vinte minutos antes da próxima parada...

Carter e eu trocamos olhares confusos.

– Então, como tenho TOC, vou pedir para o capitão parar aqui. – Ele deu risada. – Fiquem à vontade para dar uma olhada no barco e voltem em vinte minutos para o resto do passeio. – O guia guardou o microfone e puxou um leitor digital, falando em um pequeno rádio preso à jaqueta: – Pausa de vinte minutos, Barney. Mais três pausas e teremos terminado por hoje.

Ele ergueu o leitor digital até a altura do rosto e nos ignorou.

– Tudo bem. – Carter segurou minha mão e se levantou, sugerindo: – Talvez você pudesse me levar em um passeio pelo barco?

– É provável que você saiba mais do que eu sobre o barco… Eu não tenho a menor ideia de onde ficam as coisas.

– Eles não ensinam nada sobre o barco no treinamento?

– Devem ter ensinado, mas posso apostar que eu estava lendo uma revista de culinária, e não o manual de informações, naquele dia.

Rindo, ele pressionou a mão contra a minha lombar e andamos até o nível superior, onde não havia cobertura. A chuva continuava caindo – ou melhor, garoava levemente – e não conseguíamos ver nada ao longe.

Peguei meu celular e o entreguei a Carter.

– Você se importaria em tirar uma foto minha? Quero me lembrar disto.

Parei em frente ao corrimão.

– Visão noturna?

– Sim.

Sorri, mas os dedos dele não apertaram o botão. Carter olhava para mim, parecia confuso.

– Hum… – continuei. – Eu preciso explicar como funciona um celular? Por acaso esqueceu?

– Não. – Ele se aproximou e me puxou para o seu lado. Em seguida, segurou a câmera acima de nós dois. – Avise quando for para pressionar o botão... Também quero me lembrar disso.

– Ah... – sorri. – No três. Um... Dois... Trê...

Ele beijou a minha boca e tirou a foto ao mesmo tempo.

– Assim está bom? – perguntou, devolvendo o telefone para mim.

– Não. – Eu continuava sorrindo. – Acho que preciso de mais antes de voltarmos.

– Mais fotos ou mais beijos?

– As duas coisas.

Ele me puxou outra vez para perto e tirou outras três fotos. Depois, me levou ao outro lado da embarcação, onde havia um café em estilo antigo. Pensei que abriria a porta para podermos tirar fotos lá dentro, mas não fez isso.

Apenas segurou minhas mãos e as puxou para cima, usando o quadril para me empurrar contra a porta.

– Temos dez minutos antes de dar a hora de voltar. – Enterrou a cabeça em meu pescoço e mordiscou suavemente minha pele. – Você acha que eles vão se irritar se a gente se atrasar um pouquinho?

– Não... – murmurei enquanto ele me olhava nos olhos, erguia meu vestido e fazia amor comigo ali, contra a porta. Suavemente, gentilmente, com muito mais cuidado do que antes.

Gritei seu nome em meio à escuridão, enquanto gozava em seus braços. Ele passou um bom tempo me beijando, várias e várias vezes, até eu estar pronta para voltar e retomar o passeio.

A embarcação já estava em movimento, mas o guia não pareceu se importar com o fato de estarmos atrasados quando o reencontramos no andar debaixo. A julgar pela forma como Carter me puxou em seu colo e me beijou durante o resto do passeio, tive certeza de que aquele homem sabia o que fizemos.

Quando chegamos outra vez ao píer, andamos pela praia e conversamos sobre coisas sem nenhuma importância durante horas. Eu não queria que nossa conversa chegasse ao fim, mas, quando o sol começou a nascer, eu estava cansada. Então, Carter me pegou, me jogou sobre seu ombro e me levou para casa.

Como se aquele encontro afastasse qualquer dúvida, as próximas noites estavam definidas. Ele me enviava mensagens de texto e informava a que horas me pegaria, e aí saíamos juntos. Ainda desconfortáveis com a ideia de demonstrar nossos sentimentos na frente de nossos conhecidos, deixávamos esses momentos para quando estávamos sozinhos. Assim, nossos amigos não desconfiaram de nada.

As coisas que sempre fazíamos agora pareciam novas e estimulantes, independentemente de quanto tentássemos fingir que tudo continuava como antes. Aquelas cortesias do tipo "pode ficar com a cama, eu durmo no sofá" agora não tinham mais sentido, e muito embora sempre terminássemos a noite um nos braços do outro, nunca conversávamos sobre o assunto de manhã.

Eu estava certa de que o amava, e não do mesmo jeito como eu o amava antes.

Agora era diferente. Uma coisa no estilo "preciso passar todas as horas do dia com ele", "estar com ele sempre que possível", "fazer tudo que estiver ao meu alcance para ficar com ele".

E, da forma como Carter me olhava, percebi que ele sentia a mesma coisa.

Faixa 18.
"Crazier"
(3:08) - Parte 1

Carter

Assunto: OMG! NOTÍCIAS EXCELENTES!

Me encontre hoje ao meio-dia no píer. Na lanchonete nova. Tenho uma coisa para mostrar para você.

Prepare os seus olhos.

Ari

Assunto: Re: OMG! NOTÍCIAS EXCELENTES!

Tenho certeza de que já vi. Várias vezes, ontem à noite, na noite anterior, na semana passada...

Sinceramente,

Carter

Assunto: Re: Re: OMG! NOTÍCIAS EXCELENTES!

Não é nada relacionado a sexo, obrigada.

Apresse-se.

Ari

Uma hora depois, avistei Ari em frente à lanchonete e esperei que ela se virasse para me ver. Seus cabelos estavam presos em um rabo de cavalo baixo e seus olhos castanhos brilhavam contra a luz do sol.

– Como você demorou! – Ela me olhou por cima. – Percebi que decidiu usar camisa hoje.

– Só porque você comunicou que o encontro não tinha nada a ver com sexo.

Quase a puxei em meus braços para beijá-la, mas me contive. Eu ainda não sabia ao certo o que havia entre nós e, muito embora agora estivéssemos mais íntimos do que nunca, ainda não tínhamos trocado demonstrações de afeto em público. Eu não sabia ao certo o que significaria, para mim, dar início a esses gestos.

– Quer que eu conte o que aconteceu aqui ou quer entrar para almoçar? – ela perguntou.

– Você me conta durante o almoço. – Acenei para que ela me acompanhasse e nos sentamos no fundo da lanchonete.

A garçonete rapidamente anotou nosso pedido e prometeu voltar em menos de dez minutos.

– Então... – falou Ari, sorrindo. – Na verdade, tenho três notícias e vou deixar você escolher...

– Você está linda pra caralho hoje – eu a interrompi, olhando para ela e me perguntando por que eu nunca antes havia notado o quanto ela é deslumbrante. – Linda pra cacete, de verdade...

Arizona enrubesceu.

– Obrigada... – Ficou em silêncio por alguns instantes antes de voltar a falar: – Você quer a notícia boa, a notícia ruim ou a notícia excelente primeiro?

– A má notícia.

– Encontrei sua ex, a Emily, meia hora atrás e ela gritou comigo na frente de todo mundo no supermercado.

– E o que foi que ela disse?

– Que me odeia, que odeia você e que odeia o seu pauzinho pequenininho.

– É *pequenininho* pra você?

Suas bochechas ficaram coradas, mas ela ignorou a minha pergunta.

– Ela disse que, se nós dois ficarmos juntos, ela vai pessoalmente destruir nosso casamento. Eu tenho certeza de que ela vai fazer isso com um grande exército de gatos.

Caí na risada.

– E a notícia boa?

– Ela tentou me dar um soco e eu a nocauteei.

– Está falando sério?

– É claro que não. – Arizona bufou. – O segurança a derrubou, mas eu de fato tentei.

Ela sorriu para a garçonete, que agora colocava nossos sanduíches sobre a mesa.

– Depois disso, será que eu quero saber qual é a notícia excelente?

– A notícia *fenomenal,* eu diria. – Ela puxou um envelope dobrado que estava em seu bolso e o deslizou por sobre a mesa. – Abra para ver.

Deixei meu guardanapo sobre a mesa e peguei o papel. Li a pequena carta enviada pelo Collège Culinaire de France:

– Eles pedem desculpas pelo enorme erro cometido durante o processamento da sua candidatura anterior e dizem que será um enorme prazer e honra ter a sua presença na mais nova turma de chefs – reproduzi, sentindo-me sinceramente feliz por ela.

– Leia o resto – insistiu, com um sorriso enorme no rosto. – Essa nem é a melhor parte.

Dei uma lida e resumi em voz alta:

– Como houve um erro e a notícia está sendo dada em cima da hora, com base em seu talento e nas cartas de recomendação eles vão oferecer uma bolsa integral se você confirmar a sua presença.

Ela quase deu um grito.

– Parabéns! Fico muito feliz por você – continuei. Quando fui devolver o papel, meus olhos notaram uma linha em negrito na base da página. – Aqui diz que você precisa chegar lá até 16 de junho. É isso mesmo?

Ela assentiu, ainda sorrindo.

– Você só tem duas semanas, Ari.

– Como? – Seu sorriso desapareceu lentamente e ela puxou a carta de volta. – Não, não é... – Ela leu a carta outra vez. E mais uma vez. – Eu li tão rápido hoje de manhã que... que juro que vi "julho" aqui.

– E é um programa de dezoito meses sem férias? – Dei mais uma olhada no papel. – Você só vai ter cinco feriados... e o primeiro deles é em seis meses.

Seus olhos encontraram os meus e nenhum de nós disse nada por alguns instantes.

Eu me levantei e fui até o seu lado da cabine. Sem qualquer esforço, seus dedos entrelaçaram-se aos meus sob a mesa. Olhei em seus olhos.

– A gente vai aproveitar ao máximo.

Faixa 19.
“Crazier”
(3:08) – Parte 2

Arizona

Era como se duas semanas tivessem sido dois segundos e eu já começava a desejar não ter enviado um e-mail à escola francesa com um "SIM" em maiúsculas antes do meu encontro com Carter. Estava tão empolgada naquele momento, tão animada por meu sonho de estudar com os melhores estar se tornando realidade, que nem pensei no que isso significaria para nós.

Seja lá o que "nós" significasse.

Tínhamos passado quase todos os momentos juntos nos últimos dias. Ele me ajudou a fazer compras e arrumar o que era necessário para a viagem. Chegou a comprar uma mala nova para mim e a se oferecer para enviar o que não coubesse nas malas. Tínhamos tirado vantagem um do corpo do outro vezes demais para contar e passado a maioria de nossas manhãs andando pela costa.

Por anos eu não entendia o que significava quando as pessoas diziam que sentiam vontade de rir e chorar ao mesmo tempo. Então eu entendi.

◆◆◆

Eu estava no Margaritaville, esperando Carter voltar com nossas bebidas e tentando esconder o fato de que agora eu era um redemoinho de emoções.

– Há algo errado? – ele perguntou enquanto me passava uma cerveja.

– Não. Só queria saber por que sempre dizemos que aqui é nossa última opção e, de alguma forma, acabamos sempre vindo parar aqui.

– Força do hábito. – Ele prendeu uma mecha de cabelos atrás da minha orelha. – O que há de errado?

– Nada... – menti. – Nada, mesmo.

– Carter! Arizona! – Josh se aproximou, claramente animado. – O que vocês dois estão fazendo aqui? Não, esperem. Nem respondam.

– Querem fazer um *tour* pelos bares com a gente? – A garota ao lado dele perguntou. – Vamos para a 13th Street e devemos voltar aqui dentro de duas horas.

– Hoje é tudo por minha conta! – falou Josh.

Era uma oferta que não podíamos recusar.

Deixamos o bar e andamos pelo ar fresco da cidade. Estremeci de frio depois de percorrermos alguns quarteirões e imediatamente senti Carter ajeitar seu blazer sobre meus ombros.

– Sabe o que vai ser muito divertido daqui a seis anos? – perguntou Josh enquanto esperávamos na fila do Club Red.

– O quê?

– Quando um de vocês se casar. Se for você, Carter, vai ter que explicar à sua esposa que você vai aonde Ari for. E eu não sei se ela vai gostar muito da ideia.

– Está bem. – Carter acenou uma negação com a cabeça. – Quantos drinques você já tomou esta noite?

– Estou praticamente sóbrio – respondeu Josh, rindo. – Mas falando sério, agora que terminamos a faculdade e caímos no mundo real, pense nisso. De verdade, não acho que o fato de vocês dois irem juntos às discotecas voltadas para o público solteiro ajude.

– Vocês não são um casal? – A ficante de Josh arriscou. – Eu não vi vocês dois juntos na festa "ÉPICA"?

– Não, não, não… – rebateu Josh. – Esses dois estão sempre juntos. Nem tente questionar nada. É a amizade mais esquisita que já vi, então simplesmente deixe rolar. Mas adivinhe qual é a melhor parte?

– Qual é? – Ela parecia extremamente intrigada.

– Eles nunca nem pensaram em cruzar a linha – ele contou. – Os dois se conhecem desde a quinta série…

– Quarta série – eu o corrigi.

– Tudo bem, quarta série – ele disse. – E, mesmo assim, nunca nem se beijaram. Se eu fosse ingênuo e esses dois não fossem meus amigos, até acharia a ideia uma gracinha…

– E é! – Ela deu risada. – Está bem, eu devo ter visto duas outras pessoas se pegando na festa e confundi com vocês. Mas que legal! Amigos sem atração? Gosto disso.

– Eu também gosto – falou Josh. – Me avisem se um dos esposos de vocês tentarem divórcio alegando traição. Ficarei mais do que feliz em me voluntariar para ser o advogado de vocês.

– Obrigado – falou Carter.

– Obrigada – agradeci ao mesmo tempo.

Josh entregou uma nota de vinte dólares ao segurança e, depois que o homem verificou nossas identidades, fomos direto ao bar. Josh pediu a primeira rodada e disse para todos "aproveitarmos". Por fim entendi por que estava sendo tão generoso:

1. Ele havia sido aceito como estagiário no principal escritório de advocacia da cidade;
2. Ele estava tentando transar com a garota o mais rápido possível.

Pelo jeito que as coisas iam, seu plano daria certo.

Nós quatro fomos de um clube noturno a outro – bebendo, rindo, dançando como loucos. De vez em quando, eu sentia os toques nada sutis de Carter em público: suas mãos se esfregavam em meu quadril sempre que eu dançava, seus dedos encostavam-se aos meus sempre que andávamos e, toda vez que nossos olhos se encontravam, eu sentia meu coração saltar, bater mais acelerado.

Quando chegamos ao sétimo bar, Josh e sua ficante há muito tempo tinham nos abandonado e agora nós dois bebíamos sozinhos.

– Você precisa inclinar a cabeça para trás, Ari. – Carter inclinou meu queixo para cima. – Se não fizer isso, não vai conhecer todo o efeito da bebida...

– Mas eu estou tomando suco de cranberry – expliquei, rindo. – Não tem efeito nenhum...

– Tudo até agora era suco de cranberry?

– Sim. Alguém tem que dirigir. – Apontei para os três copos enormes de bebida à sua frente. – Não podemos estar os dois bêbados.

Ele me observou por um longo instante, lentamente negando com a cabeça.

– O meu também era suco de cranberry.

– Você não está bêbado? Nem um pouquinho embriagado?

– Não.

– Então... Como Josh nos deixou, está pronto para ir embora?

– Pensei que você não fosse perguntar nunca. – Ele se levantou e segurou minha mão, levando-me para fora da casa noturna e pela rua. – Minha casa ou a sua?

– A sua. – Segurei sua mão atrás do câmbio e fomos em silêncio para sua casa.

Quando ele estacionou na entrada da casa, olhou para mim.

– Que horas é o seu voo na sexta-feira?

– Dez da manhã – esclareci, ciente de que ele já sabia a resposta para essa pergunta.

– E que dia você vai desfazer as malas e reorganizar tudo outra vez, mas agora fazendo anotações em uma planilha?

Ofereci um sorriso.

– Amanhã.

– Vai precisar de ajuda?

Fiz que sim com a cabeça.

– Certo. – Ele desligou o motor. – Estarei lá.

Silêncio.

Ele saiu do carro e abriu a porta, levando-me para dentro da casa pelo que provavelmente seria a última vez no verão. Quando chegamos a seu quarto, tirei o blazer que ele havia me dado e abri a bolsa.

– Era para eu ter dado isso para você semanas atrás. – Puxei a caixa azul que minhas colegas queriam que eu entregasse a ele. – É um presente de despedida, já que elas também o consideram parte da casa.

– É a conta de tudo o que eu comi? – Ele abriu a fita no topo da caixa e ergueu um pequeno pingente com as palavras "Melhor Amigo da Arizona para Sempre". – É bonitinho, mas tenho certeza de que nunca vou usar.

– Elas também me deram um – contei, rindo. – Dizia "Melhor Amiga do Carter para Sempre"... Ela disse que estavam bêbadas quando escolheram.

– É claro que estavam. – Ele ajeitou o colar com o pingente sobre a cômoda e me puxou para perto, deslizando os dedos por meus cabelos.

Olhando em seus olhos, quis usar nossa última noite completa juntos para dizer o que sentia por ele, para ouvi-lo dizer a mesma coisa, mas as palavras não saíam.

Então, adotei a abordagem mais segura.

– Você sabe que estou acostumada com você vivendo a alguns quarteirões ou poucos quilômetros de mim, não sabe? Com você disponível a qualquer hora?

– O que a faz pensar que eu não me sinto do mesmo jeito?

– Você se sente?

– Sim – confirmou, beijando meus lábios, lentamente puxando minha camisa por sobre a cabeça e abrindo o botão da minha calça jeans.

Retribuí o favor, puxei sua camiseta por sobre a cabeça e abri o cinto.

Sorrindo, ele me pegou e me colocou sobre a cama, lentamente tirando as minhas calças. Mantive meu olhar preso ao dele enquanto ele arrancava a própria calça e se aproximava de mim na cama para imediatamente beijar a minha boca, sem me deixar controlar o ritmo dos movimentos.

Ele me beijou e eu fechei os olhos, deixando-o acariciar cada centímetro da minha pele, ouvindo-o sussurrar meu nome entre suas respirações. Em questão de segundos, Carter me puxou sobre seu corpo e me colocou sobre seu pau, lentamente me empurrando na direção daquele mastro. Segurando meu quadril, me embalou para a frente e para trás, mantendo seus olhos presos aos meus durante todo o tempo.

Pressionei a mão contra seu peito, sentindo as palavras "eu te amo" brotarem na ponta da minha língua, mas só consegui emitir alguns gemidos suaves.

Soltei o corpo, caí para a frente enquanto ele lentamente deslizava para fora de mim.

Segurando a respiração, senti que Carter estava saindo da cama. Quis perguntar aonde iria, mas ele logo voltou, puxando-me contra seu peito e beijando minha testa.

Nenhum de nós disse nada por um bom tempo. Apenas continuamos nos olhando nos olhos.

– Vou sentir saudade – ele admitiu. – Muita, muita saudade.

– E sentiria a mesma coisa se a gente não estivesse transado?

– É claro que sim. Você é a única pessoa com quem converso quase todos os dias.

– A não ser quando você está namorando.

– Não. – Ele assoprou para afastar uma mecha de cabelos do meu rosto. – Eu ainda conversava com você com a mesma frequência quando namorava.

– Esse provavelmente é o motivo que leva todas elas a me odiar.

Carter sorriu, beijando-me outra vez.

– É bem provável.

Rolou o meu corpo para o lado e deslizou o dedo por meu flanco, parando ao tocar minha tatuagem – uma pequena chave de prata.

– Quando você fez essa?

– Naquela noite em que fizemos as tatuagens, ainda nos tempos de escola.

– Nunca tinha reparado nela.

– Eu nunca tive um motivo para ficar nua na sua frente antes.

– Hummm... O que significa que...?

– Significa que eu estava bêbada e pedi para o cara tatuar uma chave, aí ele perguntou que tipo de chave eu queria e, quando não consegui explicar, ele simplesmente fez o que queria.

– Que profundo e significativo... Diga para mim algo que você nunca disse antes...

Suas mãos continuaram deslizando mais para baixo, até chegarem à minha coxa.

– Acho que não há nada que eu não tenha dito antes para você.

– Deve ter alguma coisa. – Ele beijou meus lábios. – Não precisa ser nada grandioso.

– Talvez você estivesse parcialmente certo sobre toda a situação com Scott, mas eu andava, de fato, tendo umas vibrações ruins que não tinham nada a ver com isso...

– É claro que não tinham a ver. – Ele ofereceu um sorriso. – E, mais uma vez, só para deixar registrado, nenhum homem se importa com isso. – Ele olhou para as minhas pernas. – Embora eu adore quando está depilada.

Virei os olhos, enrubescendo.

– Sua vez, diga algo que você nunca disse antes.

– Eu detestava você na terceira série.

– Você nem me conhecia na terceira série! – Dei risada. – Estou falando sério.

– Eu queria terminar o que começamos na festa “ÉPICA”. Queria possuir você contra a parede.

– Que romântico.

– Você não disse que queria ouvir algo romântico – ele se justificou. – Mas eu estou falando sério.

– Está bem, espere. Acabei de pensar numa coisa sobre a qual você nunca disse nada.

– Duvido, mas o que você acha que é?

– Elliot no colegial. Depois do nosso desastre, depois que você foi me buscar naquela noite, ele ficou duas semanas sem aparecer na escola. Você saberia me dizer por quê?

– Não. – Seu rosto se contorceu. – Não tenho a menor ideia.

– Você sabe o motivo! – Olhei bem fundo em seus olhos. – Diga!

– O que eu recebo em troca?

– Não sei, mas, se você não disser, eu vou embora.

– Então você está me ameaçando?

Confirmei com a cabeça enquanto reafirmava:

– Uma ameaça seríssima. Diga!

– No dia seguinte, depois que fui buscar o carro, telefonei para Josh e disse a ele que precisava de uma ajudinha, contei que um cara a tinha tratado mal e que não gostei nada daquilo.

– E aí?

– E aí a gente achou e arrebentou o cara. Ele não devia ter deixado você sozinha daquele jeito... – Carter passou o dedo em meus lábios. – Alguma coisa ruim poderia ter acontecido com você...

Fiquei boquiaberta, mas logo me recuperei.

– Ele nunca dedurou nenhum de vocês?

– A gente deu bastante incentivo para ele ficar quieto. – E sorriu. – Ele mereceu.

– Não acredito que vocês fizeram isso!

– Acredite – ele garantiu. – Eu não mentiria para você.

Está bem, diga agora. Diga: "Eu acho que te amo"... Diga "Eu acho que estou apaixonada por você... Eu te amo, Carter, eu..."

Seus lábios estavam outra vez contra os meus e minha mente perdeu o pensamento, escolhendo concentrar-se nas últimas horas de nosso tempo juntos em vez de desperdiçá-las com mais palavras...

Décimo segundo ano

Carter

Assunto: Verdade ou Desafio

Escolha um.

Sinceramente,

Carter

Assunto: Re: Verdade ou Desafio

Desafio.

Intrigada,

Arizona

Assunto: Re: Re: Verdade ou Desafio

Eu a desafio a me contar o que aconteceu entre você e Matt ontem à noite.

Sinceramente,

Carter

Assunto: Re: Re: Re: Verdade ou Desafio

Eu escolhi DESAFIO. Isso é VERDADE. É roubo! Mas, já que estamos falando de Matt... Bah! Eu deveria ter me recusado a sair com ele hoje à noite. Por que ele estava usando um smoking amarelo?

Constrangida,

Arizona

Assunto: Esperando o Desafio...

Você teria se saído melhor se tivesse vindo sozinha à formatura. E estou começando a pensar que eu também.

Minha ficante não para de perguntar sobre quando eu vou me tornar um atleta profissional. Diga-me o que aconteceu entre você e Matt – ou diga qualquer coisa. Preciso de uma conversa inteligente. Minha ficante não fala muito.

Sinceramente,

Carter

Assunto: Re: Esperando o Desafio...

Me encontre perto do ponche em 15 minutos.

De nada (adiantado) pela distração,

Arizona

Fui até a vasilha do ponche minutos depois e ali encontrei Arizona.

– Tenho cinco minutos antes de ela achar que estou longe há tempo demais.

– E eu tenho dez.

Ela me puxou pela mão e me levou para fora do salão. Empurrou todas as portas enquanto passávamos por um corredor até encontrar uma que estava aberta: o armário do zelador.

– Precisamos ter essa conversa aqui? – perguntei. – Estamos outra vez no primário? Como no *Além da Imaginação*?

– Foi horrível. – Ela soltou o corpo em uma cadeirinha. – Absolutamente horrível.

– Do que está falando?

– Perder a virgindade. – Ela sacudiu a cabeça em negação. – Espero que a próxima vez seja melhor.

– Não tem segundas chances com virgindade... Tipo... não é assim que funciona.

Ela virou os olhos.

– Estou falando de sexo. Imagino que ele vá tentar outra vez esta noite e já ouvi algumas meninas dizendo que melhora com o tempo, então acho que ainda me resta esperança.

– Também espero que seja melhor para você... – Suspirei. – Sinto muito por não ter sido o que você esperava.

– Não é culpa sua. – Ela olhou para mim. – Então, quando pretende dizer aos cães de guarda da mídia em qual faculdade você planeja estudar? Você sabe que todos aqueles recrutadores com olhos famintos estão esperando quase sem fôlego, não?

– E você não está curiosa?

– Por que estaria?

– Porque eu também não contei para você.

– Mas eu conheço você, então acho que é bem fácil deduzir.

– Entre as 46 escolas oferecendo bolsa integral? – Cruzei os braços. – Duvido.

– Se eu acertar, você me deve uma visita ao Martha's Waffle Place. E você vai pagar.

– Se você errar, vou levá-la ao Ihop no fim da rua.

Ela sorriu.

– South Beach University.

Fiquei em silêncio.

– É isso? – ela quis saber. – Acertei?

– Não.

– Mentiroso! – Ela caiu na risada. – Estou vendo no seu rosto. A essa altura, você já deveria ter aceitado os fatos e saber que eu te conheço melhor do que você se conhece.

– Nem. Você só acha que conhece.

– Quer apostar isso também?

– Aliás... – Parei de falar quando a maçaneta girou e a porta de repente se abriu.

O senhor Florence entrou, o mesmo zelador de anos atrás. Ele deslizou o olhar de um lado para o outro, de Ari para mim, sacudindo a cabeça.

– Obrigado – falou. – Agradeço muito a vocês dois por serem o sinal perfeito de que realmente preciso me aposentar... Agora deem o fora do meu armário...

Faixa 20.
"All You Had To Do Was Stay"
(4:49)

Carter

Quando acordei hoje cedo, senti no peito que me arrependeria dessa despedida pelo resto da vida. Mas não fiz nada para impedir que ela acontecesse. Não tentei questionar ou me perguntar por que essa sensação desconhecida havia aparecido repentinamente. Apenas continuei fazendo o que estava programado.

Troquei de roupa logo cedo, fui ao aeroporto para encontrar Arizona e simplesmente ignorei aquela sensação desagradável.

– Tem certeza de que você não pode ir com ela? – A mãe de Ari permanecia ao meu lado no terminal. – Só para garantir que ela vai chegar bem?

– Mãe! – exclamou Ari. – As pessoas voam o tempo todo. Tenho certeza de que tudo vai ficar bem.

Não contei a Ari, mas sua mãe havia me telefonado todos os dias da semana, pedindo para eu fazer coisinhas que pudessem diminuir aquelas preocupações típicas de alguém com TOC: imprimi informações sobre o tipo de avião no qual Ari voaria, incluindo o último acidente com uma aeronave daquele tipo. Cheguei a descobrir quem seria o piloto e expliquei a ela que ele tinha um histórico incrível e que não havia se envolvido em nenhum acidente.

– Preciso que vocês dois tirem uma foto juntos – disse a mãe de Ari. – Preciso guardar uma recordação deste momento.

Aproximei-me de Ari e passei o braço em volta de seu ombro. Nós dois sorrimos, olhando para sua mãe, que agora apertava o botão da câmera. Mas nada aconteceu.

– Droga! – Ela bateu a palma da mão na testa. – Esqueci de comprar pilhas para esta coisa. Eu já volto. Não saiam daqui.

Então, foi até uma loja de presentes.

Ari olhou para mim e sussurrou:

– Posso perguntar uma coisa?

– O que quiser.

– Você acha que eu estou tomando a decisão correta? – Sua voz falhou. – Essa é a escolha certa?

– Como assim?

– Tipo... Três semanas atrás, eu planejava me mudar para Cleveland para estudar culinária. Ainda seria nos Estados Unidos e eu poderia voltar para casa uma vez por mês, talvez até mais... Mas duas semanas atrás tudo mudou e eu... Eu não sei de mais nada. Você acha que ir estudar no exterior é o melhor para mim?

– É a segunda melhor escola de Gastronomia do mundo, não é?

Ela assentiu.

– Então não acho que eu tenha que dizer que é a escolha certa...

– Só estou me perguntando se... – Sua voz falhou outra vez. – Deixa pra lá... Parece que meu peito vai explodir a qualquer momento porque sinto ansiedade desde que acordei hoje de manhã.

E, só para você saber, ainda espero que você me mande e-mails sempre que puder para eu não precisar usar muitos minutos em ligações internacionais. E você tem que me escrever uma carta por mês.

– Por e-mail?

– Não, como nos velhos tempos.

– Vai demorar umas duas semanas para você receber.

– Eu não ligo. Quero receber cartas. Acho que vai ser esquisito não poder conversar tanto com você.

– Duvido. Eu mesmo quase nem vou sentir a sua ausência.

Ela me deu um tapa no ombro.

– Vai sentir mais saudade do que eu de você.

– Quer apostar?

– Vinte dólares.

– É isso que eu valho?

– É isso que proponho.

Ela deu risada e se aproximou.

Corri os dedos por seus cabelos, de repente sentindo uma necessidade de tocar seus lábios, de puxá-la para perto e dar-lhe um beijo inesquecível na frente de todos.

Que se foda...

Cobri sua boca com a minha, tomando cada centímetro de sua língua, sem deixar que ela se distanciasse quando fingiu querer fugir. Mordisquei seu lábio inferior e ela murmurou contra minha boca, mas, quando senti que ela precisava respirar, finalmente me afastei.

Ela me olhou em choque, suas bochechas ficaram vermelhas – uma mistura de tesão e raiva.

– Adicione isso à lista de merdas que nunca aconteceram entre nós... – falei bem baixinho, gentilmente esfregando suas costas.

– E, só para deixar registrado, você está fazendo a coisa certa ao decidir correr atrás de seus sonhos. Você sabe disso e deveria...

– Eu te amo – ela me interrompeu. – Estou apaixonada por você e preciso que saiba disso. Acho que o amei durante a maior parte da minha vida e, mesmo que eu vá embora hoje, preciso saber se... Preciso saber se você sente a mesma coisa.

Silêncio.

Seu último parágrafo ficou repetindo-se em minha mente: *Eu te amo, estou apaixonada por você. Preciso saber se você sente a mesma coisa...*

Eu sabia o que deveria dizer, o que tornaria seu voo mais fácil, mas eu tinha que dizer o que eu sabia que era o melhor. O que eu sabia que era o certo.

– Ari... – falei, olhando em seus olhos.

– Sim?

– Desculpe... – Percebi as lágrimas escorrendo por seu rosto. – Por favor, entenda, mas... Eu te amo, eu te amo muito, mas...

– Mas? – Seu rosto desabou. – *Mas o quê?*

– Mas não desse jeito... Você é a minha melhor amiga e sei que a gente transou, mas... Mas a gente é só amigo.

Afastando uma lágrima, ela forçou um sorriso e assentiu, dando um passo para trás.

– Certo... Só amigos.

Estendi a mão e a puxei de volta para perto.

– Você está fazendo a coisa certa ao decidir ir para o exterior. Você vai detonar.

– Obrigada.

Ela me deu um abraço e ficamos paralisados, desconfortáveis, antes de nos afastarmos lentamente.

– Eu perdi alguma coisa? – A mãe dela se aproximou outra vez, olhando para nós. – Por que o seu rosto está tão vermelho, Ari?

– Não tenho ideia.

A mãe dela olhou outra vez para nós, mas não insistiu.

– Será que poderiam ficar um ao lado do outro outra vez?

A gente se aproximou e ela tirou várias e várias fotografias.

– Certo... E o que acham de uma se abraçando? – Ela apertou outra vez o botão da câmera. – Vamos, deem um abraço de verdade! Como se fossem melhores amigos que vão passar algum tempo sem se ver. Ari, você está com cara de quem nem quer estar perto de Carter...

Ah, se ela soubesse...

Quando ela ficou satisfeita com nossas fotos (que não estavam mais do que razoáveis), estalou os dedos e pediu para Ari posar sozinha.

– Você pode ficar ali perto da placa de embarque, Ari? – perguntou sua mãe. – Ah, e também preciso de uma em frente àquela placa de voos internacionais.

Dez minutos depois, quando sua mãe tinha batido fotos em todos os ângulos, Ari abraçou a nós dois.

– Vocês dois, cuidem-se – disse. – Eu amo vocês dois... Muito, muito mesmo...

– Também te amamos – dissemos.

– Eles vão abrir o embarque em trinta minutos... – Ela olhou para o relógio. – Preciso passar pela segurança e fazer alfândega. – Seu olhar encontrou o meu. – A gente se fala mais tarde?

– A gente se fala mais tarde.

Arizona se afastou e eu mantive meus olhos grudados aos seus até o último instante. Fui até sua mãe, que começou a chorar, e levei-a de volta ao carro. Quando tive certeza de que ela não estava abalada demais para dirigir, fui para o meu carro.

Enquanto ligava o motor, senti meu celular vibrar. Mensagem de Ari.

Quanto você gastou nesse upgrade para me colocar na primeira classe?

Eu não fiz nenhum upgrade para a primeira classe.

Alguém fez... Eu não paguei por isso.

Pagou, sim. Sua cadeira sempre foi a 2-A.

Há! Eu sabia! Obrigada.

De nada. Imaginei que mais de 10h na classe econômica fariam você ter sua pior crise de ansiedade. Fique bem.

Certo. Certo.

Continuei dirigindo e, quando parei em um farol vermelho, vi que ela tinha me enviado outra mensagem de texto.

Certo... então... só para deixar claro, porque, bem... sei lá... às vezes você afasta as pessoas quando não quer demonstrar suas emoções. Quando estávamos transando... você não sentiu nada? Era só sexo?

Da forma como você coloca, faz parecer que eu sou um cafajeste, Ari...

Eu não disse que você era um cafajeste. Mas responda.

Sim, era só sexo.

Tudo bem. A gente se fala depois.

Até mais tarde.

Faixa 21.
“Should’ve Said No”
(2:44)

Arizona

Eu não conseguia parar de chorar.

Meu coração estava pesado e, independentemente de quantas vezes eu secasse minhas lágrimas, outras escorriam pelo meu rosto. Parte de mim desejava estar na terceira, e não na primeira classe. Assim seria mais fácil esconder a dor e os comissários não estariam tão acessíveis e me oferecendo infinitas bebidas e infinitos olhares de comiseração.

Comecei a me perguntar se meu coração partido estava estampado por todo o meu rosto e se os outros passageiros conseguiam vê-lo.

As palavras de Carter, "desculpe... eu te amo, mas não desse jeito", não paravam de se repetir em minha cabeça. E eu não conseguia parar de olhar para sua última mensagem de texto: *Sim, era só sexo.*

Eu tinha a esperança de que essas palavras não passassem de uma brincadeira cruel, pois ainda não conseguia acreditar que ele sentia algo diferente daquilo que eu sentia.

Pensei que a forma como ele me olhava enquanto fazíamos amor significava alguma coisa, que a forma como ele me tratava (melhor do que qualquer uma de suas namoradas) fosse indicativo de algo maior. Algo muito maior entre nós.

– Aqui está… – Uma comissária colocou outra caixa de lenços de papel no meu colo. – Gostaria de tomar mais um copo de suco?

– Não… – funguei. – Eu estou… – Parei. Eu provavelmente nunca voltaria a ver nem ela, nem ninguém daquele voo. – Poderia me trazer dois copos da sua bebida mais forte? Na verdade, poderia me trazer quatro?

Ela parecia prestes a recitar alguma regra da companhia aérea, mas apenas sorriu e disse:

– Eu já volto.

Virei-me para olhar pela janela do avião, que passava entre as nuvens. Esperava que os quatro copos de álcool me ajudassem a dormir durante o resto do voo sem sonhar.

Por outro lado, se eu dormisse, esperava que as imagens me mostrassem voltando no tempo e não conversando tanto com Carter. Talvez, se nunca tivéssemos tido a oportunidade de cruzar a linha, isso jamais teria acontecido.

Revisitei minhas memórias com ele, apontando aqueles momentos que sem dúvida teriam evitado meu coração partido. A solução não consistia em apagar nossos telefonemas durante a noite ou os e-mails ou deixar de andar com ele quando estávamos no colegial. O problema foi decidir fazer faculdade perto dele.

Eu jamais deveria ter feito isso…

Primeiro ano da faculdade

Carter

Assunto: Status de astro

Devo me atrever a perguntar com quantas mulheres você tentou transar desde o início do semestre? Se eu vir mais uma comentar no Facebook sobre o quão "sexy" você está na sua foto de perfil, vou gritar. (E por que você está usando aquela foto de nós dois? E por que AS MAIÚSCULAS???!!!)

Arizona

Assunto: Re: Status de astro

A palavra "tentar" implica que eu precise fazer algum esforço para dormir com alguém por aqui. Não é preciso. Você só está irritadinha porque ninguém deixou comentários falando de você. (Eu gosto daquela nossa fotografia do décimo primeiro ano. Ninguém vai entender o que significa aquele "Vença ela... Melhores vinte dólares que já ganhei".)

Sinceramente,

Carter

Guardei o celular e me concentrei na garota sentada à minha mesa.

Mais cedo, ela alegou não ter ideia de quem eu era, mas a primeira pergunta a sair da sua boca foi:

– Você acha que vai virar profissional depois da faculdade?

Porra, não...

– Tudo é possível – respondi. – Estou concentrado só no presente por enquanto.

Agora nossos principais assuntos estavam todos esgotados e eu só esperava até ela dar início ao inevitável fim da nossa noite.

– Então... – falou. – Quando você não está se divertindo com os seus colegas da equipe de basquete, com quem gosta de andar?

– Sozinho, pra dizer a verdade – respondi. – Não tenho tempo para muito mais.

Ela franziu a testa e se levantou, aproximando-se até conseguir sentar-se ao meu lado.

– Isso é muito triste... Você não tem amigos? Pessoas fora do basquete?

– No momento, não. Mas tenho certeza de que farei amigos em algum momento.

– Por que não começar *comigo?* – Ela mordiscou o lábio e esfregou a mão na minha coxa por debaixo da mesa. – Aliás, acho que você e eu podemos ser *melhores amigos.*

– Tornar-se melhores amigos requer muito tempo. – Meu pau enrijecia conforme ela o acariciava por sobre a calça. – Não sei se terei muito tempo quando a temporada começar.

– Você precisa dormir em algum lugar à noite, certo? – Ela mordiscou o lábio outra vez. – Estarei disponível sempre que precisar de mim... Quer que eu mostre como isso pode ser bom, futuro melhor amigo?

– Quero, sim – sorri. – Diga quando.

– Hoje à noite.

– Esta noite, tudo bem.

– Perfeito. – Satisfeita com minha resposta, ela abriu um sorriso ainda maior e se levantou. – Vou dizer às minhas amigas que a gente vai para outro lugar. Acha que estará pronto para sair quando eu voltar?

– Sem dúvida.

Ela enrubesceu e se afastou. Gesticulei para a garçonete, pedindo a conta. Então, puxei o celular e vi outro e-mail de Arizona.

Assunto: Marcar hora.

Agora que você vai ser um grande astro do basquete, acho que terei que começar a marcar hora para vê-lo. Como está a agenda com as groupies? Eu preciso falar com seu "empresário" para coisas assim?

Virando os olhos,

Arizona

Assunto: Re: Marcar hora.

Você simplesmente não teria que marcar hora comigo se tivesse escolhido frequentar uma faculdade mais próxima. Você odeia chuva e neve, então jamais deveria ter aceitado estudar em Pittsburgh.

Sinceramente,

Carter

Assunto: Re: Re: Marcar hora.

Eu sei… E é justamente por isso que acabei de pedir transferência. Bem, ISSO e outras coisas idiotas… Droga! Sei que é triste o fato de eu só ter aguentado um mês, mas eu não consegui suportar o inferno que é isto aqui. E sabe o professor com quem eu fazia questão de ter aulas? Parece que ele conseguiu um contrato enorme para escrever um livro antes de o semestre começar e vai passar dois anos sem lecionar, até terminar o projeto.

Por favor, não diga "eu avisei".

Arrependida,

Arizona

Assunto: Re: Re: Re: Marcar hora.

Porra, eu avisei.

Sinceramente,

Carter

P.S.: Para qual faculdade pediu transferência?

Assunto: Re: Re: Re: Re: Marcar hora.

Universidade de Reeves, a sete minutos da sua preciosa Universidade de South Beach.

Na verdade, já estou aqui, desfazendo as malas. Deus, como senti saudade da praia!

Ligo para você quando as coisas estiverem mais adiantadas por aqui.

Arizona

Assunto: Re: Re: Re: Re: Re: Marcar hora.

Não precisa. Eu vou aí para ajudar. Me passe o seu endereço.

Sinceramente,

Carter

Escrevi "aconteceu um imprevisto" em um guardanapo e deixei para minha "futura melhor amiga". Então, segui direto para o endereço que Ari me passou. Conforme ela disse, ficava a exatos sete minutos e, exatamente como a minha república, a poucos passos da praia. Mas, diferentemente da minha república, onde cada um tinha um colega de quarto, parecia que as suítes na casa de Ari eram para uma pessoa só.

Não me preocupei em bater à sua porta, que já estava aberta.

– Ari?

– Estou aqui no fundo! – gritou em resposta.

Passei pelo *closet* e a vi dobrando roupas sobre a cama.

– Por que não avisou que estava aqui? Eu teria ajudado com as coisas – questionei.

– Porque na semana em que tomei minha decisão, você estava na ESPN falando com seus colegas de time sobre o quanto a temporada seria explosiva, sobre os treinos intensos que esperava. Então, imaginei que estivesse ocupado. Não tem treino hoje?

– Não. – Deslizei o olhar pelo quarto. – Acabei de sair de um encontro.

– E como foi?

– Se estou aqui, conversando com você, como acha que foi?

Ela jogou um travesseiro na mnha cara.

– É bom ver você outra vez! Quer ser útil e ajudar, mesmo? Poderia guardar todos os meus livros?

– Claro. – Abri a caixa e comecei a separá-los. – Aconteceu alguma coisa que vale a pena ser contada durante esse mês desperdiçado em Pittsburgh?

Passamos a hora seguinte debatendo pequenos detalhes das informações que tínhamos trocado por e-mails e mensagens de texto, todas as coisinhas insignificantes que agora pareciam importantes. E, ao fim da noite, tínhamos arrumado a maioria das coisas de Arizona.

– Tem algum lugar legal para comer no campus? – ela perguntou, bocejando. – Se não, você se importaria de dirigir até o seu bairro para comer no Sam's?

– Tem um lugar chamado Gayle's, acho que você vai gostar.

– *Gayle's*? Parece um restaurante antiquado.

– E é, mas a comida é perfeita. Eles servem quase todos os sabores de iogurte e sorvete, e os waffles são dez vezes melhores do que os do Sam's.

– Eu me recuso a acreditar nisso... Eles têm barrinhas de doces?

– Têm, sim.

– E café da manhã a qualquer hora do dia?

– Mas sem dúvida!

– Ótimo! – Ela sorriu. – Estou convencida. Mas, se eu não gostar, você vai ter que pagar.

– Eu já estava planejando pagar, de qualquer forma. – Peguei a chave do carro. – Vamos.

◆◆◆

Minutos depois, estávamos sentados em uma cabine no Gayle's e conversando sobre coisinhas bestas, como nos velhos tempos, enquanto olhávamos o enorme cardápio de sobremesas.

– E então, é por isso que você está dispensando todas as garotas que o procuram por aqui, Carter? – A única garçonete que eu tinha visto no Gayle's parou à nossa frente. – É a sua namorada?

– Há! Nunca! – Ari chegou a gargalhar. – Sou Arizona, a melhor amiga dele.

– Desde a quinta série – complementei.

– Quarta série, Carter – corrigiu Ari. – Foi na *quarta* série.

– Não, eu não suportava você na quarta série.

– Bem, para falar a verdade, até hoje tem momentos em que eu não suporto você, mas ainda somos amigos, não?

– Melhores amigos, hein? – A garçonete virou os olhos. – Tudo bem. Vou acreditar nessa historinha por enquanto... Qual é o pedido?

– Um waffle belga com iogurte de baunilha e morango, com um pouquinho de chips de chocolate por cima – Ari pediu.

– Uma torre de waffle com iogurte de chocolate, manteiga de amendoim e um pouco de chips de Oreo – pedi e esperei a garçonete ir embora. – Para deixar registrado, Ari, só para deixar claro, sem dúvida foi na *quinta* série.

– Você vai começar a discutir comigo sobre isso outra vez? – Ela cruzou os braços. – Acha mesmo que vou deixar você me vencer pelo cansaço? Foi na *quarta* série, Carter. *Quarta*. Série.

– Eu tenho a noite toda...

Faixa 22. “Two Is Better Than One” (3:58)

Carter

Assunto: Cheguei

Na França. Falo com você mais tarde.

Arizona

P.S.: Tenho minutos para fazer ligações internacionais, mas não tenho um adaptador para carregar meu celular. Droga. Telefono quando eu descobrir onde consigo comprar um adaptador…

Assunto: Re: Cheguei

Que bom que deu tudo certo no voo.

Sinceramente,

Carter

P.S.: Ansioso para conversar com você.

Ela não ligou.

E não mandou e-mail.

Três semanas já haviam se passado desde nossa última troca de e-mails, três semanas desde a última vez que eu beijara seus lábios. E me acostumar com a vida sem ela em casa estava sendo muito mais complicado do que eu esperava. Nossos finais de semana costumeiros na praia se transformaram em momentos de solidão que eu passava estudando. Nossos e-mails sobre coisinhas à toa se transformaram em um vazio. E, em vez de comprar café da manhã para Ari no Gayle's, eu me peguei comprando para nossa garçonete, que, ironicamente, nunca havia provado os pratos do restaurante.

Todas as manhãs eu acordava procurando-a, rolava na cama à noite para puxá-la para mais perto, mas ela nunca estava lá. Aquela dor no peito que eu sentira no aeroporto se intensificava a cada dia que ela não ligava e parte de mim se perguntava se havia dito e feito a coisa certa.

Verificava meu e-mail e caixa de correspondência física incessantemente, esperando ter alguma notícia – *qualquer* notícia. E, quando não consegui mais suportar, decidi escrever-lhe a primeira carta...

Três semanas depois...

Carter

Querida Arizona,

Não tenho notícias suas desde que chegou a Paris, então espero que não se importe com o fato de eu escrever primeiro. Não sei quando exatamente você vai receber esta carta e, como já faz algum tempo que não escrevo cartas à mão, tentarei fazer o meu melhor.

Minhas aulas devem começar em um mês e você vai ficar orgulhosa (e ligeiramente em choque, devo dizer) por saber que concluí todas as leituras necessárias e já fiz todos os fichamentos. Josh ainda nem começou a ler os livros, mas me garantiu que, de alguma forma, vai conseguir concluir as leituras.

Desde que você se foi, tenho comprado sobremesas no Gayle's para nossa garçonete. Não é irônico que ela nunca tenha comido e nem nunca tenha tido vontade de comer lá? Mas agora ela está viciada. Também me confidenciou que o dono está pensando em reformar o restaurante para torná-lo maior e atender a enorme quantidade de turistas que recebemos. Se ele fizer isso, mando fotos para você.

E, por falar em fotos, aqui estão algumas da praia e outras que tiramos juntos na marina antes de você ir embora.

Não sei o que mais devo dizer agora, mas sinto saudade (muita saudade...) e espero que você volte para casa nas suas férias de outono. Também espero que responda pelo menos um dos meus e-mails... Já enviei vários...

Escreva e me conte como estão as coisas com você.

Espero que esteja bem. Sinto muita saudade.

Sinceramente,

Carter

Querido Carter,

Estou bem. Fico feliz em saber que você também está.

Obrigada pela carta,

Arizona

Querida Arizona,

Sério, mesmo, que você desperdiçou um selo internacional e três semanas de prazo de envio para me mandar uma carta curta como aquela? (E outra, você não tem internet? Não consegue responder e-mails?)

Sinceramente,

Carter

Querido Carter,

Peço desculpas pela brevidade da minha última carta. Não foi intencional, eu garanto. Gostei das fotos que você enviou (coloquei todas na parede) e não fiquei em choque por saber que você terminou suas leituras antes de prazo. (afinal, você sempre foi um aluno exemplar, eu ficaria em choque se você não tivesse feito as leituras).

Eu estou péssima aqui e talvez tenha descontado em você. Desculpe. As aulas são superintensas e vão das seis da manhã até as 18h. E, depois disso, temos que participar de workshops que podem durar até quatro ou cinco horas, então, em geral eu apago quando chego em casa.

Encomendei um carregador de celular na Amazon.com, mas eles enviaram o errado. Duas vezes seguidas. Espero que o carregador certo chegue logo.

Minha colega de quarto é uma idiota que pouco conversa comigo, então decidi ignorá-la por completo.

Não tenho muito mais a dizer, mas prometo ligar para você e me empenhar mais para responder os e-mails.

Obrigada por sua carta,

Arizona

Faixa 23.
“Treacherous”
(3:39)

Arizona

Não consigo...

Entrei na minha conta de e-mail e vi que Carter tinha me enviado mais de cinquenta mensagens desde que eu chegara à França. Meu *mouse* pairou sobre a primeira mensagem. *Assunto: Com saudades imensas de minha melhor amiga.* Não consegui abri-la.

Responder aquela sua primeira carta fora extremamente doloroso – com aquela atitude de "vamos fingir que não aconteceu nada entre nós". Então, apenas desliguei o computador e fui para a cama.

Sem falar com ele, meus dias eram agora muito mais curtos e muito menos memoráveis. Mas eu não poderia ignorar minha mágoa simplesmente para manter conversas vazias. Não agora.

Eu precisava pensar mais em tudo aquilo antes de enviar qualquer outra correspondência para ele...

Faixa 24.
“Half of My Heart”
(4:15)

Arizona

Assunto: Atualizações do telefone

Querido Carter,

Tentei ligar para você mais cedo, mas o sinal no meu apartamento é tão ruim que a ligação sequer completou. Na verdade, estou escrevendo de um cybercafé, já que o serviço de internet no apartamento consegue ser ainda pior.

De qualquer forma, o curso deve se tornar ainda mais intenso do que antes e, muito embora eu finalmente tenha um carregador para o celular, terei pouco tempo para pausas durante a semana.

Só quero que saiba que não estou evitando nem ignorando você.

Espero que esteja bem. Farei o meu melhor para enviar cartas físicas com a maior frequência possível.

Obrigada também por me mandar aquelas latas de massa

de waffle do Gayle's. Obrigada, mesmo.

Espero poder conversar com você quando eu finalmente tiver uma pausa.

Sinceramente,

Arizona

Oitenta por cento desse e-mail era mentira.

No meu apartamento, a conexão com a internet era perfeita. A linha de telefone, ainda melhor. E eu estava adiantada em todas as disciplinas, então tinha muito tempo para fazer pausas. A única coisa verdadeira era meu apreço pela massa de waffle; eu tinha feito metade dela logo na semana em que a recebi.

Apertei "enviar" no e-mail cheio de mentiras para Carter e mudei as configurações da minha conta, garantindo que qualquer mensagem futura vinda dele iria direto para a caixa de lixo eletrônico.

Eu vinha chorando até dormir todas as noites, independentemente de quanto eu tentasse evitar que isso acontecesse. Nas aulas, ficava equilibrada e focada, ansiosa por absorver qualquer coisa que afastasse minha mente daquele "mas não desse jeito". Porém, quando ficava sozinha, sem equipamentos e aulas, eu me estilhaçava.

Tentei, várias vezes, responder suas cartas físicas, mas as únicas palavras que saíam eram xingamentos.

E, para piorar, eu sentia que nós dois éramos tão próximos que eu não tinha ninguém com quem conversar sobre tudo isso. Carter era mesmo tudo que eu tinha.

Peguei o mouse para desligar o computador, mas vi o símbolo de "online" de Nicole aparecer na barra de vídeo e cliquei em "ligar", sem nem pensar duas vezes.

Na tela, a mensagem "conectando". Minutos depois, seu rosto apareceu na tela.

– Ah, oi, estranha! – ela sorriu.

– Oi... – consegui dizer.

– Estou tentando falar com você há tempos! Eu nem soube que você tinha se mudado até o Carter me contar. Você podia ter pelo menos se despedido.

Olhei apática para ela.

– Ari? – ela me chamou, parecendo confusa. – Ari, por que está me olhando assim? Consegue me ouvir?

– Sim... Sim, estou ouvindo.

– Está bem, então. – Ela sorriu outra vez. – Bem, como você está? Como estão as coisas na França? E como está conseguindo viver sem o Gayle's e seu melhor amigo por perto a toda hora?

Eu não conseguia mais aguentar.

– Eu dormi com o Carter... – Explodi em lágrimas e senti meu peito subir e descer. – Dormi com ele quase todas as noites depois da festa "ÉPICA".

Nicole ficou boquiaberta.

– Mas eu achava que não era "só sexo" — continuei, sentindo as lágrimas caírem sem parar. – Pensei que eu estivesse me apaixonando por ele, porque pensei... pensei que ele fosse... – As próximas palavras saíram abafadas e eu sacudi a cabeça. – Não consigo comer, não consigo dormir e não consigo pensar direito mais. Precisei reunir tantas forças pra finalmente dizer que o amava e, francamente, achei que ele ia dizer que também me amava... Mas ele falou: "Eu te amo, mas não desse jeito"... Disse que, para ele, éramos apenas amigos. Que o sexo não significava nada a mais...

Nicole pareceu completamente em choque, pasma, e eu não conseguia parar de falar:

– Eu choro todos os dias desde que cheguei aqui, Nicole. Cada. Porra. De. Dia. Por um lado, choro por causa da situação, porque dói não ser amada de volta. Mas, por outro, é porque eu *realmente* quero conversar com ele, entende?

– Aiii, Ari...

– Quero falar para ele das coisas que vejo aqui, dizer que ele devia vir me visitar para eu mostrar o pouco que conheço e... – Sequei as lágrimas na manga da blusa. – Mas não posso mais ser só amiga dele, não agora. Não posso conversar com ele como no passado porque eu não quero que ele ache que estou bem. Eu NÃO estou bem e não vou fingir que estou.

Nicole ficou em silêncio por um longo instante. Seus olhos mantinham-se presos aos meus, esperando que eu a olhasse de modo a dizer que agora ela podia falar.

– Ari, eu sinto muito, mesmo... – Ela fez mais uma pausa. – Na verdade, antes de continuar a conversa sobre tudo que você disse, quero pedir desculpas por algo que eu fiz.

Confusa, arqueei a sobrancelha.

– Na semana passada, quando seu telefone caía direto na caixa postal e você não respondia meus e-mails, percebi que eu fui uma amiga horrível. Estava ocupada demais correndo atrás de homens que não duravam mais do que algumas noites em vez de estar lá com você... Agora mesmo eu estava escrevendo um e-mail para você justamente para dizer isso, mas quero ser melhor no futuro.

– Obrigada.

– E quanto a Carter... – ela prosseguiu. – Bem, eu preciso tirar a curiosidade mais importante do caminho...

– O que é?

– O pau dele é grande? – ela lançou, inexpressiva.

E eu dei risada pela primeira vez no que parecia ser toda uma vida.

– É grande... Na verdade, é *enorme*.

– Eu sabia! – Ela se refrescou usando a mão como se fosse um leque e mordiscou o lábio. – Sua sortuda. De qualquer forma, você não tem que falar com ele se não estiver pronta. Ele vai ter que entender. Mas, quando falar com ele, vai ter que ser sincera e dizer tudo, dizer como ele fez você se sentir. Também tem que estar disposta a aceitar que talvez vocês dois nunca mais voltem a ser amigos. Bem, pelo menos não por algum tempo.

– É... – Meu coração ardeu com essa possibilidade. – Pensar nisso é o que mais dói...

– Bem, se isso faz você se sentir melhor, eu encontrei o Carter em uma festa no final de semana passado e ele parecia estar péssimo.

– Por que acha que isso me faria sentir melhor?

– Porque sim. – Ela deu de ombros. – Ele quase não conversou com ninguém e toda vez que uma garota tentava dançar com ele, simplesmente ia embora. Cara, quando eu comentei com uma amiga que ia conversar com ele, ela me disse para eu me preparar para ser ignorada ou para que ele me mandasse sumir. Pode ser que ele sinta a mesma coisa por você, eu apostaria que ele provavelmente a ama desse jeito...

– Se amasse, ele não diria? Não escreveria isso em uma das suas cartas, já que estou evitando seus telefonemas e e-mails?

– Talvez. – Ela deu de ombros. – Ou talvez ele só seja tão teimoso quanto você. Existe um motivo para vocês serem melhores amigos.

– Existiu uma razão para *termos sido* melhores amigos. Agora, eu odeio o Carter.

– Há! – Ela inclinou a cabeça para o lado, rindo. – Me desculpe por dar risada, mas, independente de você conversar com ele neste ano ou no próximo, isso não vai mudar o fato de que você o ama. Você nunca conseguiria odiar Carter.

– Isso não é verdade. Você deveria ter visto a gente na quarta série.

– Ah, é? – Ela continuava rindo. – Algo me diz que vocês já se amavam nessa época.

Neguei com a cabeça, mas não consegui evitar e comecei a rir com ela.

Já me sentindo um pouco melhor, mudei de assunto e perguntei a Nicole sobre sua vida, tentando retomar a relação de onde tínhamos parado.

Ela me disse que estava estudando para fazer pós-graduação no próximo ano e que não saía com ninguém havia algum tempo. E, surpreendentemente, estava gostando da sua "vida de estudante *de verdade*".

Quando terminamos de rir do desastre sexual que a levou a dar uma pausa, ela prometeu me ligar na próxima semana, e aí desligamos.

Fechei o Skype e abri um sorriso. Deixando o *laptop* de lado, inclinei-me para apagar minha luminária, mas minha colega de quarto entrou e acendeu a luz principal.

– Bem... – começou. – Não me leve a mal, mas acabei ouvindo a maior parte da conversa com a sua amiga, e acho que agora eu gosto de você. Você não é mesmo uma vaca. – Então, ergueu duas canecas. – Aceita um chá?

Faixa 25.
"Come Back... Be Here"
(2:58)

Carter

Eu atualizava minha caixa de entrada do e-mail o tempo todo, esperando uma resposta, mesmo sabendo que ela não viria.

Agora, estava sentado em uma cabine do The Book Bar, fingindo ouvir o que meu primo Sam, que era muito mais velho, dizia. Ele era a única pessoa na minha família estilhaçada com quem eu conversava de vez em quando. Ficou ao meu lado quando perdi meu pai, quando minha mãe foi embora e me visitava pelo menos duas vezes por ano, independentemente do quanto sua vida estivesse corrida.

Mas então estávamos sentados em nossa cabine havia mais de uma hora e a única coisa à qual prestei atenção foi nosso primeiro cumprimento. Depois disso, tudo se tornou vazio.

– Carter? – Ele acenou com a mão em frente ao meu rosto, atraindo a minha atenção. – Está aí? Está ouvindo?

– Quase nada... Desculpe. O que você estava dizendo?

– Nada. – Ele fez que não com a cabeça. – Mas, agora que tenho a sua atenção, acho que você precisa trepar, cara. Quanto tempo faz?

– Vai saber! Todos os dias parecem iguais ultimamente.

– Eu avisei sobre o curso de Direito, avisei que era um pesadelo glorioso.

– *Você* não é advogado?

– Todos nós somos advogados. – Ele deu risada. – Tenho certeza de que seu pai está orgulhoso e olhando por você lá de cima. E provavelmente batendo no peito e gritando: "Esse é o meu garoto! O orgulho dos James! O sangue dos James."

– Meu pai era tão convencido às vezes.

– Era, sim. – Ele tomou um gole da cerveja. – Mas qual é o motivo da sua cara de bunda hoje? Em geral, quando venho visitá-lo, a gente sai e vai para a balada. Hoje não fizemos nada além de andar na praia e beber.

– Isso parece mesmo *tão terrível...*

– Para alguém como você, é, sim. O que está acontecendo? Por favor, não me faça adivinhar.

– Pode tentar se quiser.

– Tudo bem, então. – Ele pediu mais uma rodada de cerveja. – Você descobriu que não quer ser advogado. Quer ser um mochileiro, dar a volta ao mundo e ganhar a vida filmando pornôs exóticos?

– *O quê?!* Não, tudo bem com a carreira, não estou tendo problema nenhum com isso.

– Só queria ter certeza. – Ele deu risada. – Tudo bem. Não, espere. Já entendi... Mais uma garota chutou a sua bunda por você ser um idiota?

– Por mais impressionante que possa parecer, não.

– Certo. Então outra garota chutou o seu rabo por você conversar demais com Arizona?

Meu maxilar se apertou quando ouvi o nome de Ari.

– *Outra vez*, Carter? – Ele negou com a cabeça. – Quantas vezes você vai cometer esse erro? Vocês dois de fato conversam demais.

– Não é isso.

Acenei para o garçom e pedi mais uma bebida.

– Bem, se não é isso, então o que é?

– Você disse que adivinharia.

– Certo. Hum... Não sei, cara. O que foi? Arizona está puta com você por algum motivo?

Afirmei com a cabeça.

– Certo. E daí? – Ele deu risada. – É Arizona... Ela vai superar em algum momento, tenho certeza. Não é nada grave, tipo você ter dormido com ela.

Eu não disse nada.

Seus olhos encontraram os meus e ele quase engasgou com a cerveja.

– Puta merda, cara... Você trepou com a Ari?

Não respondi.

– Vocês dormiram juntos, não dormiram? Dormiram?

– Você já percebeu que está fazendo a mesma pergunta mil vezes, não percebeu?

– É um hábito dos advogados de tribunal. – Ele me passou uma cerveja e pediu outra rodada. – Mas enfim, quando foi que isso aconteceu? Tipo, quando foi que começou?

– Há alguns meses.

– Hum… – Ele sacudiu a cabeça. – Bem, francamente, eu gostaria de dizer que estou surpreso, mas… Só estou surpreso por vocês dois terem demorado tanto.

Encarei-o.

– Você não está ajudando.

– Eu não estou aqui para ajudar. Estou aqui para usar você como meu braço direito e me divertir. *Você* é que não está me ajudando.

Ergui a mão para pedir mais uma bebida.

– Vocês dois só transaram uma vez? – ele quis saber.

– Mais de uma vez – respondi.

Muito mais do que uma vez…

– No fim não rolou nada do tipo "finalmente vejo a luz" ou "eu te amo"?

– Não.

– Por que não? – Ele tomou um gole de cerveja.

– Eu tinha os meus motivos.

– Seus *motivos?* Ora, menos! Se fossem outras duas pessoas, talvez eu engoliria essa historinha. Mas vocês dois? – Ele balançou a cabeça em negação. – Vocês dois são idiotas demais para perceber que se amaram durante a vida toda.

Encarei-o com ceticismo.

– Você não acredita em mim? – insistiu.

– Não preciso acreditar. Tenho certeza de que, se eu estivesse apaixonado por ela desde criança, nunca teria saído com outras garotas.

– Em primeiro lugar… – ele começou, contando nos dedos. – Na sexta série, ela deu uma festa de aniversário e você foi o único que compareceu.

– E daí?

– E daí que, na sua festa de aniversário, você só convidou a Arizona para se vingar de todas as pessoas que a zoaram no ano anterior. Você chegou a entregar o convite para ela na frente de todos da escola, incluindo a namorada em quem deu seu primeiro beijo.

– Eu só estava sendo um bom amigo.

– Em segundo lugar, seus relacionamentos não duram porque, em seu subconsciente, você compara todas as mulheres com quem sai com Ari, mesmo sabendo que jamais vai se sentir totalmente à vontade com elas, mesmo se elas forem tão legais quanto Arizona.

– Eu tenho uma propensão infeliz a pegar mulheres insanas pra caralho. Eu nunca as comparo com a Ari.

– Em terceiro lugar, se ela telefona, você atende imediatamente e sai correndo para onde ela estiver.

– Qualquer melhor amigo faria isso.

– No meio de um encontro? Ou logo depois de transar com a namorada? – Ele cruzou os braços. – Acho que não.

Eu não disse nada.

– Justamente como eu pensava. Agora que você está aceitando a verdade, quer saber o motivo mais óbvio que me leva a concluir que você está e sempre esteve apaixonado por Arizona?

– Na verdade, não.

Ele agarrou meu braço e apontou para a pequena tatuagem com o formato do estado do Arizona.

– Algum motivo pra você nunca ter coberto essa tatuagem, como fez com as outras? Não sobrou nem sinal mais daquelas tatuagens que diziam "Carter e Jane" ou "Rose para sempre".

– É uma memória de quando eu estava bêbado. Ela rende uma boa história.

– Pra quem, Carter? Nenhuma namorada ou esposa no futuro vai achar que essa é uma boa história, e, porra, você sabe disso, cara.

Dei de ombros.

– Nenhuma das minhas namoradas anteriores reclamou sobre isso.

– Porque você nunca teve uma namorada inteligente o suficiente para conhecer todos os estados que compõem os Estados Unidos. Aliás, pra começo de conversa, elas provavelmente ficariam em choque se descobrissem que existe um estado chamado Arizona.

Tentei pensar em uma resposta, mas não consegui encontrar nada.

– Quer saber? Vamos dar o fora daqui. – Ele chegava a soar solidário. – Você está mal e eu vou precisar de um braço direito melhor durante essa viagem. Esse Carter caído por uma bocetinha e todo apaixonado não vai me ajudar em nada aqui.

Faixa 26.
“We Are Never Ever Getting Back Together” (3:53)

Carter

Mais semanas se passaram em meio ao outono bipolar na praia – temperaturas amenas um dia, chuvas insuportáveis no outro – sem incidentes. Sem Arizona.

Conforme sua mãe me dissera, ela achava que não fazia sentido gastar mais de mil dólares em uma passagem para voltar e passar as miniférias de outono. Não pude me oferecer para pagar porque estava envolvido demais com a loucura que meu curso se tornou, então não podia fazer uma pausa nem se minha vida dependesse disso.

Todos no meu curso viviam no limite e já tinham criado seus grupinhos de estudo, o que me deixou com uma parceira também solitária, Erica.

Ela era tão entusiasta do Direito quanto eu: também tinha tirado nota máxima no exame da ordem e seu pai a influenciara a seguir essa carreira.

– Ei, o que acha de dividirmos os capítulos sobre justiça outra vez? – Ela jogou algumas balinhas na minha direção. – Ou você quer passar mais algumas horas olhando para o vazio?

– Podemos dividir, sim. – Eu me levantei e fui até a cozinha. – Quer mais café?

– Sim, por favor.

Peguei duas canecas e percebi um *post-it* deixado por Josh na porta do armário: "Não há motivo algum para você ainda não ter transado com Erica. É a melhor forma de superar Ari... Vá em frente, cara."

Amassei a nota e a joguei no lixo.

– Posso perguntar uma coisa, Carter? – Erica sentou-se no sofá.

– O que quiser.

– Você está saindo com alguém?

– Acho que, se eu estivesse, a essa altura você já saberia, não?

– Não necessariamente... – Ela enrubesceu. – Quero dizer, a gente de fato passa muito tempo junto, mas você sempre passa horas longe no fim de semana.

– É para concluir o meu estágio – sorri. – Tenho certeza de que você faz a mesma coisa nos finais de semana.

– Ah, certo... – ela disse. Quando coloquei a caneca de café à sua frente, Erica raspou a garganta: – Quer sair um dia desses? Tipo, como amigos? Nada além de amigos?

Hesitei, mas finalmente a analisei e prestei atenção aos seus traços. Ela era linda – tinha cabelos ruivos, olhos azuis brilhantes e, não fosse uma certa pessoa, Erica seria uma das mulheres mais lindas que já conheci.

– Claro.

– Legal! Esse fim de semana, todo o pessoal do primeiro ano vai jantar e assistir a um filme no centro. O que você acha?

– Perfeito... Quais capítulos quer que eu resenhe?

Trabalhamos lado a lado até quase a meia-noite, parando quando já tínhamos tomado duas garrafas de café. Eu a ajudei a colocar todas as suas coisas de volta na mochila e a acompanhei até o carro.

– Fizemos muita coisa hoje! – ela comentou, sorrindo enquanto eu segurava a porta do carro aberta.

– É verdade. Tenho certeza de que vamos tirar a nota mais alta outra vez.

– Não há dúvida. – Ela hesitou por um instante, então ficou na ponta dos pés e me deu um beijo na bochecha. – A gente se vê no sábado, Carter.

– Até sábado...

Forcei um sorriso e esperei até que ela saísse antes de voltar para dentro de casa. Eu estava prestes a me jogar no sofá para terminar a noite, mas avistei uma carta perto da TV. Endereçada a mim, com a caligrafia de Arizona.

Rapidamente rasguei o envelope e me sentei no sofá para ler:

Querido Carter,

Desculpe por ter demorado tanto para responder a sua última carta, mas, infelizmente, pouca coisa mudou em minha vida desde a última vez em que nos escrevemos (ou falamos...).

Eu ainda odeio este lugar. É absolutamente lindo, mesmo não tendo praia na parte da cidade onde estou, mas isso é tudo o que posso dizer...

De qualquer forma, quem poderia imaginar que você seria o primeiro da turma? Quero dizer, eu sabia que você se sairia bem, mas isso é incrível.

Que bom para você. Talvez possa ser meu advogado se eu abrir meu próprio restaurante. (É curioso eu nunca ter pensado nisso, mas seria legal.)

E obrigada por me enviar outras latas da massa de waffle do Gayle's. Acredite ou não, já usei todas elas e minhas colegas de sala estão viciadas na droga que eles usam para fazer aquilo. Bem, acho que isso é tudo por agora... Conte como você está e prometo tentar responder mais rápido da próxima vez.

Sinceramente,

Arizona

Passados três meses... e um pouco mais

Querida Arizona,

Eu me recuso a acreditar que você não esteja verificando seu e-mail. Talvez eu entenda se você disser que está lendo as mensagens e rapidamente as deletando, mas será que poderia pelo menos responder um dos e-mails que enviei na semana passada (ou pelo menos esta carta, para eu saber que está lendo o que eu envio)? Preciso conversar com você sobre uma coisa importante.

Por aqui, praticamente nada mudou em minha vida.

Continuo no meu curso.

Continuo sendo o primeiro da sala.

Continuo com saudades de você (mais do que seria capaz de explicar).

Sinceramente,

Carter

Querida Arizona,

Preciso que você responda. Agora.

Diga alguma coisa... Qualquer coisa.

Sinceramente,

Carter

Querido Carter,

Feliz Dia de Ação de Graças! Espero que tenha tido um bom feriado. (Por favor, mande lembranças a Josh.)

Sinceramente,

Arizona

Querido Carter,

Feliz Natal! Espero que o Papai Noel tenha trazido tudo o que você desejava e ainda mais! (Obrigada por me enviar mais massas de waffle do Gayle's! Também enviei uma nota separada de agradecimento pelas latinhas.)

Sinceramente,

Arizona

Querido Carter,

FELIZ ANO NOVO!

Nossa, que loucura pensar em como os últimos seis meses passaram voando, não é? Por aqui está tudo bem... Sou oficialmente a favorita da minha professora e acho que acabei virando BFF de Nicole. (Parece que a distância fortaleceu nossa relação.)

Sinceramente,

Arizona

Faixa 27.
“Begin Again”
(5:03)

Numa manhã de sábado, passei no correio para deixar alguns postais para minha mãe. Pouco a pouco, começava a aceitar minha vida sem Carter e, muito embora eu ainda acordasse entorpecida e ocasionalmente tivesse um colapso e começasse a chorar no meio da noite, eu estava indo bem melhor do que quando cheguei aqui.

Eu vinha fazendo muitas amizades no curso, conversava com Nicole uma vez por semana pelo Skype e, sempre que me sentia sozinha, ia à costa.

Como aqui não havia praia – apenas rochas irregulares e águas ferozes batendo contra elas –, eu deitava contra o cobertor e fechava os olhos, fingindo estar na minha cidade. Eu visualizava dias ensolarados e a areia quentinha e, pela primeira vez, os turistas não me incomodavam.

Meu plano de "fazer de conta que existe uma praia" foi frustrado hoje. No lugar onde eu sempre ficava, um grupo de pessoas usando *smokings* cinza e vestidos rosados se preparava para um casamento. Por conta disso, segui para um café ali perto.

Pedi um salgado e água e me sentei perto da janela, fazendo o meu melhor para dar uma olhada na cerimônia, para ver como era o amor de verdade quando visto de perto.

– Você se importa se eu me sentar com você?

Meu colega de sala, Sean, um cara lindo, com olhos azuis e sotaque americano, de repente apareceu no meu campo de visão.

– Fique à vontade.

– Ótimo. – Ele ergueu uma caneca branca. – Gosta deste chá de laranja?

– Nunca tomei. – Peguei a caneca de suas mãos e tomei um gole. De fato era maravilhoso. – O que você está fazendo aqui?

– Seguindo você para saber por que furou comigo ontem à noite – ele respondeu com um sorriso. – A gente ia sair ontem. Esqueceu?

– *O quê?!* – Confusa, arqueei a sobrancelha.

– Não lembra que eu disse que a pegaria em seu apartamento às 18h para a gente sair à noite?

Eu lembrei. Só que não achei que ele estivesse falando sério, então simplesmente fui para a cama para dormir mais cedo.

– Sinto muito, Sean, mas pensei que você estivesse brincando.

Ele sorriu e se sentou numa cadeira que puxou para perto da minha.

– Também acha que eu estava brincando quando eu ligava todas as noites para você e a gente conversava durante horas? Ou quando eu pedia para *você* ficar em casa depois das sessões de estudos pra gente conversar?

Ainda confusa, pisquei fortemente os olhos.

– Arizona... – Ele inclinou o corpo para a frente e correu os dedos por meus cabelos. – Eu estou tentando *sair* com você... De que outra forma eu poderia deixar isso mais claro?

Enrubesci, me sentindo uma desmiolada. Nunca imaginei que nossas conversas noturnas, os passeios de bicicleta pela cidade nos fins de semana ou sessões particulares de estudos significassem algo desse tipo.

– Só pensei que você estivesse sendo um cara gentil... – falei.

– Eu sou um cara gentil. – Seus dedos ainda estavam em meus cabelos. – Fora do quarto.

Meus olhos se arregalaram e ele deu risada, aproximando-se ainda mais.

– Não sei o que mais posso fazer para fazer você entender que estou interessado – comentou com uma voz suave. – Diga o que eu devo fazer...

Engoli em seco, analisando-o. Era a segunda vez na vida que eu não percebia quão sensual e atraente um cara era. Com seus cabelos loiros queimados pelo sol, os olhos verdes profundos e a boca que era tentadora demais para não provar, esse cara definitivamente era sexy pra cacete.

– Vai me dizer? – ele insistiu.

Hesitei por um instante.

– O que você quer dizer com *sair*?

– Quero dizer que você vai se divertir comigo com a impressão de que sou mais do que um cara gentil. – Ele me olhou nos olhos. – Um cara que realmente gosta de você... Também quer dizer que vou levar você para ver a cidade amanhã.

– E se eu estiver ocupada amanhã?

– "*Se*" quer dizer que você não está, então vou forçá-la.

– Que romântico... – Dei risada. – De qualquer forma, sim, vou sair com você.

– Que bom – ele comemorou, levantando-se e dando um passo para trás. – Eu te pego amanhã às sete.

– Espere! – gritei. – Você estava brincando quando fez aquele comentário do quarto, certo?

Ele olhou por sobre o ombro e deu uma piscadela.

– Não estava, não.

Enrubescendo, eu o vi distanciar-se e fiquei um pouco mais de tempo ali, sentada no café e me perguntando se nosso dia em Paris amanhã viria acompanhado do clichê "apaixonar-se no topo da Torre Eiffel". Mas de uma coisa eu estava certa: eu já abriria uma nova tabela de compatibilidade para nós. Afinal, eu precisava verificar a categoria "intensidade dos beijos" com esse cara. E o mais rapidamente possível.

Quando finalmente cheguei em casa, vi uma nova correspondência de Carter sobre a mesa.

Olhei para ela durante algum tempo, deslizando o dedo pelo envelope – no qual estava escrito "URGENTE: Por favor, abra, Ari". Mas não consegui me forçar a abri-la.

Não agora...

Faixa 28.
“How You Get the Girl”
(4:32)

Carter

– Senhor James – suspirou o funcionário do correio. – Pela enésima vez, não podemos rastrear cartas, apenas pacotes. Quer que eu rastreie seu último pacote para a França?

– Que ridículo! Tem que haver uma maneira de rastrear uma maldita carta...

Ele virou os olhos e acenou para que eu desse um passo para o lado.

– Próximo da fila, por favor!

Irritado, guardei o velho recibo no bolso e saí do correio. Semanas haviam se passado desde que eu enviara minha última carta a Ari, e eu a havia colocado em um envelope azul gritante com as palavras "URGENTE: Por favor, abra, Ari" para ter certeza de que ela não teria escolha a não ser lê-la. Ainda assim, ela não havia enviado uma palavra sequer sobre a carta, e as únicas correspondências de Ari que eu recebia eram cartões genéricos em datas comemorativas. Com o Valentine's Day previsto para dali a um mês e meio, eu me perguntava se ela já havia feito planos de me mandar outro cartão daqueles.

Como de costume, quando cheguei em casa, olhei a caixa de correio, mas sem esperar encontrar nada vindo dela. Dessa vez, porém, para minha surpresa, havia um envelope. Datado de duas semanas atrás, com a caligrafia curvada de Ari.

Levei-o para dentro de casa e abri imediatamente:

Querido Carter,

Desculpe por eu ter demorando tanto para lhe escrever uma carta pessoal "de verdade". As coisas andam supercorridas - o que é bom e ruim ao mesmo tempo.

A relação com a minha colega de quarto melhorou muito (somos grandes amigas agora) e ainda tenho as maiores notas da sala. Sem dúvida estou vivendo meu sonho - e definitivamente muuuito feliz por ter vindo estudar aqui. Mal posso esperar para preparar um café da manhã gourmet para você (É MELHOR DO QUE OS PRATOS DO GAYLE'S! E, se não for, diga que é! LOL).

Não fiquei surpresa ao saber que você ainda é o primeiro do grupo. Terei de levá-lo para comemorar quando eu chegar em casa...

E por falar nisso, eu planejava fazer uma surpresa, mas esta carta deve chegar antes... Vou passar duas semanas inteiras em casa!!

A gente se vê em breve.

Sinceramente,

Arizona

Que porra é essa?

Sacudi a carta, virei-a de costas, reli algumas vezes me perguntando se eu havia perdido alguma coisa. Não havia nenhuma menção de nada que eu havia escrito em minhas últimas cartas. Eu me perguntava se ela havia lido o que eu enviara e estava simplesmente fugindo do assunto até chegar em casa ou se não tinha lido nada sobre como eu me sentia em relação ao verão que passamos juntos e ao que eu sentia por ela.

Peguei o telefone para ligar para Josh e contar que eu provavelmente passaria duas semanas inteiras com Arizona quando ela chegasse à cidade, mas vi uma ligação não atendida da mãe dela.

Suspirando, telefonei para a mãe de Ari.

– Oi, Carter! – Ela atendeu ao primeiro toque.

– Oi, senhora Turner.

– Senhora Turner? – Ela deu risada. – Sério? Você não me chama assim desde que escreveu aquela carta dizendo que sentia muito por magoar minha filha. Você sabe que nossa relação é maior do que isso.

Abri um sorriso.

– Está bem... Oi, *segunda mãe.*

– Muito melhor. Eu liguei para pedir um favor enorme, enorme mesmo.

– O que quiser.

– Ari vai chegar daqui a três horas, de acordo com as informações que ela me enviou.

Ela nem teve a consideração de me dizer o horário do voo?

– Você está me ouvindo, Carter? – perguntou a mãe de Ari.

– Sim, estou aqui.

– Então, eu gostaria de saber se ela poderia ficar com você só este fim de semana. Estou instalada na casa de uma amiga porque dois canos estouraram lá em casa e, bem, você me conhece. Eu me recuso a pisar naquela casa até que eles deem um jeito em tudo... Se for um problema para você, me avise. Posso conversar com aquela amiga dela, Nicole, e ver se...

– Sem problemas – respondi, ainda borbulhando em silêncio pela falta de consideração de Ari, que não me disse nada. – Quer que eu a pegue no aeroporto?

– Não precisa. Ela usou meus pontos do cartão de crédito para alugar um carro. Mas vou enviar uma mensagem de texto falando sobre a mudança na acomodação. Tenho certeza de que ela vai ficar superfeliz em revê-lo.

– Com certeza...

– Ótimo. Preciso ir agora. Preciso terminar de limpar a cozinha da minha amiga. Você acredita que ela não sabe limpar debaixo dos armários? Essa mulher é minha melhor amiga há anos e eu não tinha a menor ideia disso. Eu me pergunto o que mais eu não sei...

– Sei bem como é...

– A gente se fala mais tarde, Carter.

– Até logo.

Desliguei o telefone e me sentei no sofá, sacudindo a cabeça e tentando processar tudo.

A carta vaga de Arizona. O fato de ela sequer me enviar um e-mail com as informações do voo.

O fato de ela não estar agindo como minha amiga.

Merda...

Sem conseguir me conter, enviei uma mensagem de texto:

Não dava pra ter me mandado um e-mail com as informações do voo?

Algumas horas mais tarde, recebi a resposta.

Desculpa. Esqueci completamente... Vi a mensagem da minha mãe sobre passar o fim de semana na sua casa... Você está em casa agora? Acabei de chegar. Morta de cansaço.

Estou aqui.

Ótimo. A gente se vê em breve. Já estou a caminho.

Respirei fundo e decidi fazer uma faxina para limpar a mente. Fui até a cozinha e guardei todas as louças. Joguei alguns travesseiros e cobertores no sofá, para o caso de ela querer conversar antes de dormir, e, quando tinha finalmente arrumado a cama do meu quarto, ouvi o familiar bater à porta.

Preciso que você me ouça por cinco minutos, Ari... Cinco minutos.

Repeti em silêncio essas palavras enquanto abria a porta.

Assim que coloquei os olhos nela, perdi minha linha de raciocínio.

Ela estava linda pra caralho. Usando calça jeans simples e uma camiseta branca (uma das minhas camisetas pequenas e velhas...), Ari havia cortado os cabelos na altura dos ombros e feito luzes loiras.

– Oi... – ela me cumprimentou, lentamente me olhando de cima a baixo. Seus olhos amendoados lentamente encontraram os meus e ela forçou um sorriso.

– Oi...

Ficamos nos encarando por vários segundos – nenhum de nós tentou desfazer o silêncio. Inclinei o corpo para frente para pegar a mala em suas mãos, mas ela deu um passo para trás.

– Sean, este é Carter, meu melhor amigo. – Arizona inclinou a cabeça na direção do cara que de repente surgiu logo atrás dela, o cara ao qual eu não estava prestando a menor atenção. – Carter, este é Sean, meu namorado.

– Seu *o quê?*

– Meu namorado.

– É um prazer conhecê-lo. – Sean estendeu o braço e tive que me forçar para retribuir o aperto de mão.

– Você se importaria se nos deixasse entrar? Preciso me deitar um pouco. O voo foi terrível, na classe econômica e tudo.

Abri um pouco mais a porta, deixando-os entrar, mantendo o olhar em Ari enquanto ela beijava a bochecha de Sean. Bem na minha frente. Bem na porra da minha frente.

– O banheiro fica no final do corredor, à esquerda – ela explicou, sorrindo para ele. – Ah, e imagino que esses travesseiros e cobertores sejam para nós. Você quer ficar com o azul ou com o verde?

– Com o verde – ele respondeu antes de beijá-la outra vez na bochecha e se distanciar. – Eu já volto.

Que. Porra. É. Essa...

– Ari... – Aproximei-me de Arizona, mas ela me ignorou e continuou abrindo as cobertas e arrumando os travesseiros. – Ari... Sei que você está me ouvindo.

– Sim, eu estou ouvindo.

– Esse tal de Sean é alguma brincadeira? Depois de todo esse tempo, você está fazendo uma pegadinha comigo?

– Por que alguém tomaria um voo da França para os Estados Unidos por brincadeira? Ele é mesmo meu namorado.

– Quando foi que isso aconteceu?

– Há mais ou menos um mês. – Ela parecia confusa. – Você não recebeu a minha carta?

– Esta aqui? – Ergui a carta que recebi ainda hoje.

– Não. Era outra...

– Eu acreditaria nessa historinha, mas você não tem sido muito pontual para me enviar cartas. Você recebeu as minhas?

– Aquela dizendo que você esperava me ver e sair comigo outra vez um dia desses? Ou aquela falando "diga alguma coisa, qualquer coisa, Ari, por favor"?

– Não... Nenhuma dessas. Mas devo dizer que é bom saber que você estava lendo as porras que eu escrevia.

– Dá pra parar de xingar assim? – Ela cruzou os braços. – Não faz nem cinco minutos que eu cheguei e você já está berrando comigo.

– Não estou berrando com você... Estou tentando entender como você pode, literalmente, se mudar para outro país, passar meses fora, parar de conversar comigo sem motivo algum e, quando finalmente volta, nem se importa em me dizer antes e, para piorar, quando chega, está namorando outro cara.

– *Outro cara* quer dizer que você e eu namoramos algum dia, que tínhamos alguma espécie de relação íntima... – Ela estreitou os olhos para mim. – E eu tive um motivo muito bom para parar de falar com você.

– Gostaria de dividir o motivo?

– Na verdade, não. – Ela parecia tentar se manter o mais calma possível. – A gente não estava junto, Carter. Nós éramos apenas amigos, lembra?

Senti minha pressão sanguínea subir, mas não falei nada. Em vez disso, analisei-a outra vez, tentando entender em que ela tinha se transformado. Essa não era, nem de longe, a Arizona que eu conhecia.

– O espaço aqui é bem legal, Carter – comentou Sean ao entrar outra vez na sala. – A casa é sua?

– Sim.

Continuei olhando para Ari. Os olhos dela encontraram os meus.

– Que legal que você preparou o sofá para nós.

– Eu não preparei. Pode dormir na minha cama.

– Sério? – Sean sorriu, claramente interpretando de forma errada, afinal, minha oferta era apenas para Ari. – Quanta gentileza, cara. Vou levar nossas coisas para lá mais tarde. O seu quarto é o que fica à direita?

– É...

Eu não conseguia acreditar naquela merda toda. Assim que ele foi ver o quarto, lancei um olhar causticante para Ari.

– Preciso conversar com você *agora mesmo* – lancei.

– Acho melhor não. – Ela deu de ombros. – Mas adoraria conversar com você hoje durante o jantar. Quero levar Sean ao Gayle's. Já enviei uma mensagem ao Josh e ele concordou em nos encontrar lá às 18h. Quer ir?

– Preciso conversar com você em *particular*.

– Se eu tiver tempo enquanto estou aqui, quem sabe... – Ela se sentou no sofá e afofou um travesseiro. – Vou pensar no caso. Pode apagar a luz, por favor?

– *Ari...*

Ela se levantou e apagou a luz com a própria mão. Então, voltou ao sofá.

– É bom voltar a vê-lo, Carter. Você parece ótimo. Feliz.

– Eu não estou feliz.

– Bem, mas *eu* estou.

Ela lançou um olhar que basicamente dizia "vá embora". Usei todo o meu autocontrole para não acender a luz e forçá-la a ficar em pé e ouvir o que eu tinha a dizer.

Para não perder o controle, fui ao quarto de visitas e bati a porta.

Faixa 29.
“I Wish You Would”
(3:44)

Arizona

Eu não conseguia respirar.

Tinha certeza de que iria desmaiar no meio desse jantar desconfortável se Sean não inclinasse o corpo e me ressuscitasse logo.

Nós quatro – Josh, Sean, Carter e eu – estávamos sentados a uma mesa ao fundo. E, com exceção de Carter, todos nós estávamos nos dando bem. Líamos o cardápio e apontávamos as melhores opções para Sean experimentar. Enquanto isso, Carter lançava olhares fulminantes para mim e não dizia uma palavra sequer.

Seria impossível negar que, assim que o vi mais cedo, meu coração quase pulou para fora do peito, e quase gritou: "Você ainda ama esse cara!" Mas mantive o rosto endurecido e escondi o quanto pude minhas emoções.

Muito embora o toque de sua mão tenha deixado todo o meu corpo naquele estado conhecido de agitação, eu ainda estava magoada. Fora isso, meu coração era um idiota.

Sean cumpria perfeitamente todos os requisitos da minha tabela: inteligente, sagaz, ligeiramente estiloso e sabia beijar muito bem. É verdade, ainda não tínhamos transado, e a ideia de fazer sexo sequer cruzara minha mente, mas eu estava esperando o coração perder todas as esperanças relacionadas a Carter antes de me entregar cem por cento.

Coração, toma jeito, porra... O cara à sua frente na mesa te quebrou... Lembra?

– Então... – Sean parecia confuso. – Então esse lugar só serve comidas de café da manhã ou sobremesa?

– Isso mesmo – respondeu Josh. – É incrível. Qualquer coisa que você pedir vai ser boa.

– Eu não sou exatamente um cara tarado por café da manhã. – Ele virou o cardápio. – Também não sou um grande fã de sobremesas.

– Por que você é chef, então, porra? – Carter murmurou baixinho.

Sean não ouviu, mas Josh olhou torto para ele.

– Você precisa experimentar este aqui – falei, batendo as mãos. – Acredite, sua vida nunca mais será a mesma.

– Bem, se você diz isso... – Ele se inclinou e me beijou. – Então vou ficar com o waffle especial da semana.

A garçonete se aproximou e, sem saber, acabou nos dando um tão necessário tempo para melhorar o clima.

– E então, meus clientes preferidos... Josh, o que você vai querer?

– Vou experimentar o waffle de caramelo com chips de manteiga de amendoim. E calda de morango, a não ser que vocês tenham finalmente aceitado minha sugestão e criado uma calda sabor maconha.

Ela bateu na cabeça dele com o bloco de anotações e deu risada. Em seguida, apontou a caneta para Sean:

– E você?

– A especialidade da semana.

– Qual tipo de calda?

– Xarope de bordo é ótimo.

– Perfeito. – Ela enfiou o bloco de anotações no avental. – Vou trazer mais um pouco de suco de laranja e mais guardanapos. O pedido deve sair rapidinho.

– Espere aí! – Sean raspou a garganta. – Você só pegou dois pedidos. Não perguntou o que Arizona e Carter querem.

Ela olhou para ele e franziu as sobrancelhas.

– Essa foi boa. Adorei o seu senso de humor, rapaz.

E foi embora.

– Bem... – Ele olhou confuso para mim. – Pegar só metade dos pedidos em uma mesa é algum costume local que eu não entendo?

– Não, hum... – Sorri. – É que eu vinha muito aqui com...

– Comigo – completou Carter, interrompendo-me. – E, como sempre pedimos a mesma coisa, não precisamos mais dizer o que queremos.

Sem perceber o tom de voz grosseiro de Carter, Sean sorriu para mim.

– Então, Sean... – Josh tentou melhorar o clima. – Conte-me mais sobre você. De onde é?

Eu ignorei a conversa e tomei um gole de água, olhando nos olhos de Carter.

Por mais que eu não quisesse admitir, ele estava ainda mais sexy do que quando eu fui embora. Seus cabelos negros estavam um pouco mais curtos; os lábios, apesar de agora em uma linha reta e furiosa, faziam borboletas baterem as asas em meu estômago só de pensar em beijá-los.

Percebi uma nova tatuagem em seu antebraço, abaixo de um dos galhos do cipreste, mas jamais me atreveria a perguntar o que era. Eu não estava disposta a perguntar nada para ele agora.

Nossa garçonete se aproximou outra vez, trazendo os pedidos. E, como percebeu que havia algo errado com Carter, não se importou em sorrir para ele.

– Me avisem se precisarem de algo. Estarei por aqui...

– Podem me dar licença por um minuto? – Sean se levantou, segurando o celular. – É a minha mãe. Esqueci de avisar que cheguei, então preciso atender.

Ele me deu um selinho e foi ao lado de fora do restaurante.

– Então, Josh... – Cortei meu waffle. – Está gostando de...

– Josh, você poderia dar licença pra gente por alguns minutos? – Carter me encarou enquanto baixava a faca.

– Com prazer.

Josh saiu andando imediatamente e nos deixou sozinhos.

– Carter... – falei, sendo mais rápida do que ele. – Olha...

– Você sinceramente acha que eu não te amo, Ari?

– O quê?

– Você ouviu o que eu disse. – Ele ergueu a voz. – Você acha, mesmo, que eu não te amo pra caralho?

– Foi o que você disse antes de eu partir. Por que eu não acreditaria?

– Porque, no fundo, sei que você é mais inteligente do que isso... – chiou. – Também sei que você não tomou um voo até aqui para me humilhar e agir como se não me conhecesse.

– Eu vim fazer uma visita e apresentar Sean para você.

– Ele que se foda – rosnou Carter. – Mesmo se eu conseguisse acreditar que você gosta dele, e você não gosta, você não se atreveria a apresentar esse cara tão rápido para mim. Não é o seu estilo.

– As pessoas mudam.

– A gente não – rebateu. – Eu ainda te conheço como a palma da minha mão. A única coisa que mudou desde que você se foi é o seu maldito cabelo.

– No seu caso, o seu vocabulário mudou muito – respondi, cruzando os braços. – Você nunca usou tantos palavrões assim para falar comigo.

– E você nunca me pegou com a guarda baixa assim. – Ele respirou fundo. – Ouça, precisamos conversar assim que possível, então dê um jeito de se livrar do seu coleguinha por uma ou duas horas.

– Meu namorado.

– Que seja. – Ele se levantou e pegou a carteira. – Encontre um horário e me avise por mensagem quando puder. Preferencialmente antes do fim de semana.

– Você não vai dormir na sua casa? Eu não vou poder dizer o horário pessoalmente?

– Não – ele respondeu sem qualquer emoção. – Reservei um quarto no Beach Front Hotel, no final da rua.

– Como é que é?! – Engoli em seco. – Por quê?

– Porque, em primeiro lugar, não suporto pensar que tem outro cara dormindo com você. Em segundo lugar, ter você na minha casa e não poder nem tocar-lhe... Eu não suportaria isso. – Ele colocou uma nota de cem dólares sobre a mesa. – Me ligue quando puder conversar. A sós.

Ele deixou o restaurante. Instantes depois, Sean voltou.

Mas Josh não voltou.

– O que aconteceu com os seus amigos? – Sean quis saber.

– Rolou um imprevisto e os dois tiveram que ir embora.

Ele deu de ombros e começou a comer. E eu fiz o meu melhor para sorrir e fingir que a conversa com Carter nunca aconteceu.

Faixa 30.
“Shake It Off”
(3:18)

Carter

Arizona estava mesmo testando a minha paciência.

O fim de semana passou e ela não ligou, e a única mensagem de texto que recebi foi:

> Obrigada por ter deixado Sean e eu ficarmos na sua casa no fim de semana. Minha mãe vai fazer um jantar de boas-vindas na casa dela na terça-feira à noite. Ela quer a sua presença.

Não respondi. Apenas me afundei em meus trabalhos da faculdade até meus olhos se fecharem. Era a única coisa capaz de evitar que eu aparecesse na casa da mãe dela e exigir que Arizona me ouvisse.

– "Frutos do mar, frango e waffle feitos por esta que vos fala, Ari. Apareça, você não pode perder!" – anunciou Josh enquanto entrava na sala. – Ei, você vai ou não?

– Vai aonde?

– Casa da mãe de Ari. – Ele cruzou os braços. – Você sabe do que estou falando. Ela acabou de mandar uma mensagem de texto para todo mundo, mas tenho certeza de que ela já tinha comentado com você...

Nesse momento, meu telefone vibrou com a mesma mensagem de texto que Josh tinha acabado de ler.

– E aí, você vai ou não? – ele insistiu.

– Não se aquele namoradinho dela estiver lá.

– Por que você está com tanto ciúme? – ele me interrompeu.

– Porque sim.

– Santo Deus. Toma jeito, cara! Vocês dois não conversam há seis meses. Você achou mesmo que nenhum homem se interessaria por ela em Paris? Que ela deveria ficar solteira e chorando a sua ausência até você decidir dizer a verdade quando ela voltasse? Tipo, sei que faz pouco tempo que você se deu conta de como ela é linda, mas...

– Você está tentando ajudar ou me deixar ainda mais nervoso? – Rangi os dentes. – Só para deixar registrado, se for a segunda opção, certamente está funcionando...

– Apenas converse com ela.

– Já tentei.

– Não, não tentou. E não está tentando agora. Está resmungando, irritando todo mundo, inclusive a mulher que quer reconquistar. Mas, francamente, vocês são dois idiotas, cara. Mas talvez tenham pensado da forma certa durante esse tempo todo. Talvez devessem ter ficado "apenas amigos".

– Eu prefiro não ouvir esse tipo de coisa vinda, especialmente vindo de você.

– Você prefere não ouvir nada, esse é o problema. – Ele inclinou o corpo contra a parede. – Além de lançar comentários idiotas a noite toda, o que está planejando fazer para convencê-la a ouvir o que você tem a dizer?

– Já nem sei mais.

– Não seja idiota.

– Não, eu realmente não sei. Ela realmente se convenceu de que eu só a usei para sexo no último verão, que eu simplesmente não a amava.

– Você disse "não desse jeito"... Essa foi *pior coisa* que você poderia ter dito. O que queria que ela pensasse?

– Que eu estava fazendo o que era melhor para ela. Ela já tinha deixado seus sonhos de lado por um homem antes. Eu não queria que isso acontecesse.

– Você acha mesmo que ela teria ficado aqui e não ido para a França se você dissesse a verdade? Que ela mudaria todo o futuro dela apenas por você?

– Sim. – Eu o encarei, desafiando-o a continuar seus questionamentos. – Tenho certeza de que a conheço dez vezes melhor do que você a conhece.

Ele estendeu levemente a mão, como se quisesse se render.

– Bem, se é assim, o que você vai fazer?

– Tentar quantas vezes for necessário até que ela me ouça... – Eu me levantei. – Vamos.

◆◆◆

Vários meses atrás

Antes de Ari se mudar para a França, encontrei seu diário em seu quarto. E por "encontrei" quero dizer que ela o deixou aberto sobre a mesa, debaixo do passaporte e das passagens aéreas.

Eu não ia ler. Não lia seus diários desde a sexta série, quando a provoquei por haver um cara que ela queria beijar "tanto que [eu] quero ver estrelas quando seus lábios tocarem os meus". Mas vi meu nome com coraçõezinhos em volta (mais de uma vez), então fechei a porta enquanto ela estava no andar de baixo e comecei a ler:

Querida Janet,

Não é estranho eu chamá-la assim em vez de "diário"? Na verdade, talvez seja mais estranho o fato de eu ter 23 anos e ainda escrever em um diário...

Mas, enfim... Nunca pensei que isso aconteceria comigo, mas estou apaixonada.

Perdidamente, loucamente, profundamente apaixonada pela última pessoa que você poderia esperar: Carter.

E agora não sei mais o que quero... É verdade que o amor coloca as coisas em perspectiva. Antes, quando a gente não estava transando (sim, a gente transou, e foi incrível... foi inacreditável!), eu me sentia hesitante com relação a me mudar. Mas agora?

Francamente, se ele me pedisse para ficar, eu ficaria. Fui aceita em dois outros cursos de Gastronomia a poucas horas daqui e ainda posso confirmar a matrícula... Eu só... Nunca senti meu coração assim antes e não sei o que fazer...

A gente se fala mais tarde,

Ari

P.S.: Desde que comecei a receber Carter o tempo todo para, bem... você sabe... meu quarto está uma bagunça do caralho. Você só acreditaria VENDO! LOL

Conhecendo Ari como a palma da minha mão, naquele momento eu soube que, se ela fosse dizer que me amava, provavelmente seria no aeroporto, antes de o avião decolar – ela era dramática a esse ponto – e esperaria que eu dissesse a mesma coisa de volta. Depois, ela começaria a chorar e diria que poderia se tornar uma chef melhor nos Estados Unidos, que não precisava se mudar para o exterior.

Ela ficaria aqui.

Porque já tinha feito isso por outro cara por quem era apaixonada. Ela foi estudar na Universidade de Pittsburgh, sabendo que não queria ir para lá, porque pensou estar apaixonada. Seguiu seu coração, e não seus sonhos.

Eu a amava demais para querer o que fosse melhor para ela e não queria que ela cometesse o mesmo erro outra vez, então jurei ser o mais estoico possível no dia em que ela partisse. Eu a beijaria uma última vez, sem dúvida, mas, se ela me dissesse que me amava antes de partir, eu não me permitiria dizer a mesma coisa.

Faixa 31.
"You're Not Sorry"
(3:22)

Arizona

Eu estava na cozinha com a minha mãe, marinando frango em molho barbecue enquanto ela preparava a salada.

– Gostei do Sean – ela comentou, sorrindo para mim.

– Eu também gosto. – Olhei pela janela, para o lado de fora, onde ele ajudava Nicole a preparar as mesas. – Falando sério, ele é perfeito.

– Em que sentido?

Pensei em pegar minha tabela e mostrar que ele tinha tirado dez em "intensidade dos beijos" e "conversas sinceras", mas me contive.

– Ele faz coisas supercarinhosas para mim na França. Liga pra me acordar todas as manhãs, corre comigo nos fins de semana, me ouve sempre que eu quero falar… e beija muito bem.

Ela deu risada.

– Beija muito bem?

– O melhor cara que já beijei.

Exceto Carter...

Uma imagem de Carter me beijando na festa "ÉPICA", controlando meus lábios com os seus, invadiu minha mente. Forcei-me a afastar essa imagem.

– Ele disse que quer me perguntar uma coisa durante o jantar, quando todos estiverem aqui – contei. – Acha que vai me pedir em casamento?

– Tão rápido assim? – Os olhos dela ficaram arregalados. – Espero que não.

– Ele não vai pedir, não – falei, rindo. – Mas eu gosto muito dele... Você acha que a gente funcionaria no longo prazo?

– Não sei. Devo dizer que sempre achei que você ficaria com Carter – falou, colocando a salada sobre a bancada.

– O quê?! Quando foi que você pensou isso?

– Sempre achei. E ainda acho.

Como é que é?!

– Não está vendo Sean, meu namorado atual, ali fora?

– Estou sim – ela respondeu. – Acho que ele se importa com você, mas sei que vocês dois não estão apaixonados. Tenho certeza de que Carter a ama mais do que você pode imaginar.

– Só porque ele está irritado com o fato de eu ter um namorado? Porque ele está sendo grosseiro e estúpido comigo?

– Porque ele veio aqui todas as semanas desde a sua partida para perguntar sobre você, querendo saber se tínhamos conversando, esperando que você ligasse enquanto ele estava aqui.

– Ahã, sei, sim...

– É verdade. – Ela segurou o ralador de queijo diante do meu rosto e percebi as lágrimas se formando em meus olhos. – Não estou tentando dizer o que você deve fazer. Só estou dizendo o que eu acho. E acredito que, independentemente de você admitir ou não, seu lugar é ao lado do Carter.

– Ele disse que não sentia nada por mim quando a gente...

– Quando vocês o quê?

Suspirei. Eu não queria conversar sobre minha vida sexual com a minha mãe, mas ela era o mais próximo de uma BFF que eu tinha. Então, expus tudo.

– A gente transou antes de eu ir para a França... Na verdade, a gente transou algumas vezes... – Fiz uma pausa, esperando uma reação de choque, pelo menos ver minha mãe boquiaberta, mas nada disso aconteceu. – E eu, hum... Eu perguntei se ele sentia que alguma coisa entre nós estava mudando, porque eu claramente sentia. Perguntei se ele tinha sentimentos que iam além da amizade, se ele sentia que havia algo além de sexo entre nós, e ele disse que não.

– Você perguntou pessoalmente?

– Não, em uma mensagem de texto. Mas dá na mesma.

– Não é verdade. – Ela apertou os dentes. – Talvez ele tenha um motivo para ter falado isso.

– Sim, dizer a verdade e confirmar que a gente nunca deveria ter transado... Será que você poderia pelo menos tentar parecer surpresa com tudo isso? Eu transei com ele. Transei. Com. Carter.

Ela deu risada.

– Não estou nem um pouco surpresa, Arizona. Só estou em choque por ter demorado tanto para acontecer.

– Tem certeza de que você é mesmo a minha mãe?

– Acho que você não deveria tomar nenhuma decisão drástica antes de conversar pessoalmente com ele. Carter ainda é o seu melhor amigo.

Ela deu um beijo suave em minha bochecha e me abraçou antes de ir para fora.

Sequei o rosto na manga da blusa e cortei mais alguns pedaços de frango, furiosa comigo mesma por não ter trazido meus itens de cutelaria da França.

Que nojo! Estou virando uma crítica de cutelaria... Primeiro sintoma do mundo da gastronomia...

– Arizona? – Sean veio por trás e me abraçou.

– Oi? – respondi com um sorriso.

– Posso perguntar uma coisa? – Ele beijou a minha nuca e me soltou lentamente.

– O que quiser.

– Eu disse que vou perguntar uma coisa na frente de todo mundo durante o jantar, mas, antes disso... – Ele hesitou. – Quer ir embora comigo amanhã?

– O quê?! – A pergunta era tão repentina. – Por quê?

– Não estou falando de ir embora dos Estados Unidos, mas só de deixar esta parte da praia. Você sabe que a minha família mora a cinco horas daqui, então pensei em passar um ou dois dias na minha cidade natal. Ainda podemos voltar aqui antes de viajar para a França.

Hesitei, pensei no que minha mãe tinha dito, em querer saber se Carter tinha um motivo para me ferir tão terrivelmente, mas não consegui pensar em um motivo justo sequer.

– Sem problemas.

Ele beijou meus lábios.

– Gostaria de se juntar com a gente lá fora?

– Claro...

Beijei-o outra vez, agora esperando que Carter não aparecesse para falar o que quer que tivesse a dizer...

◆◆◆

Fiz o meu melhor para evitar olhar para Carter durante a maior parte da festa, e percebi que ele também me evitava. Mal me cumprimentou quando chegou; foi direto falar com minha mãe, abraçou-a e se sentou à mesa do lado de fora.

Josh, por outro lado, surpreendentemente estava agindo como adulto e conversando com Sean e comigo.

– Então você já usou mesmo maconha em uma receita? – Josh inclinou o corpo para a frente, olhando para Sean.

– Já, sim – veio a resposta, acompanhada por um sorriso.

– Alguma chance de você recriar essa *entrée* para nós enquanto está na cidade?

Nicole bateu na nuca de Josh com um prato de papel.

– Você não tem provas na próxima semana? Não deveria estar pensando em nada com maconha. Os seus professores sabem que você fuma?

– Para a sua informação, eu não fumo mais. – Ele virou os olhos. – Só compro produtos contendo THC e os devoro. Existe uma diferença aí.

Todos nós rimos e balançamos a cabeça (bem, exceto Carter).

– Posso falar por um instante? – Sean bateu com a colher no copo enquanto se levantava.

Nicole me ofereceu um sorriso. Carter tomou um gole de cerveja e virou a cara.

– Em primeiro lugar – começou Sean –, obrigado a todos pela calorosa recepção. Ari me contou muita coisa sobre vocês.

– Claramente não disse o suficiente... – murmurou Carter.

Sean olhou para mim.

Sorri e dei de ombros, murmurando:

– Ignore.

Ele me beijou antes de prosseguir.

– Perdi toda a família em um acidente horrível, e também todos os meus amigos. – Estremeceu. – Então, para mim significa muito estar cercado por pessoas que me fazem lembrar que a vida não é tão terrível assim.

Nicole levou a mão ao coração.

– Enfim... Precisei de anos para me recompor, para me sentir vivo outra vez – ele prosseguiu, virando-se para me olhar. – E prometi a mim mesmo que, se eu encontrasse alguém que me fizesse sentir algo especial outra vez, uma sensação que eu fosse incapaz de ignorar, que eu aproveitaria o momento porque, pessoalmente, sei que a vida é curta demais para esperar para dizer as coisas...

Carter estreitou os olhos para Sean.

Josh tomou um longo gole de seu drinque.

– Não faz tanto tempo assim que nos conhecemos, Arizona, mas... – Ele segurou minha mão. – Existe algo em você, em nós dois, que me faz sentir vivo outra vez. Não vou pedi-la em casamento, não se preocupe... – Ele deu risada. – Mas prometo que, se você concordar em ser minha, serei fiel e leal a você durante todo o tempo em que a gente estiver junto. – Nesse momento, ele pegou um pequeno anel, com uma faixa prateada, outra dourada e uma esmeralda. – É um anel de compromisso. Você aceita?

Sorrindo, assenti e ele colocou a joia em meu dedo e beijou meus lábios enquanto todos à mesa batiam palmas. Todos, menos Josh e Carter.

Josh acenava negações com a cabeça enquanto murmurava:

– É justamente por isso que eu preciso de maconha... Até minha pressão está subindo... – Ele se levantou da mesa e forçou um sorriso. – Parabéns. Eu já volto. Preciso pegar uma coisa no carro.

Sean me beijou outra vez e se sentou ao meu lado.

– Que bom que aceitou.

– Também estou feliz. – Sorri para ele e peguei meu prato. – Vou lá dentro pegar mais sobremesa. Quer alguma coisa?

– Mais um mini-waffle.

– Então agora você gosta de comidas de café da manhã?

– Só porque foi você quem preparou – disse, ainda sorrindo.

Eu me levantei e fui para dentro, olhando para o anel. Era lindo e me fez perceber que, entre Sean e Carter, Sean definitivamente era uma escolha mais segura; ele não me magoaria.

Enquanto jogava um prato descartável no lixo, senti mãos conhecidas segurando minha cintura e me fazendo dar meia-volta. Carter.

– O que foi? – perguntei. – Já cansou de ficar de cara feia? De lançar olhares tortos para Sean e para mim?

– Eu te amo. – Ele me segurou parada e olhou diretamente nos meus olhos. – Eu te amo pra caralho, Arizona. Sempre amei...

Meu coração imediatamente acelerou, mas eu o ignorei.

– Agora é um pouco tarde para isso, não é? Meu namorado acabou de fazer um discurso...

– E daí? Você não ama esse cara. – Ele me segurou com mais força ainda. – Você só acha que gosta dele porque ele atende a alguns requisitos da sua tabela ridícula.

– Então por que eu acabei de aceitar esse anel de compromisso?

– Porque eu não pulei da cadeira e impedi. – Seus olhos se estreitaram. – E você sabe muito bem disso.

– Pode dizer o que quiser agora. Assim que você me soltar, eu vou voltar para ele. Um homem que realmente sente algo quando estamos juntos, um homem que vai sentir algo quando a gente transar...

– *Se* vocês transarem – ele me interrompeu.

– Você disse mesmo isso?

– Sim, e foi sincero.

– Me solta. Agora.

– Não. – Ele mordeu meu lábio inferior, impedindo que eu terminasse minha fala.

– Eu te amo desde a quarta série. Desde a porra da quarta série.

– Fico feliz por você finalmente acertar a data.

– Pare com isso, Ari... – Ele me beijou. – Eu só não sabia. Você esteve comigo em todos os momentos da minha vida e eu estive ao seu lado durante toda a sua vida. Eu te amo. Estou apaixonado por você e te conheço melhor do que você mesma se conhece.

– Não, você só *acha* que conhece...

Ele ignorou minha resposta.

– Se eu dissesse para você que te amava naquele aeroporto, você não teria ido para a França. Teria ficado aqui, e eu não queria isso para você.

O quê?! Meu coração parou. Hesitei por um instante.

– Se fosse isso, você teria falado depois da decolagem. Ainda podia ter dito a verdade.

– Você tinha uma escala em Los Angeles… Teria voltado na mesma hora.

– Não, eu não teria.

– Sim, teria, sim, Ari.

– E o que você tem a dizer sobre…

– A sua primeira semana fora? – Ele sacudiu a cabeça. – Quando você estava se sentindo péssima no curso? Você teria encontrado um motivo para voltar, especialmente se eu dissesse que te amava… Você não teria tentado ficar e fazer o seu melhor… Não teria corrido atrás do seu sonho no melhor lugar possível. Você não teria ficado na França e possivelmente ia se arrepender depois.

Eu não disse nada.

– Desculpe por não ter dito antes, mas mandei cartas para tentar fazê-la entender. Como você estava me ignorando, tentei…

– Por favor, vá embora… – Senti as lágrimas escorrendo.

– Ari… Por favor, me deixe terminar. Tem mais coisas que eu preciso dizer a você.

– Não. Eu já ouvi o suficiente. Fico lisonjeada por você ter me colocado antes de si mesmo, mas… Se você realmente me ama e me respeita, saia… Agora.

A aparência de Carter era como se alguém tivesse lhe roubado a vida. Mas ele não se moveu.

Então eu saí.

Faixa 32.
“You Belong With Me” (3:37)

Arizona

Fechei-me no quarto e agarrei um dos travesseiros sobre a cama. Segurei-o contra o rosto e gritei o mais alto que pude.

Repeti o gesto só para garantir, sem me importar com secar as lágrimas. Eu não conseguia acreditar nos motivos de Carter para não dizer que também me amava. Não fazia o menor sentido. Quero dizer, é claro que eu queria que ele dissesse que me amava, mas ele acreditar que eu ficaria aqui, presa a ele, em vez de correr atrás dos meus sonhos? Fazer parecer que eu estava louca de amor?

Não... Eu teria ido, independentemente do que ele dissesse... Eu teria...

Parei de pensar conforme as memórias invadiam minha cabeça, entre as quais uma dos últimos relacionamentos sérios que tive antes de Carter e Sean...

Seu nome era Liam. Em teoria, Liam era minha alma gêmea. Éramos apaixonados no colegial e tão lindos juntos a ponto de deixar Carter literalmente enjoado – ele teve uma enxaqueca depois de segurar vela em uma feira na cidade, depois de ver nós dois nos chamando de "amor" e conversando sobre nosso futuro juntos. De qualquer forma, sempre acreditei em fazer planos e, embora não estivesse totalmente convencida, decidi estudar com Liam na Universidade de Pittsburgh em vez de ficar na minha cidade.

Três semanas depois, descobri que ele estava me traindo com sua ex-namorada e me vi em uma faculdade onde nunca quis estudar e com uma mágoa que levou dois anos para se curar.

Ainda em choque, peguei a capa do caderno e puxei as cartas que Carter havia enviado (eu planejava devolvê-las todas fechadas no último dia da minha viagem). Peguei a mais recente, correndo os dedos pela frase que ele havia escrito no envelope:

URGENTE: Por favor, abra, Ari.

Querida Arizona,

Não vou perder tempo com formalidades ou dizendo o que tenho feito, afinal, isso não importa. Pelo menos não sem você estar aqui. Então, serei curto e direto.

Eu não estava sendo sincero em nenhuma palavra que disse no aeroporto. Eu te amo. Eu te amo "desse jeito" e o que aconteceu entre nós foi muito mais do que sexo. Eu só queria ter certeza de que você perseguiria seus sonhos em vez de ficar aqui por minha causa. Porque eu sempre vou estar com você.

Sempre.

Se eu soubesse que o que disse a levaria a me dar um gelo ou parar de falar comigo, juro que jamais teria feito aquilo.

Não falar com você durante alguns dias foi diferente.

Não falar com você durante algumas semanas foi tortura.

Não falar com você durante MESES foi (e continua sendo) insuportável.

Você sempre foi tudo para mim, mas só percebi o quanto você realmente significa quando você se foi...

Quando vou dormir, penso em você, quero ouvir sua voz antes de fechar os olhos. Acordo esperando tê-la em meus braços e acho que não vou aguentar muito mais sem você ao meu lado.

Passamos anos brincando sobre por que meus relacionamentos não duram mais do que seis meses. E a resposta sempre esteve bem diante dos meus olhos: você.

Tenho certeza de que era pra ser você desde a quarta série porque agora mais do que nunca sei que tenho que estar com você, que você tem que estar comigo.

Seu lugar é ao meu lado, Ari, e sempre será.

Você é mais do que "apenas" minha melhor amiga e nunca mais quero que sejamos "apenas amigos".

Sinceramente (e apaixonado por você),

Carter

Eu chorei.

Reli a carta mais algumas vezes, meu coração acelerava com cada palavra.

Dobrei-a outra vez e me levantei, seguindo até o andar de baixo, onde a festa acontecia. Eu precisava conversar a sós com Sean e me livrar de todos os meus amigos e familiares para poder reler a carta outra vez antes de decidir o que fazer.

O olhar de Sean encontrou o meu assim que meus pés tocaram a grama e ele correu em minha direção.

– Nossa! – ele exclamou. – O que houve? Por que está chorando? A gente precisa ir embora?

– Sim. – Assenti. – Por favor...

– Tudo bem.

Ele secou minhas lágrimas, esperando que eu parasse de chorar. Então, forçou um sorriso e passou o braço em volta da minha cintura.

De canto de olho, vi Josh negar com a cabeça, percebi que ele estava fervendo de raiva de mim e de Carter.

Ignorei-o e fui até a cozinha para dar um abraço em minha mãe, evitando sua expressão de "o que há de errado com você?".

Sean pegou minha bolsa e fomos até a sala de estar, onde estavam também alguns outros amigos.

– Você já está indo embora, Ari? – Nicole perguntou.

– Sim... Mas pode ficar tranquila que amanhã entro em contato com você. – Fui até ela e dei-lhe um abraço. – Obrigada a todos por terem vindo. Foi bom revê-los.

Dei abraços em todos os presentes, percebendo que, por sorte, Carter já tinha ido embora.

Entrei com Sean em nosso carro alugado e virei a cabeça para a janela, sem dizer nada.

– Hum... – Sean soava confuso. – Aonde exatamente estamos indo? Todas as suas coisas estão...

– Apenas dirija.

– Tudo bem.

Ele apoiou a mão no meu joelho e o apertou, fazendo-me sentir qualquer coisa, menos excitada. Aquilo parecia errado, me fazia sentir culpa.

Ele dirigiu sem rumo por quase uma hora, passando várias vezes pelas mesmas ruas. Quando finalmente consegui pensar, virei-me para encará-lo.

– Podemos parar aqui? – Apontei para o Gayle's.

– Você está com fome?

– Não, eu… hum… – Fiz uma pausa. – Precisamos conversar.

– Sobre a gente?

– Algo assim…

Respirei fundo enquanto ele parava no estacionamento.

Sean segurou a porta aberta para mim e entramos juntos.

Comecei a andar na direção de uma cabine aos fundos, mas avistei Carter, Josh, Nicole e alguns outros sentados do outro lado do salão.

É claro que eles também viriam para cá depois da festa…

Acenei para o grupo e os olhos azuis profundos de Carter encontraram os meus.

Sean pressionou a mão contra a minha lombar e me guiou até uma mesa, mas eu simplesmente não conseguia parar de olhar para Carter.

– Ari? – falou Sean. – Por que você parece estar prestes a chorar?

Ele puxou um lenço e me entregou.

– Eu estou bem… – Percebi que Carter também não tirava os olhos de mim.

– Sobre o que precisamos conversar, Ari? – perguntou Sean.

– Sobre nós… – Respondi sem olhar em seu rosto. – Eu acho que não…

– Você acha que não *o quê?*

– Acho que não vou poder manter a promessa que fiz na festa.

– Qual parte? E por que não está olhando para mim?

– Tudo. E me desculpe, mesmo... – Percebi que Carter tinha se levantado e andava em nossa direção. – Você é um cara ótimo e acho que vai fazer alguém muito feliz um dia, mas...

– Porra, eu vou tentar mais uma vez... – Carter parou em frente à nossa mesa, interrompendo a minha fala. – Arizona Turner, eu te amo, estou apaixonado por você, e estou pouco me fodendo se no seu dedo tem um anel de compromisso com outro homem. Porque o que você tem com ele não significa porra nenhuma perto do que você tem comigo.

– Como é? – Totalmente pálido, Sean olhou para Carter. – Que merda é essa que você acha que está fazendo? Você não vê que ela está aqui comigo?

– Não por muito mais tempo. – Carter manteve seu olhar preso ao meu. – Eu te mandei uma carta por semana dizendo o que eu sentia, dizendo que nada do que eu falei no aeroporto era verdade. Já passei mais de seis meses sem te ver, sem te tocar, e não vou deixar você voltar para a França sem pelo menos *conversar* com você, sem dizer tudo o que tenho para dizer.

– Essa porra toda está mesmo acontecendo? – Sean se levantou, cerrando e apertando os punhos. – Você não está me vendo aqui? Acha que pode simplesmente conversar com minha namorada sem a minha permissão?

Todos no restaurante ficaram em silêncio e olhando para nós três.

– Ari... – Carter se aproximou ainda mais, estendeu a mão e deslizou os dedos por meus cabelos. – Eu quero você de volta... *Preciso* ter você de volta.

– Vamos embora, Ari. – Sean olhou para mim enquanto dava a volta na mesa. – Precisamos terminar nossa conversa sem esse cuzão desesperado interrompendo.

Não me levantei.

– Ari? – Sean parecia em choque. – Ari, você está mesmo pensando no que esse grande filho de uma puta está dizendo? Ele só foi grosseiro com você desde que chegamos.

– Eu só fui grosso *com você* – rebateu Carter, seus olhos ainda presos aos meus.

– Ari, se você não for embora comigo agora mesmo, vou direto para o aeroporto e não volto nunca mais – ameaçou Sean. – Também não vou esquecer esta merda quando você voltar para a França. Como vai ser?

Abri a boca para responder, mas Carter me puxou para perto e encostou seus lábios aos meus, beijando-me enquanto lágrimas escorriam por meu rosto, enquanto eu o abraçava seu pescoço e retribuía o beijo. Naquele momento, era como se não houvesse mais ninguém no restaurante.

Éramos apenas Carter e eu.

O homem por quem eu estava apaixonada, o cara por quem fui apaixonada durante a maior parte da minha vida.

Quando finalmente nos desgrudamos, olhei para Sean para oferecer um pedido de desculpas, mas ele já tinha ido embora. Os demais clientes nos olhavam com fascinação e eu enrubesci quando Carter me beijou outra vez.

– Li a sua carta... – expliquei em voz baixa. – Você estava certo.

– Como sempre.

Estreitei os olhos e ele sorriu, sussurrando contra a minha boca:

– Vamos dar o fora daqui... – Ele me puxou e me levou até o carro. Segurando minha mão, deslizou o olhar por mim. – Você estava disposta a passar todo o resto dessa viagem sem falar comigo?

– Eu ia à sua casa hoje à noite, depois que eu terminasse com Sean... Você mais ou menos interrompeu o meu discurso de término de namoro. Tenho certeza de que ele vai queimar o meu nome com o campus todo quando...

Ele cortou minha fala com um beijo.

– Sei que já passou um tempo desde que estivemos juntos, Ari, mas as regras continuam as mesmas. Não quero conversar sobre mais ninguém quando estou com você. E, já que restam só quatro dias antes de você voltar para a França, tenho certeza de que não quero perder mais um segundo sequer falando do seu ex-namorado.

Ele me beijou mais uma vez antes de acelerar noite adentro.

Chegamos à sua casa em tempo recorde e, assim que saímos do carro, seus lábios grudaram nos meus e nos arrastamos até dentro da casa, ainda com os lábios colados. Depois de derrubarmos uma luminária e uma mesinha de canto, chegamos ao quarto e ele imediatamente me jogou na cama.

Tirou a camisa e começou a desabotoar a minha, mas eu agarrei sua mão.

– Espere, Carter... Espere...

– O que foi?

– Nada... – Olhei-o nos olhos. – Eu só queria... Eu queria saber se...

– Pergunte... – Ele me beijou enquanto um sorriso de quem já sabia o que estava por vir brotava em seus olhos. – Pergunte, Ari...

– Não... Acho que, no fundo, não importa.

– Importa, sim. – Ele puxou a minha saia. – Pergunte se eu fiquei com alguém desde que você se foi.

– Ficou? – perguntei, forçando um leve sorriso.

– Não, Ari... – Ele me ofereceu um beijo de reafirmação enquanto abria a parte da frente do meu sutiã. – Não fiquei, e não quero ficar nunca mais.

– E o que acontece quando eu voltar para a França?

– Tire o filtro de *spam* do seu maldito e-mail e responda sempre que puder. – Ele desabotoou a calça e a deixou cair no chão. – E também me convide para visitar uma vez por mês.

– Você consegue ir com essa frequência?

– Não consigo ficar sem ir... – Ele se deitou na cama e me puxou à sua frente. – Alguma outra pergunta?

– Sim.

Carter arqueou as sobrancelhas, esperando que eu falasse.

– Como é a sua tatuagem nova? – Olhei para seu braço e ele sorriu, expondo-a. – Você sempre teve essa tatuagem do estado do Arizona.

– O estado, sim... – Ele apontou para as letras logo abaixo. – O seu nome completo, não...

Enrubesci.

– Eu me embebedei na França certa noite, enquanto chorava por você, e fui sozinha a um estúdio de tatuagem... Acho que fiquei falando mal de você, porque o tatuador entendeu errado o que eu queria. – Ergui meu braço direito, mostrando o ponto logo abaixo do peito onde as palavras "Sinceramente, Carter" estavam gravadas em minha pele, em letra cursiva.

Sorrindo, Carter passou a ponta do dedo na tatuagem.

– Eu adorei! Mais alguma pergunta?

– Sim, tenho mais uma.

– Está bem. – Ele segurou meu quadril e me colocou sobre seu pau. Em seguida, lentamente sugou um dos meus mamilos para dentro de sua boca. – Estou ouvindo.

– Na sua última carta, você disse que me amava desde a quarta série. E não desde a *quinta série*, como costuma afirmar. Você acha mesmo isso? Ou só disse por que sabia que me faria chorar?

– Arizona Turner...

Ele me puxou lentamente contra seu corpo, preenchendo-me, centímetro a centímetro, me fazendo gemer enquanto lambia meus seios completamente intumescidos. Quando ele estava inteiro dentro de mim, me segurou parada e me olhou nos olhos para prosseguir:

– Para deixar registrado, e pela última vez... – E puxou meu lábio inferior com a boca. – Eu te odiava na quarta série... Te odiava pra caralho...

Gemi enquanto ele acariciava minhas costas.

– Durante o primeiro semestre... – sussurrou. – Gostei muito mais de você quando nos tornamos amigos. Eu gostava muito de você... Mas, depois de olhar para o passado, sim, eu concluí que eu já te amava naquela época...

Ele soltou meu lábio antes de prosseguir:

– Eu te amo agora. – Beijou-me até me deixar totalmente sem fôlego. – E te amarei para sempre…